Cristina Caboni

Das Versprechen der Rosenfrauen

Cristina Caboni

Das Versprechen der ROSEN-FRAUEN

Roman

Aus dem Italienischen
von Ingrid Ickler

blanvalet

Die Originalausgabe erschien 2020 unter dem Titel
»*Il profumo sa chi sei*« bei Garzanti Libri, Mailand.

Sollte diese Publikation Links auf Webseiten Dritter enthalten,
so übernehmen wir für deren Inhalte keine Haftung,
da wir uns diese nicht zu eigen machen, sondern lediglich auf
deren Stand zum Zeitpunkt der Erstveröffentlichung verweisen.

Penguin Random House Verlagsgruppe FSC® N001967

2. Auflage
Copyright der Originalausgabe © 2020 by Cristina Caboni
License agreement made through Laura Ceccacci Agency S.R.L.
Copyright der deutschsprachigen Ausgabe © 2021 by Blanvalet
in der Penguin Random House Verlagsgruppe GmbH,
Neumarkter Str. 28, 81673 München
Redaktion: Winfried Kieser
Umschlaggestaltung: www.buerosued.de
Umschlagmotiv: Getty Images (Westend61; Blanchi Costela/Moment)
KW · Herstellung: sam
Satz: Uhl + Massopust, Aalen
Druck und Bindung: GGP Media GmbH, Pößneck
Printed in Germany
ISBN 978-3-7341-1014-6

www.blanvalet.de

Für alle, die lächeln, Geheimnisse bewahren,
ermutigen und vor allem lieben können.
Für Freunde.
Dieses Buch ist für euch.

»Die Rose ist ohne Warum. Sie blüht,
weil sie blüht, kümmert sich nicht um sich
und fragt nicht, ob man sie sieht.«

Angelius Silesius

Prolog

Sie liebt den majestätischen Baum auf der Wiese vor ihrem Haus.

Sie liebt die Blumen mit den weißen Blütenblättern, die ihre Mutter hingebungsvoll in einer Vase arrangiert.

Sie duften wunderbar und zaubern ihr ein Lächeln aufs Gesicht, während ihre Mutter weiter hantiert und Elena sie verstohlen beobachtet.

Elena hat die Blumen selbst gepflückt. Wenn sie später nach Hause kommt, werden sie das Erste sein, was sie riecht.

»Elena, wo bist du?«

Das Gesicht des Mädchens hellt sich auf. »Hier, ich bin hier.«

Heute ist ein besonderer Tag. Mama hat ihr nämlich gesagt, dass sie einen ganz speziellen Menschen kennenlernen wird. Das ist auch der Grund dafür, dass sie ihre besten Kleider tragen.

»Wir müssen uns beeilen, sonst verpassen wir den Zug.«

»Natürlich, Mama.«

Elena gehorcht immer. Selbst dann, wenn sie gern noch spielen würde. Mama sagt, sie sei das hübscheste und bravste Kind auf der ganzen Welt. Elena glaubt ihr, denn ihre Mama lügt nie.

Als sie schließlich am Bahnhof ankommen, ist sie verwirrt. Sie mag den Geruch nicht, der ihr in die Nase steigt, er ist bitter, und die Luft brennt in den Augen und im Hals. Das macht sie traurig. Um sie herum halten sich Menschen in den Armen, manche Gesichter sind verhärmt und vom Kummer gezeichnet.

»Warum weinen die Leute?«

Susanna schaut Elena flüchtig an und nimmt sie dann an die Hand. »Sie sind traurig, weil sie sich Lebewohl sagen müssen.«

Mit weit aufgerissenen Augen betrachtet Elena die Menschen, deren Angst auf sie überzugehen scheint. Sie kann es nicht länger ertragen und wendet sich ab. »Wir bleiben immer zusammen, oder?« Sie klammert sich an ihrer Mutter fest. Susanna löst Elenas Finger von ihrem Kleid und streicht den Stoff glatt. Wenig später steigt sie mit ihr in einen Zug. »Setz dich hierhin, neben mich.«

Warum antwortet sie mir nicht?, fragt sich Elena. Die Gedanken flattern wie aufgeschreckte Schmetterlinge durch ihren Kopf.

»Ist Florenz weit weg?«, fragt sie dann.

»Ja, ziemlich. Aber du wirst sehen, die Zeit wird wie im Flug vergehen, wir werden viel Spaß haben.«

Elena liebt das Parfüm ihrer Mutter, für sie ist es der schönste Duft der Welt. Als sie ihren Kopf an ihrer Schulter birgt, verschwindet ihre Angst so schnell, wie sie gekommen ist.

Sie essen im Zugrestaurant. Susanna erzählt ihr eine Geschichte. Elena mag die Geschichten ihrer Mutter, und sie freut sich immer, wenn sich ihr eine darin verborgene Botschaft erschließt »Du bist ein sehr mutiges Mädchen. Ich liebe dich, vergiss das nie, Elena.«

»So mutig wie das Mädchen in der Geschichte, Mama?«

»Ja, genau so. Und jetzt schlaf ein bisschen, ich wecke dich, wenn wir da sind.«

Die Bewegung des Zuges wiegt sie hin und her wie die Schaukel, auf die sie sich zurückzieht, wenn Mamas Freund zu Besuch kommt. Er heißt Maurice Vidal. Sein stechender Blick macht ihr Angst. Er sieht freundlich aus, aber Elena weiß, dass er zu Lügen neigt. Das sagt ihr der Geruch, den er verströmt. Er ist intensiv und von einer würzigen Note. Erinnerungen an mondlose Nächte werden in ihr wach. Sie fühlt, dass seine Freundlichkeit nur aufgesetzt ist. Auch wenn sie versprochen hat, mutig zu sein, schafft sie es nicht, ihn zu mögen. Mama hat aufgehört, sie darum zu bitten, und Elena ist froh darüber. Hoffentlich wird sie diesen Mann nie wiedersehen.

»Wach auf, mein Schatz, wir sind da.«

Langsam öffnet sie ihre vom Schlaf noch schweren Lider, und als sie bemerkt, dass es schon dunkel ist, überlegt sie, wie lange die Fahrt wohl gedauert haben mag.

»Komm, wir steigen aus.«

Während sie die nachtverhangenen Straßen entlanggehen, betrachtet Elena die vielen Lichter in den Häusern.

Hier und da dringt ein Lachen an ihr Ohr. Es klingt, als würde jemand ein Fest feiern. Wer weiß, wo ihre Mutter sie hinbringen wird.

»Wie wäre es mit einem Eis?«

»Oh ja.«

Ganz bestimmt wird hier ein Fest gefeiert. Aber warum sieht Mama so traurig aus?

Als sie ihr Eis fertig aufgeleckt hat, beginnt es zu regnen.

»Beeil dich, wir sind fast da.«

Der Anblick des prächtigen Palazzo, vor dem sie stehen geblieben sind, verschlägt Elena fast den Atem. Er wirkt, als wäre er einem Märchen entsprungen. Susanna klopft an. Die Regentropfen fallen immer dichter, und Elena fröstelt. Einen Augenblick später öffnet sich die Flügeltür.

Vor ihnen steht eine Frau. Sie ist Mama wie aus dem Gesicht geschnitten, nur älter. Elena sieht Susanna verwirrt an.

»Das ist Elena«, ihre Mutter schiebt sie nach vorn, die Frau blickt sie stumm an.

Elena mag ihr Lächeln. Sie spürt die Herzlichkeit und die Wärme, die von der Frau ausgehen. Sie liegen in ihren filigranen kalten Fingern, die Elena über die Stirn streichen, im nachdenklichen Ausdruck ihrer dunklen Augen, so dunkel wie die von Susanna. Im Duft, der von ihr ausgeht: ein Hauch Lavendel an der bestickten Jacke, Vanille-Iris an den Handgelenken. Er wirkt vertraut, und er verschafft ihr ein wohliges Gefühl. Jeder

Duft ist immer auch eine Farbe für Elena und jedes Parfüm ein Gemälde in den Windungen ihrer Erinnerung.

»Kommt rein.«

Die Frau, die sie anlächelt und ihr über die Stirn streicht, ist ihre Großmutter. Sie heißt Lucia. Sie muss dieser besondere Mensch sein, von dem Mama gesprochen hat.

»Ich bin bald zurück, es sind nur einige Tage. Bis ich alles geregelt habe.«

»Du weißt, dass es ihr hier gut gehen wird.«

Elena hört schweigend zu, dann gähnt sie. Ihr fallen die Augen zu.

»Wach auf, mein Schatz, ich muss gehen«, hört sie ihre Mutter sagen.

Sie reißt die Augen auf. Mama muss gehen? Alarmiert springt sie auf und läuft los, um sich ihren Mantel zu schnappen, aber er hängt zu hoch. Susanna steht schon an der Tür und wirkt, als würde sie gleich in Tränen ausbrechen. »Umarme mich ganz fest, meine Kleine.«

Elena schlingt ihr die Arme um den Hals. Warum geht Mama weg? Ohne sie? Sie versteht gar nichts mehr.

»Ich werde brav sein, das verspreche ich.«

»Aber was redest du denn da, du bist doch immer brav, mein Schatz!«

Aber warum muss sie dann hierbleiben, in diesem fremden Haus, bei einer Großmutter, die sie gar nicht kennt?

»Ich will mit dir gehen. Ich will wieder nach Hause.«

Susanna hört nicht auf ihr Flehen, sondern streicht ihr

zärtlich über das Gesicht und küsst sie. »Es ist besser so, mein Schatz. Großmutter wird gut auf dich aufpassen.«

Versteinert sieht Elena zu, wie sie sich langsam entfernt.

Großmutter bringt sie nach oben, in ihr neues Zimmer. Elena fühlt sich verloren. Sie weiß, dass sie den Duft der weißen Blumen heute nicht mehr riechen wird. Denn ihre Mutter ist weg. Und Elena wird nicht mit ihr nach Hause zurückkehren. Ab jetzt ist sie allein.

1.

Akazie. Intuitiv, zurückhaltend und dezent. Diese naturgegebenen Eigenschaften öffnen alle Türen. Sie sucht eine tiefe Verbindung mit allem, was sie umgibt, weckt Gefühle und Emotionen. Sie ist eine sensible Beobachterin und für alles empfänglich.

In Paris ist kein Tag wie der andere.
Der Satz prangte in elegant geschwungenen Lettern auf der nüchternen Fassade des Gebäudes in Montparnasse, in dem sich der neue Sitz der Parfümerie Absolue befand. Ein Meisterwerk der modernen Architektur, Wände aus Stahl und Glas, so dick, dass die wärmenden Strahlen der Morgensonne sie nicht durchdringen konnten.

Die großzügig geschnittenen Räume im Erdgeschoss waren lichtdurchflutet, das Eingangsportal war von Kübeln mit Hortensienbüschen flankiert.

Abwesend betrachtete Elena Rossini die vorbeischlendernden Passanten durch die breite Schaufensterfront. Es stimmte, was der Claim behauptete: Paris war eine magische Stadt.

Sie selbst wusste das nur zu gut, denn sie hatte hier

die Liebe ihres Lebens kennengelernt, Caillen McLean. Und hier wuchs auch ihre gemeinsame Tochter Beatrice auf, die sie liebevoll Bea nannten.

Die Stadt und ihr Charme standen nicht zur Debatte. Sondern etwas ganz anderes.

Ihre Geschäftspartnerin Monique Duval hatte einen Stararchitekten mit der Einrichtung der Parfümerie beauftragt. Massive Tische aus dunklem Holz und Edelstahlelementen hatten den alten Tresen ersetzt, der an anderer Stelle einen Ehrenplatz bekommen hatte. Auch das in die Jahre gekommene Sofa mit dem verwaschenen Überzug war verschwunden. Die Kunden konnten sich jetzt auf grazile Bänke setzen und verschiedene Düfte durchprobieren.

So schwebte es Monique vor.

Von der Decke hingen schwarze schalenförmige Designerleuchten, die kaltes Licht spendeten, damit es nicht mit den Düften um die Aufmerksamkeit der Kunden buhlen konnte. Die wenigen Bilder an den Wänden stammten von namhaften Malern und waren die einzigen Farbkleckse in all dem Weiß, Schwarz und Braun.

Modern, funktional, ausdrucksstark.

Eine Parfümerie auf der Höhe der Zeit.

Elena hasste diesen Ort. So sehr, wie sie ihre alte Parfümerie in der Rue du Parc-Royal im Marais geliebt hatte.

Doch ihr verträumter Laden, den sie vor sieben Jahren, drei Monaten und zwölf Tagen eröffnet hatte, war nur mehr eine ferne Erinnerung. Und das konnte sie niemandem vorwerfen, das hatte sie allein zu verantworten.

»Was hältst du davon, wenn wir einen Tee trinken?«, fragte sie Monique und trat neben sie.

Ihre Freundin seufzte: »Das würde ich gern, aber ich habe zu viel um die Ohren. Du weißt nicht zufällig, wo ich die Geschäftszahlen des letzten Quartals finde?«

Elena überlegte, dann fiel ihr ein, dass sie eine Kopie auf dem Laptop gespeichert hatte. Sie deutete auf einen Ordner auf dem Desktop. »Hier, schau mal.«

Monique hatte bereits alle E-Mails abgearbeitet, zu deren Beantwortung sie gestern nicht mehr die Zeit gefunden hatte. Auf dem Schreibtisch wartete eine beträchtliche Menge Briefe darauf, endlich verschickt zu werden.

»Danke, Chérie.«

»Die Unterlagen sind beim Steuerberater. Lass sie dir doch einfach schicken. Brauchst du sonst noch etwas?«

Endlich hörte Monique auf zu schreiben und hob den Kopf. Sie fixierte Elena einen Augenblick, bevor sie antwortete: »Warum nimmst du dir nicht den Morgen frei? Ich halte derweil hier die Stellung.«

Der Vorschlag traf Elena unvorbereitet.

»Eigentlich wollte ich noch an dem Parfüm für Goldman arbeiten...«

»Schon wieder?« Monique musterte sie nachdenklich. »Du arbeitest zu viel. Ich sage es nur ungern, aber du siehst nicht gut aus. Du brauchst Ruhe.«

Elena zwang sich zu einem Lächeln. »Höchstens noch eine halbe Stunde, Monique, ich kontrolliere kurz, wie es vorangeht, dann mache ich mich auf den Weg nach Hause, versprochen. Ich muss wissen, ob ich mit dem Duft auf dem richtigen Weg bin.«

Sie ging ins Labor und schloss die Tür hinter sich. Sie hatte nicht die Zeit, sich auszuruhen, sie konnte jetzt nicht aufgeben, sie musste unbedingt dranbleiben.

Monique so früh bei der Arbeit zu sehen hatte ihr wieder einmal vor Augen geführt, in welcher Krise sie steckten.

Sie schlüpfte in ihren Kittel und wusch sich ausgiebig die Hände. Dann atmete sie tief durch, griff nach einem Messzylinder und stellte ihn in die Mitte des Tisches. Alles war bereit. Sie dämpfte das Licht und putzte sich die Nase. Hoch konzentriert starrte sie auf den Behälter. Das Herz klopfte ihr bis zum Hals. Beim letzten Mal war sie nicht zufrieden gewesen. Es hatte an Charakter und Harmonie gefehlt, in deren ausgewogener Mischung die besondere Note einer einzigartigen Kreation bestand.

Sie schloss die Augen, versuchte, sich zu entspannen, und wartete ab.

Ein Hauch Bergamotte... Sie versuchte, das Duftensemble in sich aufzunehmen, nicht nur mit der Nase, sondern mit allen Sinnen, in der Gewissheit, dass sie diese besondere Gabe dazu hatte.

Sie versuchte es wieder und wieder. Doch nichts geschah. Keine Farbe wollte sich vor ihrem inneren Auge einstellen, keine Emotion berührte sie, die etwas in ihr zum Klingen hätte bringen können. Nichts, was auch nur annähernd ihren Ansprüchen genügte. Nur Grau, Taubheit, Leere.

»Los, konzentrier dich!«

In ihrem Kopf kreiselten Formeln um Formeln, drängten vor und wurden wieder verworfen. Ein Kaleidoskop der Möglichkeiten, aber keine versprach eine Lösung.

»Ich schaffe es nicht.«

Eine düstere Verzweiflung bemächtigte sich ihrer. Die Gedanken fuhren Karussell. Sie war doch eine Rossini! Parfüm war ihr Lebenselixier: ihr Vertrauter, ihre Augen, ihre Stimme, ihr Freund – all das bedeutete es für sie.

Hatte ihre Gabe sie verlassen?

Sie wischte sich eine Träne von der Wange.

»Da ist nichts... da ist absolut nichts.«

Sie musste nachdenken, durfte nicht Opfer ihrer Panik werden, sich nicht dieser Verzweiflung ergeben. Langsam atmete sie ein und aus, bis sich ihr Herzschlag wieder beruhigte.

Sie legte alle Utensilien beiseite. Sie würde noch einmal ganz von vorn beginnen, aber nicht sofort.

Monique hatte recht, sie hatte sich nicht einen Moment der Ruhe gegönnt.

Zu viel Stress. Das war sicher das Problem. Die vergangenen Monate waren schwer für sie gewesen. Die alte Parfümerie in der Parc-Royal-Straße zurücklassen zu müssen hatte sie bis ins Mark getroffen. Anfangs hatte sie noch gehofft, sich irgendwann an die neue Umgebung gewöhnen zu können, doch jetzt war ihr klar, dass sie sich gründlich geirrt hatte.

Aber es gab nun mal Dinge, die man nicht ändern konnte. Man konnte sich lediglich mit ihnen arrangieren.

Als sie den Kittel abstreifte, zitterten ihre Hände.

»Es hat keine Seele, es ist nicht das, was Goldman sich vorstellt.«

Sie wusste, dass es keine Frage der Technik war.

Schon als Kind war sie mit der Komposition eines Duftes vertraut gewesen, war sie doch seit jungen Jahren mit dieser Kunst innig verbunden: Kopfnote, Herznote, Basisnote – das alles war kein Geheimnis für Elena, im Gegenteil, sie war in der Lage, sämtliche Konventionen außer Acht zu lassen, sich über Regeln hinwegzusetzen, gar vorsätzlich gegen sie zu verstoßen, was ihr einzigartige Gelegenheiten gewährte, immer neue wunderbare Kombinationen zu ersinnen. Sie musste ein Parfüm bloß riechen, und schon konnte sie es gedanklich in seine Komponenten zerlegen und wieder neu zusammensetzen. Wenn ihre Kunden mit dem Wunsch nach einer eigenen Parfümkreation zu ihr kamen, lauschte Elena zunächst ihren Erzählungen. Angeleitet von ihrem Einfühlungsvermögen suchte sie in Sätzen, in Gesten und in Gesichtsausdrücken nach verborgenen Emotionen. Nach und nach verbanden sich die Essenzen dann zu genau dem Bild, das sie vor Augen gehabt hatte.

Doch das war früher.

Jetzt war alles anders.

Ein Gefühl der Verlorenheit breitete sich in ihr aus. Es war, als würden die Grenzen, in denen sie sich bewegte, verschwimmen und den Raum zu etwas Unbekanntem öffnen. Sie zog sich ins Hinterzimmer des Ladens zurück, vergrub das Gesicht in ihren Händen und versuchte, wieder einen klaren Kopf zu bekommen.

Robert Goldman, ein Geschäftsmann mittleren Alters, war vor einiger Zeit in die Parfümerie gekommen mit der Bitte, sie möge einen auf seine Bedürfnisse zugeschnittenen Raumduft für ihn kreieren.

»Er soll einladend und freundlich sein, ich möchte, dass sich die Menschen, die unsere Dienste in Anspruch nehmen, in dieser Entscheidung bestätigt fühlen.«

Elena war glücklich über den neuen Kunden gewesen, und die Vorstellung, den von ihm gewünschten Duft zu erschaffen, hatte sie mit Begeisterung erfüllt. Eine Herausforderung, die sie gern annahm. Sie hatte ihm aufmerksam zugehört, wie sie es immer tat, noch ein bisschen mit ihm geplaudert und das Geschäft dann besiegelt. Als sie später in ihrem neuen Labor versucht hatte, Goldmans Vorstellungen in einen Duft zu übersetzen, hatte sie gemerkt, dass sie nichts von seinen Schilderungen darin wiederfand. Nichts von dem, was ihm wichtig war.

Dort, wo es leuchtende Farben gebraucht hätte, waren nur dunkle Schatten.

Sie hatte das Gefühl, einen Teil von sich verloren zu haben. Den Teil, der ihr gestattete, die Dinge ihrer Umgebung nicht nur zu sehen, sondern auch zu begreifen, sie mit ihrem ganzen Bewusstsein zu erfassen.

Sie fühlte sich wie abgespalten, dabei sollte das Parfüm doch ihre Seele erfüllen und in Schwingung bringen.

Plötzlich öffnete sich die Tür. Sie wusste, dass es nur Monique sein konnte, und sie war dankbar für ihr Kommen.

»Ich dachte, du könntest einen Keks brauchen.«

Elena musste lachen. »Danke, den brauche ich wirklich.« Das Gebäck schmeckte dezent nach Orange und Zimt, eine Variante des Rezepts, das sie von Moniques Mutter Jasmin bekommen hatte, die auch für sie wie eine Mutter war. Ihre zweite Mutter ... oder die erste, je nachdem, wie man es betrachten mochte. Wenn Elena dieses Rezept anwandte, dann normalerweise für ihre Kunden – oder eben für Monique, die ganz verrückt nach den Keksen war.

»Du bist einfach nur ein bisschen nervös wegen der Umstände«, sagte Monique und nahm sie in ihre Arme. Elena schloss die Augen. Sie war so froh, dass sich ihre Freundin dazu entschlossen hatte, zurück nach Paris zu kommen.

»Das alles tut mir unendlich leid«, redete Monique weiter, »aber du weißt genauso gut wie ich, dass wir nicht im Marais bleiben konnten. Ich hätte allerdings nicht gedacht, dass du so sehr darunter leiden würdest. Aber deine Voreingenommenheit, jeder Veränderung gegenüber misstrauisch zu sein, hat dir diesen Umzug auch nicht gerade leichter gemacht.«

Das stimmte, Elena konnte es nicht leugnen. Aber ganz so einfach war es dann doch wieder nicht.

»Es geht nicht nur um diesen Ortswechsel, Monique. Ich habe den Laden und das Labor geliebt. Sie gaben mir Sicherheit, waren ein fester Bezugspunkt in meinem Leben.« Noch während sie die Worte aussprach, wurde ihr klar, dass es nicht richtig war, allein den Umzug für ihre Probleme verantwortlich zu machen. Die Welt der Düfte hatte sich ihr schon nicht mehr so mühelos erschlossen, als sie noch in der vertrauten Umgebung ihres alten Ladens im Marais arbeitete. Ihr schien, als erlahmte ihre Kraft nach und nach.

Monique strich ihr über den Kopf. »Du musst dich nur daran gewöhnen. Das wird schon, du wirst sehen. Das Labor hier ist modern, es bietet dir viel mehr Möglichkeiten, ist technisch auf dem neusten Stand. Wir werden eine Assistentin einstellen, die dir hilft. Wenn du nichts dagegen hast, frage ich Aurore. Sie ist wirklich gut geworden.«

Elena gefiel die Idee. Aurore war bei ihr in die Lehre gegangen, und sie mochte sie. »Sie wird sich freuen.«

Durch Elenas positive Reaktion bestärkt, fuhr Monique fort: »Nur Geduld, wir werden die berühmteste Parfümerie von Paris! Wir werden in aller Munde sein, weil wir etwas nie Dagewesenes erschaffen werden. Wir können das Ruder herumreißen, und genau das werden wir tun. Mach dir nicht so viele Sorgen, das führt zu nichts. Schau, der Artikel in der *Scent* über Absolue hat doch schon Aufsehen erregt. Man hat in der wichtigsten

Parfümzeitschrift der Welt über uns geschrieben! Alles wird gut.«

Elena nickte, wischte sich verschämt über die tränennassen Augen und rang sich ein Lächeln ab. Monique war immer ehrlich zu ihr gewesen, wohingegen Elena über unzufriedene Kunden kein Wort verlor. Was sie eben gesagt hatte, stimmte. Und dennoch sorgte eine dumpfe Beklemmung für ein Unbehagen, das ihr auf den Magen schlug.

»Ja, du hast recht«, erwiderte sie, ohne wirklich überzeugt zu sein.

Optimismus war die bessere Einstellung, um Probleme zu bewältigen. Und Mut.

Monique war die Richtige, wenn es darum ging, ihr wieder Kraft einzuflößen. Elena erinnerte sich, als wäre es gestern gewesen, wie Monique vor sieben Jahren mit all ihren Ersparnissen, einem Lächeln auf den Lippen und jeder Menge Hoffnung vor ihr gestanden hatte: »Wir müssen unsere eigene Parfümerie eröffnen.«

Jedes Mal, wenn Elena daran zurückdachte, empfand sie tiefe Dankbarkeit. Sie hatten ihr Vorhaben umgesetzt. Das Absolue war für sie beide zu einer großen persönlichen Bereicherung geworden. Ein besonderer Ort, den sie geschaffen hatten für jeden, der sich ein auf seine Persönlichkeit abgestimmtes Parfüm wünschte. Ein Parfüm, das ihm ein unbeschreibliches Wohlgefühl bescherte. Denn genau diese Wirkung sollten ihre Düfte haben. Sie sollten den Menschen von Nutzen sein, die sie trugen. Bedürfnisse, Erwartungen, Sehnsüchte erfüllen.

Aber Elena fürchtete, an dieser Aufgabe zu scheitern. In ihrem Inneren tobte ein Widerstreit der Gefühle, und die Gedanken in ihrem Kopf kreisten um Fragen, auf die sie keine Antworten wusste. Wie sollte sie Düfte erschaffen, die für Wohlbehagen, Befriedigung, ja Wonne sorgten, wenn sie selbst nicht mehr wusste, was diese Worte bedeuteten? Die Vorstellung, ihr Gespür für Düfte für immer verloren zu haben, stürzte sie in abgrundtiefe Angst. Dieser Verlust ihrer Gabe würde sie zerstören.

2.

Ringelblume. Mutig und entschlossen, stolz und furchtlos. Sie scheut Veränderungen nicht. Wenn sie an ihrem Ziel angekommen ist, öffnet sie ihr Herz und entdeckt sich neu.

Der Arno führte Hochwasser. Die schäumenden Wassermassen voller Schlamm und Geröll drängten gegen das Ufer, rissen mit sich, was sich hilflos der Flut entgegenstemmte, bäumten sich auf gegen die Pfeiler der Ponte Vecchio und strömten nur knapp unter ihr hindurch. Hölzernes Treibgut, Äste, Bohlen schwammen obenauf, wie Reste gekenterter Boote. Susanna Rossini starrte gebannt auf dieses Naturschauspiel, und als schenkte es ihr eine Eingebung, fragte sie sich verwundert, was eigentlich mit ihr nicht stimmte. Denn das war ihre Welt: Sie liebte die ungezähmte Kraft der Elemente, die hemmungslose Gewalt tosenden Wassers, fühlte eine Verwandtschaft mit dem zügellosen Drang, sich vorgegebenen Bahnen zu verweigern.

Von klein auf hatte sie gewusst, dass sie nicht wie die anderen Kinder war.

Sie hatte sich gegen ihre Mutter Lucia aufgelehnt,

teilte ihre Ansichten über die Welt der Düfte nicht. Lucia Rossini haftete allzu sehr am Gewohnten, hielt unerschütterlich an Familientraditionen fest. Trotz aller Kontroversen, die sie austrugen, hatte Susanna immer großen Respekt vor ihr gehabt, aber tyrannisieren ließ sie sich nicht. Sie hatte sie geliebt, wie nur ein Kind lieben kann, nicht mehr, aber auch nicht weniger.

Elena war da anders.

Susanna stemmte die Ellbogen auf die Mauer und schaute wieder auf den Fluss, wie er sich wild gebärdete. »Was soll ich nur mit dir machen, mein Kind?«

Ihre Tochter war ein Dickschädel, sie fand keine Lösung, wie sie mit ihr umgehen sollte. Was auch immer sie sagte oder tat, es kam falsch bei ihr an. »Es gibt Menschen, die sollten keine Kinder haben.« Das war die brutale Wahrheit. Sie war keine gute Mutter, sie war nicht fürsorglich, nicht sanft und liebevoll, und das Letzte, was sie interessierte, war, ob sie anderen gefiel oder nicht.

Bald würde ein Gewitter losbrechen. Die Touristen hatten die Zeichen des drohenden Unheils, das sich über ihren Köpfen zusammenbraute, noch nicht erkannt und schlenderten sorglos durch die Straßen, während die Florentiner bereits nach Hause eilten oder irgendwo Schutz suchten.

Susanna genoss jeden Augenblick, sie liebte die Wolkentürme, die sich am Himmel aufbauschten, die windgepeitschte Luft, den Regen. Den Blick nach oben gerichtet, ging sie gemächlich auf den Palazzo Girolami zu, als wäre der Himmel strahlend blau und die Stadt vom Glanz der Sonne vergoldet.

»Alles im Leben ist eine Frage der Perspektive«, flüsterte sie. Das hatte einmal jemand zu ihr gesagt, als sie noch jung war und voller Hoffnung in die Zukunft geblickt hatte. Seitdem war viel Zeit vergangen, und sie hatte gelernt, dass nur das Hier und Jetzt zählte.

Nur im gegenwärtigen Moment lebte man wirklich, die Vergangenheit war Geschichte, die Zukunft nichts als ein leeres Versprechen. Man konnte Pläne schmieden, ob sie sich realisieren ließen, stand in den Sternen.

Elena war der lebende Beweis.

Sie hatte versucht, ihrer Tochter nicht im Weg zu stehen, sondern sie ihren ganz eigenen gehen zu lassen, aber irgendetwas hatte das nicht zugelassen. Dieses Unvermögen war als quälender Gedanke allgegenwärtig, lauerte hinter jeder Ecke. Sie musste stets auf der Hut sein, er überfiel sie, wenn sie nicht damit rechnete, selbst wenn sie sicher war, ihrem schlechten Gewissen entkommen zu sein, kehrte er unbarmherzig wieder. Wusste sie ihre Tochter gut behütet, fühlte sie sich glücklich. Sie hasste sich dafür. Sie hasste sich, weil sie trotz aller Fürsorge vor der Verantwortung floh und letztendlich nur an sich dachte. Und sie hasste sich, weil dieses Bedürfnis nach Unabhängigkeit eine Schwäche war.

Die Borgo Pinti glich einer Klangwolke aus Tönen unbestimmbarer Herkunft und Geräuschen verschiedenster Art. Susanna spazierte die Straße entlang, trotz des unaufhörlich heftig strömenden Regens und der beißenden Kälte fühlte sie sich wie neugeboren. Wenn Elena nur verstehen würde, dass sie Zeit für sich brauchte, nach vorn blicken musste, anstatt ständig unfruchtbarer Grübelei nachzuhängen, und dass sie auf ihr Gefühl vertrauen konnte. Wie ähnlich sie sich doch waren. Sie machte sich das ohnehin schwere Leben nur noch schwerer.

Darin hatte sie Erfahrung, zur Genüge. Man glaubt immer, dass es die anderen seien, die einem Schwierigkeiten bereiteten und einengten, aber das stimmt nicht. Die Gefängnisse, in denen man sitzt, hat man selbst geschaffen. Ohne jede Aussicht, ihnen entfliehen zu können.

Endlich war sie zu Hause. Sie seufzte erleichtert.

Wohlige Wärme schlug ihr entgegen. Susanna spürte, wie die Natursteinmauern sie umschlossen, als ob der altehrwürdige Palazzo ein Herz hätte und jeden Schmerz aufnehmen könnte. Hier drinnen hatten jahrhundertealte Gefühle überdauert, als lebten viele Generationen gleichzeitig unter einem Dach. Bei diesem Gedanken musste sie lächeln.

In ihrer Kindheit stand der Palazzo Rossini für alles, was sie verabscheute. Das ständige Geglucke ihrer Mutter hatte sie regelrecht erdrückt, ihr die Luft zum Atmen genommen. Ihrer Fürsorge, ein Geflecht aus Regeln und Verboten, zu entkommen war so unmöglich, wie diese Mauern unüberwindbar waren.

Susanna hatte sehr schnell erkannt, dass die Suche

nach Kompromissen von vornherein zum Scheitern verurteilt war. Sie wusste, dass Lucia niemals nachgeben würde. Deshalb hatte sie eines Tages alles, was ihr wichtig war, in einen Rucksack gepackt und Hals über Kopf das Haus verlassen, um endlich ihren eigenen Weg zu finden.

»Ein heißes Bad, ein Glas Rotwein und ein gutes Buch«, sagte sie laut vor sich hin und ließ das Wasser ein. Sie schaute dem Wasserstrahl zu, wie er sprudelnd die Wanne füllte, wie sich der Badezusatz langsam in Schaum verwandelte, und genoss die Vorstellung, welche Wonne sie erwartete.

Sie würde Elena anrufen und sich entschuldigen. Schon wieder diese Schuldgefühle, obwohl ihre letzte Debatte bereits Wochen zurücklag. Es war ein unangenehmes Gespräch gewesen.

Nachdem sie den *Scent*-Artikel über die Neueröffnung des Absolue gelesen hatte, war sie voller Stolz. Auf dem Foto hatte Elena glückstrahlend in die Kamera gelächelt. Ihre Tochter, ihr Mädchen, hatte es in die renommierteste Parfümfachzeitschrift der Welt geschafft.

Warum hatte sie Elena eigentlich vor den Journalisten gewarnt? Sie auf jede noch so kleine Ungenauigkeit im Text hingewiesen? Als sie schließlich auch noch lesen musste, dass sie, Susanna Rossini, als Inhaberin einer Fabrik für Essenzen in Grasse bezeichnet wurde, war es mit ihrer Beherrschung vorbei, sie hatte sich einfach nicht mehr zurückhalten können. Nach dem Tod ihres Mannes Maurice Vidal hatte sie alles verkauft und war zurück nach Florenz gekommen. Alle Brücken, die sie mit diesem Lebensabschnitt verbinden konnten, wurden abgebrochen. Aber je mehr sie versuchte, diese Zeit zu verdrängen, desto bedrückender kehrten die Erinnerungen wieder.

Es klingelte. Durch den Türspion war wegen des peitschenden Regens niemand zu erkennen. Sie wandte der Tür den Rücken zu, wollte gerade wieder nach oben gehen, als es erneut klingelte. »Einen Augenblick!«, rief sie, drehte sich mürrisch um und öffnete die schwere Eichenholztür.

Ein hochgewachsener Mann trat aus dem Schatten und ging auf sie zu.

»Ciao, Susanna.«

Sie wich erschrocken zurück, sie traute ihren Augen nicht.

»Aber ...« Ihre Stimme erstarb, Röte schoss in ihre Wangen.

»Victor, was machst du denn hier?«, stammelte sie dann.

Ihr Herz raste, sie konnte den Blick nicht von ihm lösen.

Seit wann hatte sie ihn nicht mehr gesehen?

Das lag Jahre zurück, viele Jahre.

Er hatte sich verändert. Aber in dem markanten Gesicht des vom Leben gezeichneten Mannes erkannte sie noch immer den jungen Draufgänger von früher.

In einem anderen Leben.

Warum war er zurückgekommen? Diese Frage schoss

ihr spontan durch den Kopf. Sie atmete tief durch und bemühte sich, ruhig zu bleiben.

»Lässt du mich nicht rein?«

Er lächelte. Dieses strahlende Lächeln, dieser Glanz seiner grünen Augen, sie hatte es nicht vergessen können. Susanna spürte, wie alles, was sie vor langer Zeit mit ihm verbunden hatte, in ihr hochgespült wurde. Damals wäre sie für ihn durchs Feuer gegangen, hätte jedem seiner Worte Glauben geschenkt, sie war hypnotisiert von seinen Liebesschwüren. Aber war das wirklich Liebe? Oder nur ein Taumel der Gefühle? Eine Illusion?

Einen Moment lang war sie versucht, die Tür wieder zuzuschlagen. Aber hatte sie das damals nicht auch schon getan? Und es hatte nicht funktioniert, warum sollte es jetzt anders sein?

Sie trat zur Seite. »Bitte.«

»Danke, ich hätte vorher anrufen sollen, entschuldige.«

Er zog den klassisch geschnittenen dunkelblauen Mantel aus. Er roch nach nasser Wolle und nach noch etwas, was sie faszinierte. Sie wusste, was es war, obwohl der Rosenduft so schwach, kaum wahrnehmbar war. Aber dieser Duft rührte nicht von irgendeiner Rose her, sondern von einer bestimmten Sorte der Damaszenerrose, die überhaupt nur an einem einzigen Ort auf der Welt wuchs.

Hatte man diesen Duft auch nur ein Mal aufgenommen, blieb er unvergesslich. Wie seine Stimme, seine natürliche, unangestrengte Freundlichkeit, seine guten Manieren.

»Gib mir bitte deinen Mantel, ich hänge ihn vor den Kamin.«

Er ließ sie nicht aus den Augen. »Ich habe mich immer gefragt, wie es in deinem Palazzo wohl aussehen mag.«

»Ehrlich gesagt, wohne ich lediglich hier nur, er gehört mir nicht.«

»Macht das einen Unterschied?«

»Einen ganz entscheidenden.« Sie nahm das Badetuch, das sie für sich bereitgelegt hatte, und hielt es ihm hin. »Hier trockne dich erst einmal ab. Und was hältst du von einem Tee?«

»Danke, gern.«

Sie ging voraus, und er folgte ihr in die Küche. Er setzte sich und lächelte sie an.

»Ich will nur verhindern, dass du eine Lungenentzündung bekommst.«

Sein Lächeln wurde breiter.

»Du weißt gar nicht, wie sehr du mir gefehlt hast.«

Fast wäre Susanna die Tasse aus der Hand gefallen. »Nicht ich habe dir gefehlt, sondern diejenige, die deiner Wunschvorstellung von mir entsprechen sollte. Von unserem Leben, das wir vielleicht hätten führen können.«

»Du bist nicht lange genug geblieben, um das herauszufinden, Susanna. Ich hätte dich überraschen können.«

Das Ganze war eine halbe Ewigkeit her, und jetzt saßen sie hier und sprachen darüber, als wäre es gestern gewesen. Absurd.

»Uns hat nichts mehr verbunden. Es war vorbei, Victor.«

Er schwieg, in seinem Gesicht kämpften das abklingende Lächeln und die aufwallende Wut um die Oberhand.

»Vorbei? Für dich vielleicht, aber ich hatte nie die Gelegenheit, mich zu äußern. Du warst einfach verschwunden.«

»Es gab nichts mehr zu sagen.«

»Da irrst du dich, ich hatte viele Ideen. Ich hätte alles in meiner Macht Stehende getan.«

»Nein, nicht alles.«

»Bist du wirklich sicher?«

Seine Stimme klang zwar sehr selbstsicher, ein leises mitschwingendes Bedauern war aber herauszuhören.

Ihre Blicke verschmolzen ineinander, und einen Augenblick lang waren sie nicht mehr im Palazzo Rossini in Florenz, sondern in Bayt Zahri. Um sie herum Berge von Rosenblütenblättern aus Ta'if und Dutzende Arbeiter, die sie sortierten. Erdfarbene Gesichter, Goldkettchen an den Fußknöcheln, leise Musik, in der Ferne ein Tamburin. Das Rufen eines Muezzins, der die Gläubigen zum Gebet anhielt.

Victor Arslan war Tscherkesse, der Letzte seiner Familie, die aus der Heimat geflohen war und Zuflucht in Saudi-Arabien gefunden hatte. In Ta'if, der Sommerhauptstadt des Landes, destillierte Victor die Essenz aus einer alten Rosensorte, die nur auf den Hochebenen rund um Mekka wuchs.

Er war eine der begnadetsten »Nasen«, die sie je getroffen hatte. Ein Genie, das in der Lage war, mehr als viertausend verschiedene Düfte zu erkennen, auszuwählen und zu mischen. Das absolute Gehör in der zauberhaften Welt der Düfte.

Vielleicht der Beste.

»Manchmal habe ich mich gefragt, ob du gefunden hast, wonach du auf der Suche warst, ob dein Abenteuerdurst gestillt ist. Ich konnte mir damals nicht vorstellen, dass du irgendwo sesshaft werden würdest.« Nach einer Pause sprach er weiter: »Ich habe deinen Freiheitsdrang, dein Unabhängigkeitstreben und deine Konsequenz immer bewundert.«

»Es ist so viel Zeit vergangen, Victor. Warum zurückschauen?«

Stirnrunzelnd musterte er sie. »Was ist los mit dir?«

»Warum solltest gerade du das Recht haben, mich das zu fragen?«

»Das maße ich mir nicht an.«

»Alle glauben, Rechte zu haben. Das sind die Kollateralschäden, die Beziehungen zurücklassen. Auch jene, die schon lange nicht mehr bestehen.«

»Ich dachte, du würdest mich besser kennen.«

»Warum sollte ich?«

»Das weißt du...«

Susanna hasste es, wenn ein Satz nicht beendet wurde, auch wenn sie das Ende kannte.

»Wie geht es Noor?«

Er zuckte mit den Schultern. »Ich weiß es nicht, wir

sind seit fünfzehn Jahren geschieden. Sie hat das Land verlassen. Wie ich gehört habe, wohnt sie mit ihrem neuen Mann in den USA.«

Susanna war überrascht, das hatte sie nicht erwartet.

Noor al-Fayed war das, was sie nie werden würde: die perfekte Ehefrau. Als Susanna Victor kennengelernt hatte, waren die beiden sich versprochen gewesen. Eine Ehe in ganz jungen Jahren war in Saudi-Arabien nicht ungewöhnlich, für Susanna fern jeder Vorstellung, aber nicht ohne Faszination.

Sie hätte sich um keinen Preis anpassen können.

Ihre Sanftmut, ihre Herzlichkeit: Noor würde sie nie vergessen. Sie waren ein Herz und eine Seele, bis sie zu Maurice zurückgekehrt war und gelernt hatte, dass nichts im Leben sicher war, außer der Tod.

»Und du? Warst du glücklich mit deinem Mann?«

Sie wollte antworten, aber dazu hätte sie zu weit ausholen müssen, dazu war sie noch nicht bereit. Ihm gegenüber schon gar nicht.

»Was willst du überhaupt hier, Victor? Warum hast du dich nicht früher gemeldet? Du scheinst mich doch in all den Jahren im Auge gehabt zu haben. Ich gehe jede Wette ein, dass du meine Handynummer hast.«

Er antwortete mit einer Gegenfrage: »Und du? Warum hast du nichts von dir hören lassen?«

Susanna konnte die Wut, ihre vertraute Gefährtin, die in ihr aufstieg, nur mühsam bändigen. Aber die Kraft, die sie dieses Mal in ihrem Inneren entfaltete, überraschte sie.

»Wenn du glaubst, dass ich der Vergangenheit nachtrauere, dann irrst du dich gewaltig.« Sie hätte schreien mögen, hielt sich jedoch zurück, um nicht völlig die Beherrschung zu verlieren, was letztlich nur ihm genutzt hätte.

Victor zuckte nicht mit der Wimper und erwiderte: »Ich habe jeden einzelnen Tag an dich gedacht. Nicht aus Sehnsucht oder Begehren, es war einfach so. Weil du etwas ganz Besonderes für mich bist.«

Sie hasste ihn für die Verwirrung, in die er sie stürzte, für seine scheinbare Gelassenheit und seinen Hang, dem Unvermeidlichen kalt mit Fatalismus zu begegnen.

Irgendwann hatte er gesagt, dass er von Anfang an gewusst habe, wer sie war. Er habe es in ihren Augen gesehen. Die Seelenverwandtschaft mit ihm. Sie seien füreinander bestimmt, entschieden durch eine höhere Macht. Eine Verbindung für die Ewigkeit, egal, was auch immer kommen möge.

Sie hatte ihm geglaubt.

»Die Gedanken sind frei, die Hoffnungen und die Illusionen«, erwiderte sie nach langem Zögern.

Victors Lächeln kehrte zurück. »Das hängt vom Blickwinkel ab. Ich nehme an, dass die Einsamkeit Menschen etwas vorgaukeln kann.«

Susanna ahnte, dass er damit auf sich anspielte, aber sie wollte nicht weiter darauf eingehen. Er sollte endlich wieder gehen. Und gleichzeitig wünschte sie sich nichts mehr, als dass er bliebe.

»Das ist mir zu kompliziert.«

Er musterte sie lange. »Deine Tochter?«, fragte er unvermittelt.

Susanna zuckte zusammen, ihr Herz pochte wild. Sie würde nicht über Elena sprechen, auf keinen Fall. »Hast du Kinder?«, fragte sie stattdessen.

»Noor wollte noch warten, und ich hatte eine Firma aufzubauen«, in seinem Tonfall schwang wieder Bedauern mit.

»Sag mir endlich, warum du wirklich hier bist?«

Victor stand auf, holte seine Tasche, zog einen Umschlag heraus und hielt ihn ihr hin.

»Was ist das?«

»Öffne ihn, darin findest du die Antwort auf deine Frage.«

Susanna fiel es wie Schuppen von den Augen, sie verstand. Angst überkam sie, sie war wie gelähmt.

»Gut, dann mach ich ihn auf.« Victor riss den Umschlag auf und zog ein Blatt Papier heraus, der Artikel über Elena in *Scent*. Als Susanna das Foto sah, ahnte sie, was passieren würde.

»Wer ist diese Frau?«

»Das siehst du doch! Das ist meine Tochter, es steht dort schwarz auf weiß.«

Victors Lächeln wurde breiter.

»Ihre Augen, diese Farbe... Wie alt ist sie?«

Er sprach langsam, ruhig, beinah bedächtig, und die Worte klangen warm und erwartungsvoll. Susanna hätte am liebsten wieder geschrien.

Aber sie zwang sich zur Ruhe.

Die Zeit mit Maurice hatte sie Selbstdisziplin gelehrt. Sie hatte verinnerlicht, wie wichtig es war, sich vom

Überschwang der Gefühle nicht hinreißen zu lassen, sie vielmehr zu verbergen.

»Du irrst dich, Victor, sie ist nicht deine Tochter...« Um den folgenden Worten mehr Nachdruck zu verleihen, hielt sie kurz inne. »...die Mühe hättest du dir sparen können.«

Der Wind hatte aufgefrischt, Fensterläden klapperten, irgendwo schlug eine Kirchenuhr.

Im Palazzo Rossini dagegen herrschte Schweigen.

Victor griff wieder nach dem Blatt und strich mit den Fingerspitzen zärtlich über Elenas Gesicht. Susanna konnte nicht verhindern, dass sie an die Grenze ihrer Beherrschung geriet.

»Ich hatte es so sehr gehofft, ich hatte es von ganzem Herzen gehofft. Ich hätte dir sogar vergeben, dass du mich belogen und mir so etwas Wichtiges vorenthalten hast.«

Susanna war wie vor den Kopf gestoßen, dann brachen alle Dämme.

»Vergeben? Zum Teufel, woher nimmst du das Recht, so zu reden, du wusstest nicht mal, dass es sie gibt!«

Victor musterte sie durchdringend, dann erwiderte er: »Ein Kind ist immer etwas ganz Besonderes. Und es hätte allem, was zwischen uns war, eine Bedeutung gegeben. Ein Kind wäre die Antwort auf alle Fragen gewesen, die mich mein Leben lang gequält haben. Und es wäre dieses Ringen um einen Sinn wert gewesen.«

Sie wollte das alles nicht hören, nicht den Schmerz in seinen Augen sehen, das Bedauern, die Verzweiflung.

Er schien es jetzt zu verstehen. »Entschuldige die Störung, ich wollte dich nicht in Verlegenheit bringen, Susanna, ich hatte ... auf etwas anderes gehofft.« Er faltete das Blatt wieder zusammen und steckte es zurück in den Umschlag. Am liebsten hätte Susanna ihn gepackt und zerrissen.

Dann trat ein versonnenes Lächeln auf seine Lippen: »Du wirst mich für verrückt halten ... aber es geht etwas von ihr aus ... von Elena ... das mich stutzig macht. Ich nehme an, Monsieur Vidal war sehr stolz auf sie.«

Susanna schien zu Stein erstarrt, unfähig zu reagieren.

»Deine Elena ist eine wunderschöne Frau, mit großem Talent. Der Artikel lobt sie in den höchsten Tönen, aber es ist weniger ihre Leidenschaft, mit der sie tut, was sie tut, sondern vielmehr die besondere Gabe, die dort beschrieben wird. Sie kann Parfüms für sich sprechen lassen, als wären sie lebendig, als hätten sie eine Seele.«

Er hielt inne und suchte ihren Blick.

»Wenn sie meine Tochter wäre«, fuhr er leise fort, »unsere Tochter, das wäre die Erfüllung eines lang gehegten Lebenstraums.« Er senkte den Kopf, Traurigkeit umspielte seine Lippen, seine Stimme war nur noch ein Flüstern. »Aber es war nur ein Traum.«

Er zog den Mantel an, eine Haarsträhne fiel ihm in die Stirn. Sein Blick war leer. »Ich danke dir, dass du mir deine Zeit geschenkt hast, Susanna, das war sehr wichtig für mich.«

Sie nickte, zu mehr war sie nicht fähig, ihr Hals war

wie zugeschnürt, nur mit Mühe konnte sie ihre Tränen zurückhalten.

Victor legte seine Visitenkarte auf den Tisch neben Elenas Foto im Silberrahmen. Er sah sie lange an.

»Ich wünsche dir das Allerbeste, *Habibti*.«

Susanna presste die Lippen zusammen, ihre Knie zitterten, sie war am Ende ihrer Kräfte.

Als sich die Tür hinter Victor schloss, bahnten sich die Tränen ihren Weg.

»*Habibti*.«

Meine Geliebte.

Niemand hatte sie jemals wieder so genannt.

3.

Geißblatt. Scheu, misstrauisch und stolz, kann trotzdem herzlich sein. Instinktiv umschifft es alle gedanklichen Klippen. Pragmatisch, den Trost des Traumes gestattet es sich nicht.

»Die Enten warten schon!«

Beatrice McLean-Rossini verschränkte die Arme vor der Brust und starrte auf den Schulhof. Sie war erst vor wenigen Monaten eingeschult worden. »Sie haben Hunger, das weiß ich. Wirklich, Mama. In die Schule gehe ich morgen wieder.«

Elena strich ihr über den Kopf. »Ich bin sicher, dass auch andere Kinder sich um sie kümmern werden, ich kaufe ein Brot, und nach der Schule kannst du sie füttern.«

Bea, wie sie von allen genannt wurde, stampfte mit dem Fuß auf, ihr roter Gummistiefel landete in einer Pfütze. »Aber ich will jetzt gehen, sie warten auf mich. Wenn du nicht mitkommst, dann frage ich Großvater Lagose.«

»Ich bin sicher, dass sie bis heute Mittag durchhalten, Enten sind stark.« Elena lächelte ihre Tochter an.

»Ich habe dir schon erklärt, mein Schatz, dass wir nicht immer gleich zu Monsieur Lagose gehen und ihn um einen Gefallen bitten können.«

Später würde sie Jean-Baptiste anrufen und ihm die Geschichte erzählen. Seitdem sie ihn Großvater nannte, las er Bea jeden Wunsch von den Augen ab. Der Stammkunde ihrer Parfümerie war zu einem guten Freund der Familie geworden.

Beas Gesicht verdüsterte sich. »Aber Großvater hat gesagt, dass ich ihn immer anrufen kann. Und die Enten sind traurig, wenn ihr Papa nicht da ist, genau wie ich.«

Da lag also das Problem. Immer wenn Cail auf Reisen war, erfand Bea die verrücktesten Geschichten, damit sie zu Hause bleiben und auf ihn warten konnte. Cail McLean war zwar nicht ihr biologischer Vater, aber er hatte sich von Anfang an fürsorglich um sie gekümmert. Bea liebte ihn über alles. Für sie war er ihr Vater. Eines Tages würden sie ihr die Wahrheit sagen müssen, aber daran wollte sie jetzt nicht denken.

Bea umklammerte ihre Hand, ihr Gesicht war tief betrübt, ihre Lippen bebten.

Das erste Mal hatte Bea ihr erzählt, dass John, ihr betagter Hund, nicht allein zu Hause bleiben könne, in die Schule dürfe sie ihn nicht mitnehmen, deshalb würde sie ihm Gesellschaft leisten. Elena hatte einen Kompromiss gefunden. John würde sie bis ans Schultor begleiten und später wieder abholen.

Was sich Bea wohl als Nächstes ausdenken würde?

Bis zum Schultor war alles gut gegangen, sie hatte ihre

Tochter in den Arm genommen und tief ihren süßen Duft eingesogen. Aber dann hatte Bea gezögert. Sie starrte auf ihre Schuhe. »Versprichst du, dass du mich abholst?«

»Mein Schatz, das weißt du doch. Ich bin pünktlich da, versprochen. Herzensversprechen.« Elena legte ihren Zeigefinger auf die Lippen.

Beas große grüne Augen glommen nicht mehr vor Zorn. Ihre Wut war erloschen.

»Gut, dann gehe ich jetzt rein.«

Elena war erleichtert, sie wünschte sich Stabilität und Unbeschwertheit für ihr Kind. Sie würde immer für sie da sein, egal, was passierte.

Es war eine schwere Zeit, auch für sie, das letzte Telefonat mit ihrer Mutter lastete immer noch auf ihr.

Außer mit Adeline hatte sie mit niemandem darüber gesprochen. Aber vor ihr konnte sie ohnehin nichts verheimlichen. Adeline Binoche und ihre Schwägerin Geneviève gehörten zu den ersten Kundinnen von Absolue und waren wie Jean-Baptiste inzwischen ein Teil ihrer Familie geworden. Freundinnen, auf die sie zu hundert Prozent zählen konnte. Doch tief in ihrem Inneren sehnte sie sich noch immer nach der Aufmerksamkeit einer Frau, die sich immer weiter von ihr entfernt hatte. Ihre Mutter und sie hatten sich einander im Laufe der Zeit entfremdet. Und nach Beas Geburt war diese Sehnsucht noch gewachsen.

»Jetzt geh schon, sonst wird Madame Lucille böse.«

Bea riss die Augen auf und lachte. »Sie ist böse auf alle Mamas«, flüsterte sie, dann rannte sie zum Eingang.

Der Bürgersteig vor der Schule war mit Eltern dicht bevölkert, einige unterhielten sich, andere brachen bereits wieder auf. Auch sie musste sich beeilen. Die Parfümerie öffnete um zehn. Früher hatte sie die Zeit davor genutzt, in aller Ruhe im Labor zu arbeiten, allein mit ihren Essenzen zu sein.

Aber seit Monique wieder da war, konnte sie sich kleine Auszeiten nehmen. Sie schlenderte durch das Marais in Richtung Rue des Rosiers.

Selbst zu dieser Zeit waren bereits zahllose Touristen unterwegs, die mit glänzenden Augen durch das historische jüdische Viertel bummelten und fotografierten. Obwohl sie hier wohnte, übte es noch immer eine große Faszination auf Elena aus, sie konnte sich ihrer bis heute nicht entziehen. Die mit Efeu überwucherten Mauern, die großen Spitzbogenfenster und die hohen Dachfirste, Zeitzeugen von Ereignissen aus längst vergangenen Epochen, erzählten ihre Geschichte.

Und dann diese Düfte! Das Aroma gerade aus dem Ofen gezogener Kekse, der Geruch marinierten Fleisches und das vielfältge Bouquet verschiedenster vor sich hin köchelnder Saucen. Eine kleine Welt für sich. Rasch hatte sie einen baumbestandenen Hof erreicht und stand vor der Eingangstür des Hauses, in dem sie wohnte. Dort war auch die alte Parfümerie gewesen, eines von vielen kleinen Geschäften in der Straße.

Sie wollte immer noch nicht wahrhaben, dass der Laden verkauft worden war. Wehmut überkam sie, aber sie konnte daran nichts mehr ändern.

Monique hatte recht, sie musste nach vorn schauen. Sie schloss die Tür hinter sich und knipste das Licht im Flur an. Hier hatte sie Cail das erste Mal gesehen. Nein, das stimmte nicht, zuerst hatte sie seinen Duft wahrgenommen. *Nach Sonne, aber auch nach Regen, nach gedachten Worten, nach langem Schweigen und Überlegen. Nach Erde und nach Rosen...*

Seit damals war viel Zeit vergangen, so viel hatte sich verändert, aber eines war geblieben: ihr stiller Schauder, der sie überlief, wenn er sie ansah. Caillen McLean, ein Rosenzüchter, der Mann, mit dem sie seit sechs Jahren zusammen war. Der Unbekannte von damals.

Irgendwie seltsam, dass sie ihn zuerst mit der Nase wahrgenommen hatte, aber doch auch natürlich. Sie war über ihren Geruchssinn mit der Welt verbunden, Blicke allein hatten ihr nie genügt.

Sie musste die Dinge riechen.

Sie stieg die Treppe zu ihrer Wohnung hinauf, öffnete die Tür und atmete tief durch. Als sie den von Cail gestalteten Dachgarten sah, fiel alle Angst von ihr ab. Die Triebe der Rosa banksiae zeigten zarte Blattknospen, ein erstes Frühlingsversprechen. Alles hatte ein Ende, alles hatte einen Anfang. Bei diesem Gedanken wurde Elena ruhig. John kam schwanzwedelnd auf sie zugelaufen, und sie streichelte ihm die Schnauze, kraulte ihn mit beiden Händen hinter den Ohren. »Guter Hund.« Die Italienische Dogge war Cails bester Freund und liebte Bea über alles. Selbst sie hatte John ins Herz geschlossen, obwohl sie Angst vor Hunden hatte. Vor ihm nicht.

Elena schloss die Tür, zog die Jacke aus und hängte sie in den Schrank, daneben standen die Gummistiefel. Sie sammelte Beas Spielzeug zusammen, verräumte es und brühte sich dann einen Tee auf. Bei ihrem Gang durch die Wohnung entdeckte sie Cails Rucksack. Er war früher als geplant von seiner Reise zurück. Sie ging ins Schlafzimmer, auf ihrem Kopfkissen lag eine weiße Rose, daneben ein Brief. Sie las ihn, lächelte, stellte die Rose in eine Vase, zog die Jacke wieder an und verließ die Wohnung.

Das Erdgeschoss der Rue des Rosiers Nummer 10 ähnelte denen der Nachbarhäuser, aber neben dem Eingangstor gab es einen versteckten Durchgang. Elena passierte ihn und betrat den geheimen Garten, wo Cail auf sie wartete. Wann immer sie hierherkam, erlag Elena seinem Zauber. In unmittelbarer Nähe der beeindruckenden Fassade des Hôtel de Coulanges aus dem 17. Jahrhundert überquerte sie eine kleine Wiese, bevor sie den Rosengarten erreichte.

Dieses urbane Kleinod wurde seit einiger Zeit von Cail liebevoll betreut. Eine Oase des Friedens, mitten im quirligen Marais. Heimat seltener Rosensorten und Winterquartier von Sperlingen und Tauben.

Cail kniete am Boden und begutachtete einen Rosenstock, daneben lag seine abgetragene Lederjacke. Elena dachte kurz daran, dass sie ihm endlich mal eine neue kaufen wollte, aber als er sich zu ihr umdrehte und lächelte, war alles andere vergessen. Sie blieb stehen, Cail erhob sich und kam mit federnden Schritten langsam auf sie zu.

»Endlich«, flüsterte er und küsste sie.

»Habe ich dir gefehlt?«

»Jede Sekunde.« Seine Hände waren kalt, die Haut rau und zerkratzt, aber seine Berührung war weich und zärtlich. Elena seufzte.

Diese erste Zärtlichkeit war eine Einladung, die nach und nach einem tiefen Begehren wich. Jede Begegnung mit ihm war intensiv, stark und ließ alles andere in den Hintergrund treten.

Cails Küsse waren perfekt, losgelöst von Raum und Zeit, süße Versprechen. Mann und Frau, vereint in einem gemeinsamen Gefühl.

»Ich sterbe vor Hunger, lass uns frühstücken.« Cail löste sich von ihr und räumte die Gartengeräte weg. Während sie durch den Garten gingen, unterhielten sie sich über Bea. »Nun ja, über mangelnde Fürsorge für Tiere jedenfalls kannst du dich nicht beschweren, Enten füttern...« Er lachte herzerfrischend. »Sophie wird das sehr gefallen.«

»Wie geht es deiner Schwester?«

»Gut, die Schwangerschaft schreitet unaufhaltsam voran. Sie lässt alle grüßen.«

Sie frühstückten in der Boulangerie Murciano, einem Juwel mitten im Marais. Elena liebte diese Bäckerei mit den blau gestrichenen Fensterrahmen, das Honiggebäck war das beste der ganzen Stadt. Wann immer es möglich war, ging sie dorthin.

»Wie war die Reise?«, fragte sie und biss herzhaft in ihr luftig-leichtes Croissant.

»Die Rosen entwickeln sich prächtig, gerade rechtzeitig zum Wettbewerb werden sie in voller Blüte stehen. Ich bin sehr zufrieden.«

Typisch Cail, kein Wort zu viel.

»Und Monique?«, fuhr er nach einer Weile fort.

Elena zuckte mit den Schultern. »Sie ist durch die Welt gereist, auf der Suche nach etwas, was sie aber wohl nicht gefunden hat.«

»Wie oft finden wir das, was wir woanders suchen, in uns selbst. Um das zu erkennen, bedarf es Zeit und Geduld.«

»Ich glaube, sie bedauert, Paris verlassen zu haben, und setzt alles daran, die verlorene Zeit wieder aufzuholen. Sie arbeitet rund um die Uhr.« Sie lächelte. »Anfangs war ich skeptisch wegen ihres ungestümen Innovationsdrangs, aber dann hat sie mich doch überzeugt. Die neue Parfümerie ist eine echte Augenweide.«

»Du hast also nachgegeben?«

»Sie war immer für mich da, jetzt braucht sie mich, und ich werde sie unterstützen. Ich kann sie nicht im Stich lassen.«

Cails durchdringender Blick ließ sie nicht los. »Das klingt überzeugend, aber da ist doch noch mehr, das spüre ich. Willst du darüber reden?«

Er kannte sie besser als irgendjemand sonst und ließ nicht locker. Ihre Augen füllten sich mit Tränen. »Ich habe das Gefühl, innerlich zerrissen zu sein. Ein Teil von mir ist überzeugt, dass die Entscheidung richtig war, über meinen Schatten gesprungen zu sein und für den

Erfolg des Absolue hart zu arbeiten. Nichts ist für die Ewigkeit, auch wenn man es noch so sehr lieb gewonnen hat. Aber ein anderer Teil möchte die Zeit zurückdrehen. Ich wünschte, alles wäre beim Alten geblieben, und zuweilen beherrscht mich die Angst, ich könnte alles verlieren. Was ich hatte, wusste ich, was kommen wird, steht in den Sternen.«

»Das verstehe ich. Irgendwann habe ich mir die gleiche Frage gestellt.«

»Und?«

»Und dann seid ihr aufgetaucht, Bea und du. Und alles ist gut gegangen, findest du nicht?«

Elena musste lachen. »Ich habe es ernst gemeint.«

»Ich auch.«

Durch ihr Gespräch fühlte sie sich ein wenig erleichtert. Seine Nähe vermittelte ihr Sicherheit, die ihr ohne ihn fehlte. Er hatte diese Wirkung, ohne dass er etwas Besonderes tun musste. Ein tiefes Glücksgefühl durchflutete sie.

Als sie später unter der Dusche stand und sich die Haare wusch, konnte Elena immer noch Cails Duft auf ihrer Haut erahnen. Ihre Gedanken wanderten zu ihrer Tochter, sie stellte sich ihr glückseliges Gesicht vor, wenn Cail sie von der Schule abholen, sie in den Arm nehmen und mit ihr Enten füttern gehen würde.

Sie zog eine Jeans und eine Bluse an und flocht ihre Haare zu einem Zopf, dann schminkte sie sich die Augen. Das Telefon klingelte.

»Elena?«

Sie erkannte die Stimme sofort. »Mama?«

Diesen Anruf hatte sie nicht erwartet. Elena erinnerte sich mit Grauen an ihr letztes Gespräch. Der *Scent*-Artikel hatte ihr missfallen, nichts war ihr präzise genug gewesen, das hatte sie mehr als deutlich zum Ausdruck gebracht. Aber warum? Warum konnte sie nicht wie andere Mütter einfach stolz auf ihre Tochter sein? Warum machte sie immer alles so kompliziert?

»Wie geht es dir?«

Susannas Stimme klang freundlich, fast liebevoll, aber Elena wusste, wie schnell ihre Stimmung umschlagen konnte. Das Wesen ihrer Mutter glich den Gezeiten des Meeres, nichts war vor dem ständigen Wechsel sicher, statt Ruhe unausgesetzte Bewegung.

»Sehr gut, danke. Und dir?« Am liebsten hätte sie gesagt: »Mir geht es schlecht, Mama, ich fühle mich verloren, ich brauche dich.« Doch diesen Wunsch verbarg sie tief in ihrem Herzen.

»Alles okay, es könnte schlechter sein.«

Typisch Susanna, Elena musste lächeln.

Sie hatte so sehr auf eine Versöhnung mit ihr gehofft. Vor sechs Jahren hatte sie in Florenz das Parfüm entdeckt, das ihre Mutter eigens für sie kreiert hatte. Ein Geschenk. Erst nach Beas Geburt hatte sie den Flakon geöffnet. Der Duft war unbeschreiblich, einfach perfekt. In diesem Augenblick hatte sie die Liebe ihrer Mutter spüren können. Der Duft war wie eine schützende Umarmung, er hatte zu ihr gesprochen, so deutlich, als wären es Susannas eigene Worte. Zum allerersten Mal hatte Elena sich gewünscht, den Kontakt zu ihr wiederaufzunehmen.

Aber in Wirklichkeit hatte sich zwischen ihnen nichts geändert. Susanna blieb kühl und reserviert, nur hin und wieder blitzte ein wenig Herzenswärme auf. Immer dann, wenn es um ihre Enkelin ging.

»Ist Bea noch in der Schule?«

»Ja, ich bin gerade auf dem Sprung, sie abzuholen. Können wir später telefonieren?«

»Ich... ich wollte gern mit dir reden.«

»Wenn es um das letzte Gespräch geht, dann lass uns das bitte vergessen.«

»Nein... oder doch, darum geht es auch.« Susanna seufzte, dann fuhr sie fort: »Ich war aufgebracht, diese sensationslüsternen Journalisten... aber deshalb rufe ich nicht an.«

Elena war hellhörig geworden, etwas im Tonfall ihrer Mutter beunruhigte sie. »Erzähl.«

»Ich möchte, dass du nach Florenz kommst.«

Elena spürte, wie ihr Herz begann, schneller zu schlagen. Ihre Mutter wollte sie sehen, gerührt schaute sie aus dem Fenster. John spielte auf der Terrasse mit einem Ball, den Bea dort vergessen hatte.

»Warum?«

»Muss es immer einen Grund geben? Wie lange haben wir uns nicht gesehen? Sechs Monate? Nein, länger, das letzte Mal warst du zu sehr beschäftigt, als ich da war, oder?«

Elena konnte sich nur zu gut erinnern. Immer wenn

sie sich trafen, hatte sie ein schlechtes Gewissen, hatte Angst, etwas falsch zu machen oder sie gar zu verletzen. Und auch jetzt stieg dieses Gefühl wieder in ihr auf.

Sosehr sie sich auf ein Wiedersehen freute, schlussendlich würde es doch wieder zum Streit kommen.

»Wie wäre es in den Osterferien?«

Susanna schwieg einen Moment. »Ich hatte auf früher gehofft. Es wäre schön, Bea und dich in meiner Nähe zu haben. Nur ein paar Tage. Wenn es dir lieber ist, kann ich auch gern nach Paris kommen.«

»Du kannst tun und lassen, was du willst, Mama, das weißt du.« Sie würde sich ohnehin von ihr nicht vereinnahmen lassen, dessen war sich Elena sicher.

»Also, ja oder nein? Was ist nun?«

Elena schloss die Augen. Wenn ihre Mutter etwas durchsetzen wollte, dann war sie unerbittlich.

»Ich werde darüber nachdenken.« Dann legte sie auf.

»Wer war das?«, fragte Cail, seine hochgezogenen Mundwinkel verrieten, dass er Bescheid wusste.

»Meine Mutter. Sie möchte, dass wir nach Florenz kommen.«

»Gute Idee. Warum verziehst du das Gesicht?«

»Keine Ahnung, sie war so seltsam.«

»Wie, seltsam?«

»Anfangs herzlich, doch dann war sie wie immer.«

»Lass mich raten, herrisch und selbstgerecht?«

Sie wusste, dass Cail das nur scherzhaft meinte, er war es, der sie immer in ihrem Ansinnen bestärkte, wieder Kontakt zu ihrer Mutter aufzunehmen.

»Nervös.«

»Das ist nichts Neues.«

»Ich habe das Gefühl, dass meine Mutter mir etwas sagen wollte, aber ich kann mir nicht im Entferntesten vorstellen, was das sein könnte. Ich bin ein bisschen ratlos.«

»Vielleicht sucht sie deine Gesellschaft?«

»Könnte tatsächlich sein. Freunde hat sie nicht, und wirklich warm geworden ist sie mit Florenz auch nicht.«

Cail hatte sich einen Pullover übergezogen, war vor sie hingetreten und küsste sie. »Was hast du gesagt?«

»Dass ich es mir überlege.«

»Wir könnten nächstes Wochenende fahren.« Er drückte sie an sich.

Elena schlang die Arme um ihn, schmiegte ihr Gesicht an seine Brust, schloss die Augen und sog tief seinen Duft ein.

»Oder wir bleiben doch lieber hier, ich habe ziemlich viel um die Ohren.«

»Nein, du scheust bloß ihre Nähe.«

Elena dachte nach. Warum eigentlich nicht? Ein paar Tage im Palazzo Rossini in Florenz würden ihr guttun. Vielleicht fände sie dort das endlich wieder, was sie in letzter Zeit verloren hatte: dieses ganz besondere Kribbeln in den Fingern, das sich spontan einstellte, wenn sie die richtige Mischung für das Perfekte Parfüm gefunden zu haben glaubte. Ein Duft, der Bände zu ihr sprach.

»Du hast recht.«

Cail küsste sie lange, dann strich er ihr zärtlich übers Haar.

»Lass uns gehen, Bea wartet bestimmt schon.«

Das Dunkel war undurchdringlich wie ein dichter schwarzer Vorhang. Elena wand sich im Schlaf, hatte das Gefühl zu ersticken.

»Nein, bitte nicht«, keuchte sie.

Im Unterbewusstsein spürte sie eine Hand auf ihrer Schulter, die sie sanft rüttelte. Alles war falsch. Sie weinte.

»Elena, wach auf. Du hast schlecht geträumt.«

Cails Stimme holte sie aus der undurchdringlichen Finsternis zurück. Sie klammerte sich an ihn.

»Hilf mir, bitte.«

»Ich bin hier, ganz ruhig. Alles ist gut. Du musst keine Angst haben.«

Nein, nichts war gut, gar nichts.

»Schau mich an, mein Schatz, ich bin bei dir. Hab keine Angst.«

»Ich kann es nicht mehr.«

Cail schaute sie erstaunt an. »Was kannst du nicht mehr?«

Sie presste die Lippen aufeinander, ihre Antwort war ein herzzerreißendes Schluchzen.

»Sag mir, wie ich dir helfen kann.«

Sie schüttelte den Kopf, Tränen liefen ihr über das Gesicht. Wieder hatte sie ein Alptraum gequält, aber dieses Mal vor einem realen Hintergrund.

»Ich habe mein Gespür für das Parfüm verloren.«
Er knipste das Licht an.
»Was meinst du damit?«
Elena sah sich um, aber da war niemand, der ihr eine hilfreiche Antwort hätte geben oder sie trösten können. Was sollte sie sagen, sie wusste es doch selbst nicht?
»Versuch, zur Ruhe zu kommen.«
Cail schob sie sanft aufs Bett zurück.
»Tief durchatmen, ja, so ist es gut.«
Aber die panische Angst, der sie die ganze Zeit verzweifelt zu entgehen versucht hatte, ließ sie nicht aus ihren Klauen. Die Zukunft hing drohend wie eine schwarze Wolke über ihr. Gab es für sie überhaupt eine Zukunft? Wo war ihr Platz in der Welt? Cails warme Hände und seine Stimme holten sie in die Gegenwart zurück.
»Du solltest mit mir darüber reden.«
Sie schüttelte den Kopf. Auch wenn sie es gewollt hätte, es ging einfach nicht. Wieder war sie allein. Niemand konnte ihr helfen, selbst Cail nicht.
»Ich bin hier, meine Liebste, rede mit mir«, versuchte es Cail erneut.
»Ich kann nicht.«
Elena starrte aus dem Fenster, aber sie sah nichts, die Finsternis verschlang alles. Dann rollte sie sich zusammen wie ein Igel. Cail sprach weiter, liebevoll und sanft, bis sie eingeschlafen war.

4.

Lilie. Das Symbol für Reinheit und Leidenschaft, sie löst starke Gefühle aus. Widerstandsfähig und selbstbewusst, oftmals so fasziniert von ihren eigenen Ideen, dass sie die Signale der anderen nicht wahrnimmt.

Die Außenfassade des Palazzo Rossini war noch ganz genau so, wie Elena sie in Erinnerung hatte, prunkhaft und majestätisch. Der Glanz der Sonne hauchte den behauenen Natursteinen der Mauern mit ihrem Spiel aus Licht und Schatten Leben ein, ein faszinierendes Bild, vertraut und geheimnisvoll zugleich.

Vertraut die Geschicke der Generationen ihrer Besitzer und geheimnisvoll die unergründete Geschichte des Palazzo.

Im 17. Jahrhundert von der begnadeten Parfümeurin Beatrice Rossini erbaut, ist er über Generationen hinweg bis heute im Besitz der Familie geblieben. Er war das steinerne Symbol der Parfümdynastie, der auch sie angehörte.

In den altehrwürdigen Mauern wurde geboren und gestorben, Erfolge wurden gefeiert und bittere Niederlagen beweint. Der Palazzo hatte Wind und Wetter standgehalten, alle politischen Wirren und sogar zwei Weltkriege überstanden.

Obwohl äußerlich unverändert, hatte jede Generation dem Palazzo seinen individuellen Stempel aufgedrückt. Elena hatte den Eindruck, als würde er bei ihrer Ankunft ein wenig lächeln, sie mit offenen Armen willkommen heißen, wie damals ihre Großmutter.

Während des Flugs hatte sie sich noch Sorgen gemacht, aber kaum war sie angekommen, fühlte sie sich zu Hause, hier gehörte sie hin. Das war ihr Zuhause.

»Alles in Ordnung?«, fragte Cail und griff nach ihrer Hand. »Ja, jetzt ja«, antwortete sie lächelnd.

Sie ließ ihren Blick erneut über die Außenfassade wandern, und ein wohliges Gefühl überkam sie: die filigranen Spitzbogenfenster, die roten Ziegel, die verzierten Holzrahmen, das mächtige Eingangsportal mit seinen geschnitzten Tier-, Blumen- und Frauenmotiven, die zur Mitte hin ineinander übergingen.

Fast liebevoll fuhr sie mit den Fingerspitzen darüber.

Bea kam aus dem Staunen nicht heraus.

»Komm, mein Schatz.«

»Ja, Mama.«

Die Tür wurde geöffnet, Susanna stand auf der Schwelle und lächelte. Ein Anblick, den Elena insgeheim herbeigesehnt hatte, weil er ihr lange nicht mehr gewährt worden war.

»Endlich seid ihr da!« Sie hob Bea hoch und wirbelte sie durch die Luft.

»Da ist ja mein kleines Mädchen!«

»Großmutter, wir sind mit dem Flugzeug gekommen, John musste in Paris bleiben, er mag das Fliegen nicht, aber Ben passt auf ihn auf, so ist er nicht ganz allein.«

Susanna suchte Elenas Augen, für einen kurzen Moment kreuzten sich ihre Blicke.

Susanna war eine zeitlos schöne Frau, elegant, mit großer Ausstrahlung und geheimnisvoll. Der mediterrane Typ, lebendige große Augen und tiefschwarzes Haar, das in der Sonne wie die Federn eines Raben glänzte.

Weder Elena noch Bea hatten das aristokratische Aussehen und die Haarfarbe von ihr geerbt.

»Wie schön, dass ihr alle da seid, ich freue mich sehr«, sagte Susanna und lächelte in die Runde.

Sie stellte Bea wieder ab und nahm Elena in den Arm.

»Schön, dich zu sehen.«

»Ganz meinerseits, Mama.« Ihre innige Umarmung überraschte Elena, sie schloss kurz die Augen und spürte die weiche Wolle von Susannas Strickjacke an der Wange. Sie duftete dezent nach Iris, was sie an ihre frühe unbeschwerte Kindheit zurückerinnerte.

»Ich habe mich so sehr nach euch gesehnt«, sagte Susanna.

»Danke.« Mehr brachte Elena nicht heraus, sie war tief gerührt.

Die großzügige Eingangshalle öffnete sich zu einem lichtdurchfluteten Wohnzimmer, das Panoramafenster war zum Garten ausgerichtet. Das Fußbodenmosaik wies die gleichen Motive wie das Eingangsportal auf,

Löwen, Lilien und Frauen in langen fließenden Gewändern. Im Kamin loderte knisternd ein Feuer.

Es war Jahre her, dass Elena das letzte Mal hier gewesen war. Als Bea ein Kleinkind war, waren ihr die Strapazen zu groß gewesen, und danach war ihre Mutter eingezogen. Wenn sie sich denn getroffen hatten, dann in Paris.

Die Wände erstrahlten in frischem Weiß, von dem sich die Gemälde abhoben. Auf der Konsole standen ein Tulpenstrauß, Fotos in Silberrahmen und Kristallkaraffen, die mit einer dunklen Flüssigkeit gefüllt waren.

Elena war für einen Augenblick der Zeit entrückt, sie versank in bittersüßen Erinnerungen, der strenge Unterricht bei ihrer Großmutter, die langen Winterabende, in denen sie ihr Episoden aus der Familiengeschichte der Rossini erzählt hatte, ihr sehnlicher Wunsch, mit anderen Kindern zu spielen.

»Wie war die Reise?«, fragte Susanna.

»Ruhig.«

»Ich bin so froh, dass du da bist.«

Erst jetzt bemerkte Elena die Melancholie im Gesicht ihrer Mutter und die dunklen Ringe unter ihren Augen. Irgendetwas stimmte nicht, das schien ihr unabweisbar. Alarmiert fragte sie: »Geht es dir gut?«

Susanna schaute sie an und lachte. »Bestens!«

Ein wenig beruhigt zog Elena Mantel und Handschuhe aus und griff nach Beas Sachen, die auf einem Sessel lagen. Eine Porzellaneule erregte ihre besondere Aufmerksamkeit. Sie schraubte sie auseinander und entdeckte eine Muschel. Ein dezenter Duft drang ihr entgegen.

»Erinnerst du dich noch?«, fragte sie ihre Mutter.

Ein Bild tauchte vor Elenas innerem Auge auf. Sie ging an der Hand ihrer Mutter am Meeressaum entlang, die Luft roch salzig, die Wellen rollten an den Strand, Möwen kreischten. Sie feierten etwas, aber sie wusste nicht mehr, was genau.

»Wir haben die Schuhe am Strand ausgezogen und sind ans Wasser gegangen, dort haben wir auch die Muschel gefunden.«

Das Auge der heiligen Lucia. Nimm sie mit, sie bringt Glück.

»Du warst damals noch so klein, ich bin überrascht, dass du dich noch erinnern kannst«, erwiderte Susanna, ehrliches Erstaunen in ihren Worten. Sie hatte eine Hand auf ihre Brust gelegt.

Ihre Mutter schien gerührt. Elena war es auf jeden Fall.

»Wer weiß, wie sie in der Porzellaneule gelandet ist.«

»Deine Großmutter hat alles aufgehoben, wahrscheinlich hat sie die Muschel hineingelegt.«

Ja, das war gut möglich. Sie hatte alles gesammelt, was mit den Rossinis in Verbindung stand. Besonders die alten Fotos auf der Konsole hatten Elena von Anfang an fasziniert, auf einem hielt Lucia die neugeborene Susanna auf dem Arm.

War das süße Baby in dem Spitzenkleidchen wirklich ihre Mutter? Ein anderes Foto zog ihren Blick magisch an. Darauf war Bianca Rossini zu sehen, die durch ganz Europa gereist war, um ihre Duftkreationen in den Königshäusern zu präsentieren. Elena hatte ihre Tagebücher gelesen, sie musste eine entschlossene und mutige Frau gewesen sein, äußerlich fast das Ebenbild Susannas. Auf dem Foto trug sie ein langes Spitzenkleid, wie es im frühen 20. Jahrhundert Mode gewesen war, sie wirkte selbst wie eine Königin.

Ihr Blick wanderte zu dem Bild daneben, das ihre Großtante Giulia mit einem außergewöhnlichen Parfümflakon zeigte. Das Parfüm hieß »Der verzauberte Garten« und hatte sogar einen Platz in der Osmothèque, dem berühmten Pariser Duftarchiv, das sie mit Cail vor einigen Jahren besucht hatte, gefunden. Bianca und Giulia hatten sich von der Rossini-Tradition gelöst und waren ihren eigenen Weg gegangen.

Ein bisschen wie Susanna.

Ihr Herz pochte ungestüm, sie spürte es deutlich: Hier gehörte sie hin. Diese Frauen waren ihre Familie.

Italien hatte ihr gefehlt, Florenz, ihre Heimatstadt. Ob es ihrer Mutter genauso ging?

»Vermisst du Frankreich?«

Susanna sah sie überrascht an. »Ich habe mir nicht ausgesucht, nach Grasse zu ziehen, das ist einfach so passiert... Die Umstände haben für mich entschieden. Und nach Maurice' Tod hat mich nichts dort gehalten. Das weißt du doch.«

Natürlich wusste sie es. Ihr Stiefvater war nach einer langen Krankheit gestorben. Sie schwieg.

»Außer Jasmine hatte ich keine Freunde«, sprach Susanna weiter, »die Welt der Parfümeure ist einsam und unerbittlich, ich habe mehrere Monate in Schweigen verbracht, nur meine eigene Stimme gehört. Und die von Fremden, wenn ich doch einmal das Haus verlassen habe.«

Gegen ihren Willen überkam Elena Mitleid und ein schlechtes Gewissen. Ein Leben ohne Cail? Unvorstellbar. Sie konnte spüren, wie es ihrer Mutter gegangen sein musste, Susanna und Maurice waren immer ein Herz und eine Seele gewesen.

Als sie von Jasmine vom Tod ihres Stiefvaters erfuhr, hatte sie ihre Mutter sofort angerufen, aber sie hatten nur wenige Worte gewechselt. Auch bei der Beerdigung hatte sich keine Nähe einstellen wollen. Danach hatte sie noch ein paarmal angerufen, aber Susanna war nicht drangegangen. Und irgendwann hatte Elena aufgegeben.

»Die Einsamkeit ist eine Leere, die man füllen muss, um nicht verrückt zu werden. Aber mittlerweile bin ich daran gewöhnt. Ich bin gern allein. Wenn man weiß, wer man ist, kann die Einsamkeit auch eine Chance sein. Aber man muss sie selbst wählen, wenn sie einen nicht zerstören soll. Ich habe beschlossen, mir einen neuen Lebensmittelpunkt zu suchen. In Florenz bin ich aufgewachsen. Ich dachte, dass ich im Palazzo Rossini Ruhe finden würde.«

Ruhe... Elena verbiss sich eine Antwort und nickte nur. Dann sah sie sich weiter um. Noch der kleinste Winkel weckte Erinnerungen.

»Großmutter meinte, du würdest dieses Haus hassen.«

»Lucia irrte sich in vielen Dingen. Sie lebte in ihrer eigenen Welt und akzeptierte keine anderen Sichtweisen.«

Elena drehte sich überrascht um. »Warum hast du mich dann zu ihr gebracht?« Bevor Susanna auf die Frage reagieren konnte, antwortete Elena selbst: »Natürlich, wegen Maurice.«

Als sie nach Grasse gezogen war, war Elena sechs. Ihre Mutter war Expertin für Parfümessenzen und Maurice Vidal ihr Arbeitgeber. Sie hatten sich schon Jahre zuvor kennengelernt. Aber das hatte Elena erst später herausgefunden, als es für sie unabweisbar geworden war, dass Maurice sie hasste, weil sie die Tochter eines anderen Mannes war. Er war krankhaft eifersüchtig, ein Zusammenleben auf Dauer nicht möglich. Er konnte sie einfach nicht akzeptieren.

Ihre Mutter hatte sie deshalb nach Florenz gebracht, zu ihrer Großmutter Lucia, die sich ab diesem Moment um sie gekümmert hatte. Sie hatte sie verlassen, zu Gunsten von Maurice.

Elena ging in die Küche, sie musste etwas tun, um sich abzulenken, die Erinnerungen waren zu belastend.

Das Mittagessen war fertig, der Tisch gedeckt. Sogar ein Rosenstrauß stand dort, sicher hatte Susanna ihn zusammengestellt.

Sie wusch sich die Hände, schnitt das Brot und verteilte es in die Körbchen, eine Scheibe reichte sie Bea, die sich die riesigen Keramikschüsseln ansah.

»Was füllt man denn da hinein, Mama?«

Vor langer Zeit hatte Elena ihrer Großmutter Lucia die gleiche Frage gestellt und die Antwort bekommen: »Neugierige Kinder.«

Das sagte sie auch zu Bea, die fassungslos die Augen aufriss, aber dann lachte und sagte: »Du erzählst Blödsinn.« In diesem Augenblick betrat Susanna die Küche.

»Setz dich doch bitte neben mich, dann können wir ein wenig plaudern.«

Wo war die Selbstsicherheit, ja die Arroganz ihrer Mutter geblieben? Sie wirkte fast scheu.

»Gern.«

Susanna griff nach ihren Händen. »Weißt du, Cail gefällt mir immer besser.«

Elena schwieg.

»Du hast gut gewählt, beim ersten Mal hatte ich meine Zweifel, konnte ihn nicht so recht einschätzen. Aber das weißt du ja.«

Elena erinnerte sich nur allzu gut daran. »Ja, er ist ein ganz besonderer Mensch, und er vergöttert Bea. Warum warst du damals so abweisend?«

Susanna fuhr sich mit den Fingern durchs Haar, das machte sie immer, wenn sie nervös oder unsicher war. Sie teilten mehr Gemeinsamkeiten, als sie sich eingestehen wollte.

»Ich habe mich von seinem Aussehen täuschen lassen«, antwortete sie zögerlich, seufzte und lächelte verlegen. Das war zwar keine Entschuldigung, aber immerhin ein Schritt in die richtige Richtung.

»Ich habe mich geirrt«, fuhr sie fort, »ein Mann, der Blumen liebt, ist immer etwas Besonderes.«

»Da habt ihr ja etwas gemeinsam«, erwiderte Elena, »weißt du noch, dass du von jeder Reise Pflanzen mitgebracht hast? Ein ganzer Koffer war voll davon.«

Susanna lächelte still in sich hinein. Ja, das war eine Marotte von ihr, von überall nahm sie Ableger, Blüten oder Blätter mit. Manchmal blieb sie sogar länger, um etwas auszusäen und die gekeimten Setzlinge im Topf mitnehmen zu können.

»Natürlich erinnere ich mich.«

»Sprichst du immer noch mit Pflanzen?« Elena hatte das Bild ihrer Mutter vor Augen, wie sie über einen Tontopf gebeugt mit den Blumen redete.

»Oh ja.«

Jetzt schmunzelte Elena, sie hatte diese Angewohnheit übernommen. Auch sie sprach mit Pflanzen. Sie erinnerte sich, wie sie mit ihrer Mutter morgens auf den Feldern die abgefallenen Rosenblütenblätter gesammelt hatte.

»Du hast mich immer auf die Felder mitgenommen, weißt du noch?«

Dieses innere Bild erfüllte sie so mit Wärme und Geborgenheit, dass es ihr mit einem Mal besser ging.

5.

Jasmin. Liebt das Leben, die Sonne, die Freundschaft. Ein Abenteurer mit der Leidenschaft, Neues zu erforschen. Aber wie alle Forscher bleibt er nicht lange und macht sich wieder auf den Weg.

»Wo ist denn Beatrice?« Cail stand auf der Türschwelle. »Draußen kann sie nicht sein, die Tür ist verschlossen.«

Elena antwortete: »Wahrscheinlich versteckt sie sich irgendwo. Das macht sie seit einigen Monaten häufiger.«

»Wirklich? Das ist ja seltsam«, meinte Susanna.

Die Eingangshalle war leer. Elena ging zur Treppe und schaute nach oben. »Vielleicht ist sie auf dem Dachboden?«

»Ich schaue mal nach«, sagte Cail.

Elena hatte den Dachboden als Kind stets gemieden. Dort war es dunkel, der Wind pfiff durch die Ritzen. Er hatte ihr schon immer Angst eingeflößt.

»Du hast dich nie versteckt«, sagte Susanna leise.

»Doch, eigentlich immer, du weißt es nur nicht«, widersprach Elena nach langem Zögern. Sie hatte ihr nie erzählt, wie sie sich aus Angst vor Maurice unter dem

Bett oder im Schrank versteckt hatte. Aber auch im Palazzo Rossini, um dem gnadenlosen Regiment ihrer Großmutter zu entgehen.

Lucia Rossini war eine strenge und konsequente Lehrmeisterin gewesen, Spielzeug hatte es nie gegeben, dafür kleine Fläschchen mit Essenzen, Destillierkolben und Bücher über die Parfümherstellung. Elena hatte das Talent für Düfte in die Wiege gelegt bekommen, und Lucia förderte es mit allen Kräften. Das Lieblingsversteck ihrer Enkelin in ihrem Labor war die Spanische Wand gewesen.

»Warum hast du dich versteckt?« Die Stimme ihrer Mutter ließ Elenas Gedankenstrom stocken.

»Aus Angst, vor Wut? Oder warum sonst?«

»Ich dachte, wenn man mich nicht sieht, kann mir nichts passieren.«

»Das hättest du mir sagen müssen.«

»Warum? Hätte das etwas verändert?«

Elena fragte sich, ob ihrer Mutter überhaupt bewusst war, was sie ihr angetan hatte.

»Ich war bestimmt nicht die beste Mutter, Elena, das hast du mir oft genug zu verstehen gegeben. Aber jetzt bist du ungerecht. Wenn ich das gewusst hätte, wäre vieles anders gelaufen.«

Daran hatte Elena ihre Zweifel. Hätte Susanna sie wirklich beschützt oder wieder zu sich geholt? Hätte sie ihr mehr vertrauen sollen?

Elena war ihr Leben lang auf sich gestellt gewesen, war niemandem gegenüber vertrauensvoll, löste ihre

Probleme allein. Und ihre Geheimnisse behielt sie für sich. Selbst die Sache mit dem Parfüm hatte sie nur mit Cail geteilt, und auch er wusste nur, was sie für nötig hielt.

Aber jetzt war nicht mehr die Zeit, in der Vergangenheit zu verharren, es galt Bea zu finden. Während Susanna im oberen Stockwerk suchte, konzentrierte sie sich auf den Innenhof, aber außer einer Bank und ein paar Pflanzen war er leer. Wo konnte Bea sich noch versteckt haben? Plötzlich hellte sich ihr Gesicht auf. Elena stieg die Treppe in den Keller hinunter, zum Eingang in eine geheimnisvolle und düstere Welt. Seit ihrer Ankunft hatte Elena an die Kellerräume gedacht, gleichzeitig ängstigte sie die Vorstellung, dort hinunterzusteigen. Mit diesem Ort waren so viele widerstreitende Gefühle verknüpft.

Hier befand sich Lucias Labor, hier hatte sie alles gelernt, was sie über Essenzen und Parfüms wusste. Hier war die Keimzelle, hier hatten die Rossini-Frauen über Generationen hinweg unvergleichliche Düfte kreiert. Und sie sollte sich nicht in diesen illustren Kreis einreihen dürfen? Weil sie ihre Gabe verloren hatte?

Sie berührte das dunkle Holz der Tür zum Labor, folgte mit den Fingerspitzen den kunstfertig gestalteten Schnitzereien: eine bäuerliche Landidylle auf dem Feld, von der Sonne beschienen, am Rand schlängelt sich ein Bach, Schmetterlinge und Bienen schwirren umher. Wasser, Feuer, Erde, Luft, alle Elemente waren darin vereint. Die Schnitzarbeit war so alt wie der Palazzo selbst, aber sie wirkte immer noch lebendig, eine dünne Schicht aus Staub hatte sich auf sie gelegt und dämpfte ihren Glanz.

Elena öffnete langsam die Tür und knipste das Licht an.

»Bea?«

Ein unterdrücktes Kichern, gefolgt von einem Rascheln.

»Warum bin ich nicht gleich darauf gekommen?«, dachte sie. Dann rief sie: »Ach, ich arme Frau, ich habe mein Kind verloren, ich weiß einfach nicht, wo ich es finden kann.«

Wieder ein Kichern. »Hier bin ich, Mama. Ich habe einen Schatz gefunden, komm schnell.«

Sie kauerte hinter einem großen Samtsessel mit Fransen auf einem ausgeblichenen Teppich, um sie herum Phiolen und Ampullen in verschiedenen Formen und Größen.

»Da bist du ja, mein Vögelchen, gefällt es dir hier?« Sie kniete sich neben ihre Tochter und betrachtete interessiert die Gefäße auf dem Boden.

»Gehören die einer Fee?«, fragte Bea.

Die Frage ließ sie entzücken.

»Ja.« Sie hatte die Gefäße sofort erkannt. Sie hatten Malvina Rossini gehört, einer ihrer Vorfahrinnen, die in Venedig für die Dogenfamilie Mocenigo gearbeitet hatte. Sie waren aus Muranoglas gefertigt, weiß, blau, lila und rosa gestreift und mit Goldblättern und Silberfäden verziert.

Elena setzte sich neben Bea und betrachtete die Schätze, die sie wie einen Strahlenkranz um sich ausgebreitet hatte. Glasfigürchen, die feine Damen, Kinder und Blumen darstellten, ein altes Kaleidoskop und in der Mitte ein Notizbuch mit rotem Einband. Elena strich mit den Fingerspitzen fast zärtlich darüber.

Sie hob es hoch, schlug es auf und entdeckte eine Bleistiftzeichnung, das Porträt eines jungen Mannes, der ein glückliches Lächeln auf den Lippen hatte.

»Hier ist es schön, Mama.«

»Mir gefällt's hier unten auch. Beim ersten Mal war ich so alt wie du.«

»Du warst auch mal ein Kind?«

Elena lachte. »Natürlich!«

Bea dachte nach. »Und wenn ich groß bin, dann werde ich wie du?«

Eine schwierige Frage. War sie so geworden wie Susanna? Nein... aber sie hatte es sich insgeheim gewünscht. Ein verwirrender Gedanke.

»Wer weiß? Lass dich überraschen.«

Beatrice schien mit der Antwort zufrieden zu sein und widmete sich wieder ihrem Schatz.

Elena lächelte, stand auf, ging zur Tür und rief nach ihrer Mutter. »Ich habe sie gefunden, sie ist im Keller. Sag Cail Bescheid.« Während sie zu Bea zurückging, kam ihr eine Idee.

»Soll ich dir etwas zeigen?«

»Ja!«

»Dann komm.« Sie legte das Notizbuch auf den Teppich zurück und griff nach der Hand ihrer Tochter. Am Ende des Flurs gelangten sie zu einer schmalen Tür. Elena öffnete sie und knipste das Licht an. An einer Wand ein Tisch, darauf eine schlichte Parfümorgel, schlicht wie alles, was Lucia Rossini umgeben hatte, der alles Überflüssige zuwider war.

Das Instrument war aus massiver Eiche und hatte drei Etagen, in denen akkurat nebeneinander dunkel eingefärbte Glasfläschchen aufgereiht waren.

»Sie gehörten deiner Urgroßmutter, schau mal, unten sind die Basisnoten, in der zweiten Etage die Herznoten und oben die Kopfnoten.«

»Wie eine Pyramide, Mama, oder?«

Es war gar nicht so einfach, die Systematik der Duftorgel zu verstehen, Elena war richtig stolz auf ihre Tochter. »Ganz genau. Komm, ich zeige es dir.«

Sie setzte sich auf einen Schemel. Einige Duftessenzen waren oxidiert, aber andere waren klar, offenbar unverfälscht und von bester Qualität, als ob sie all die Jahre nur auf sie gewartet hätten. Elena lächelte. Sie reihte einige Fläschchen vor sich auf. »Du darfst den Duft nicht bloß mit der Nase riechen, sondern mit allen Sinnen erleben, er erzählt dir eine Geschichte. Und das hier«, sie zeigte auf die Fläschchen, »sind die einzelnen Worte.«

»Darf ich mal probieren?«

Elena war überrascht und schob die Fläschchen zu ihrer Tochter hin. »Such aus, was dir gefällt.«

Entschlossen machte sich Bea an die Arbeit. Mit

sicherem Griff öffnete sie das erste Fläschchen. Ein sanfter Duft nach Mandarine verbreitete sich im Raum.

»Und jetzt das da!« Das Mädchen deutete auf ein anderes Fläschchen. Elena hielt den Atem an. Wie würde es weitergehen?

Einige Minuten später standen fünf Fläschchen und ein Messbecher vor Bea. Elena zählte still die Tropfen mit, die sie zusammenmischte. Die Spannung im Raum war mit Händen zu greifen.

»Beachte die Parfümfamilien und die Duftnoten.«

Bea hob den Blick. »Ich weiß, wie es geht, ich habe oft genug bei dir zugesehen, Mama.«

Elena war erstaunt über den selbstsicheren Ausdruck im Gesicht ihrer Tochter, die Selbstverständlichkeit, mit der sie vorging. Sie erinnerte sich daran, wie sie Bea immer ins Labor mitgenommen hatte. Aber dass sie so aufmerksam das Mischen der Düfte beobachtet hatte, überraschte sie doch.

Bea hatte Mandarine, Neroli, Lavendel, Zistrose und Zedernholz ausgewählt.

»Mandarine und Lavendel als Kopfnote, Neroli als Herznote und als Basis Zistrose und Zedernholz, eine gute Wahl«, dachte Elena. Präzise, solide und gewagt zugleich. »Bist du fertig?«

Bea hob den Blick, ihre Augen strahlten. Sie hielt Elena das Mischgefäß hin. »War doch kinderleicht, Mama, siehst du?«

Elena gab mit einer Pipette ein Tröpfchen Parfüm auf einen Papierstreifen, schloss die Augen und schnupperte.

Sie roch einen sonnigen Morgen, Kinderstimmen, eine Wiese, heiteres Treiben. Eine warmherzige Umarmung, Kraft und Sicherheit gesellten sich dazu.

»Es ist wunderbar, mein Schatz, das hast du gut gemacht.«

Ungläubig staunend sah Elena ihre Tochter an. In diesem Parfüm steckte ihr Herz, steckten ihre Gefühle und ihre Kreativität. All das, was ihr selbst abhandengekommen war.

Ein Kälteschauer lief ihr über den Rücken, eine Kälte, die aus dem Herzen kam, kalte Angst. Sie war zurück an dem Ort, wo sie am glücklichsten gewesen war. Dort, wo ihre Tochter jetzt ihr Talent bewiesen hatte. Und was würde aus ihr? Würde sie hier noch einen Platz haben?

»Warum siehst du traurig aus, Mama?«

»Oh nein, alles in Ordnung. Ich bin so stolz auf dich.«

»Wenn du willst, schenke ich es dir.«

»Darüber würde ich mich sehr freuen, aber jetzt brauchst du Geduld. Das Parfüm muss reifen und zu einer harmonischen Einheit werden.«

»Aber es ist fertig.«

Elena lächelte. »Das weiß ich, aber es muss sich an dich gewöhnen.«

»Nicht an mich, sondern an dich. Es gehört dir.«

Gerührt beugte sich Elena zu dem Mädchen hinunter. Ihr lockiges Haar sah aus wie die Flaumfedern eines Kükens.

»Wirklich?«

»Wirklich!«

Elena gab ihr einen Kuss auf die Nase, dann begann sie aufzuräumen.

»Da bist du ja, Signorina, wir haben dich schon vermisst!«

Bea schaute zu Cail, der gemeinsam mit Susanna hereingekommen war. »Ich wollte mich supergut verstecken, aber meine schlaue Mama hat mich gefunden.«

Cail beugte sich zu ihr. »Wenn du das nächste Mal auf Entdeckungsreise gehst, nimmst du mich dann mit?«

»Na gut, auch wenn du dazu eigentlich schon zu groß bist.«

Elena seufzte und legte einen Arm um Cail. »Wann wird diese Lust am Verstecken wohl vorbei sein?«

»Bestimmt bald«, sagte er und blickte sich um. »Hier sieht es ja aus wie in einer Hexenküche.«

Auf der mächtigen Balkenkonstruktion des Gewölbekellers ruhte der gesamte Palazzo. An der Decke hingen schmiedeeiserne Kronleuchter mit kugelförmigen Schirmen, die den Raum in warmes Licht hüllten. Auf einer Seite des Raumes reihten sich hohe Schränke vor den unverputzten Natursteinwänden, auf den Arbeitstischen befand sich eine Unzahl Schüsseln, Flaschen und Notizbücher.

Über Generationen hinweg hatten die Rossini-Frauen hier ihre Spuren hinterlassen. Cail war fasziniert.

»Mama, liest du mir eine Geschichte vor?« Bea hatte es sich auf dem Sessel bequem gemacht. Elena setzte sich neben sie und blätterte in einem der Notizbücher.

»Wo hast du das denn her?«, fragte Susanna.

Bea deutete hinter sich. »Es war in der Schatzkammer der Elfen.«

»Von wem könnte das sein?«, fragte Elena ihre Mutter, die plötzlich blass geworden war.

»Es gehörte Selvaggia, es ist ihr Notizbuch.«

Elena runzelte die Stirn. »Den Namen habe ich schon mal gehört, Großmutter hat oft von ihr gesprochen...« Sie lachte kurz. »Aber bei der Erwähnung dieses Namens konnte sie ungehalten werden.«

»Das glaube ich gern.«

»Hast du Selvaggia gekannt?«

Susanna atmete tief durch. »Ja.«

»Ich kann mich nicht an sie erinnern.«

»Du warst noch sehr klein, als sie weggegangen ist.«

»Was ist das denn?« Cail deutete auf den großen Gobelin mit ausgebleichten Farben, der fast eine ganze Wand einnahm. Susanna lächelte. »Das sind die Hügel rund um Florenz, vor langer Zeit gehörten unserer Familie dort ausgedehnte Ländereien. Dort wuchs alles, was sie zur Parfümherstellung brauchten, Lavendel, Tuberosen, Jasmin, aber vor allem Iris, all die Bestandteile aus der freien Natur, die Grundlage der verschiedensten Essenzen.«

»Da wuchsen bestimmt auch Rosen, oder?«

»Ja, fast ausschließlich Damaszenerrosen.«

»Das würde ich mir gern wieder mal ansehen«, meinte Elena versonnen, »ich war schon eine Ewigkeit nicht mehr dort. Vielleicht ist noch einiges erhalten geblieben.«

»Ich weiß es nicht, aber Lucia bezahlte zu ihren Lebzeiten einem Bauern ein jährliches Gehalt. Ehrlich gesagt habe ich nie verstanden, warum der so viel Geld bekam. Soviel ich weiß, hat er sich nur um die Bewässerung und das Mähen der Wiesen gekümmert.«

»Du hast von Damaszenerrosen gesprochen, oder?«, fragte Cail.

Susanna nickte. »Ja, für die Parfümherstellung.«

»Diese Rosen sind robust und unverwüstlich, kaum ein anderes Gewächs kann sich besser regenerieren. Ihre Darstellung auf diesem Wandteppich ist so eindrücklich, dass sie einen trotz der verblassten Farben fast entgegenzuspringen scheinen.«

Das war Cails Welt, in seiner Stimme schwang aufrichtige Bewunderung mit. »Im Winter sind sie voller Dornen, im Frühling treiben sie zeitig aus, bilden Knospen, aus denen sich prächtige Blätter und Blüten entwickeln. Sie sind von unbeschreiblicher Anmut und verströmen einen betörenden Duft. Die Damaszenerrose steht symbolhaft für die Zukunft und die Hoffnung.«

Unter diesem Blickwinkel hatte Elena den Wandteppich noch nie betrachtet, eine neue Perspektive tat sich auf. Vor Vergnügen über ihren Einfall klatschte sie in die Hände und verkündete laut: »Heute Mittag werden wir einen Ausflug auf den Hügel machen.«

6.

Iris. Ausgeglichen und tiefgründig, fürchtet den Traum nicht. Ursprünglich und unkonventionell, sie weiß, wie wichtig Geduld ist, und schafft wunderbare Welten für sich und ihre Umgebung.

»Deine Mutter war ausgesprochen freundlich.«

Das stimmte. Elena lächelte Cail an, aber in Wirklichkeit galten ihre Gedanken Beatrice. Immer wieder kam ihr der Blick ihrer Tochter in den Sinn, wie sie in Lucia Rossinis Labor saß, mit konzentrierter Hingabe die Tropfen der Essenzen zählte und intuitiv das perfekte Mischungsverhältnis fand. Das jahrhundertealte olfaktorische Talent der Rossini-Frauen war also auch ihr in die Wiege gelegt worden.

Beas Parfüm schlug Töne an und ließ Resonanzen widerhallen, die sich zu einer Melodie vereinigten, süß und verführerisch, während ihre eigenen Duftkreationen in letzter Zeit stumm und seelenlos waren.

Cail reichte ihr eine Tasse Tee. »Warum bist du traurig, es ist doch alles gut gegangen?« Er ließ sich neben ihr auf dem Sofa nieder.

»Weißt du, das alles hat mich sehr aufgewühlt, Bea

hat ihr erstes Parfüm kreiert. Und es ist gut geworden, sehr gut. Ein Kind, verstehst du? Ich bin überrascht und ... gerührt.«

Er küsste ihr die Hand. »Sie wird größer und reifer.«

»Sie sagte, dass sie mich immer bei der Arbeit beobachtet und sich alles gemerkt habe. Und ich dachte, sie kann das noch gar nicht verstehen ... Ich ahnte nicht, dass ihr Interesse mehr war als kindliche Neugierde ... ich ...«

»Du bist eine wunderbare Mutter, du hast alles richtig gemacht.«

Elena ließ sich einen Moment in seine Arme sinken.

»Und jetzt sollten wir los, solange die Sonne noch scheint.«

Je weiter sie sich von Florenz entfernten, desto ruhiger wurde der Verkehr, statt ununterbrochener Häuserreihen säumten Bäume die Straßen, Felder erstreckten sich bis zum Horizont, die Hügel leuchteten in sattem Grün. Zypressen- und Olivenbäume, so weit das Auge reichte.

»Es ist nicht mehr weit, bieg hier ab«, sagte Elena.

Sonnenlicht flutete durch das Blätterdach der Bäume, und Schatten zeichneten unregelmäßige Muster auf die Felder. Elena erinnerte sich daran, wie Lucia ihr von dem Perfekten Parfüm vorgeschwärmt hatte, das ihre Urahnin Beatrice Rossini einst für einen französischen Adligen gemischt und damit die Basis für ihr Vermögen gelegt hatte. Wie oft hatte sie sich gewünscht, Ähnliches zu erreichen und die Tradition fortsetzen zu können. Ein Teil dieser Geschichte zu werden.

»Ich bin mit Großmutter oft hierhergefahren, es wirkt alles so vertraut.«

Sie fühlte sich leichter, aber sie spürte auch einen Hauch von Melancholie, den sie sich nicht recht zu erklären wusste.

»Schau, dort.«

Ganz oben auf einem der Hügel thronte ein Dorf, kaum eine Handvoll Häuser, die roten Ziegeldächer schimmerten in der Sonne, man erkannte eine Kirche und einen zinnenbewehrten Turm. »Das ist Monteoriolo, wir müssen hier entlang.« Die Straße mäanderte durch die Landschaft und lief in einem Wäldchen aus.

»Wir sind da, du kannst hier parken.«

Cail sah sich überrascht um. Von der Hügelkuppe zogen sich Reihen hoher Bäume bis ins Tal, die Felder breiteten sich wellenförmig über die scheinbar endlose Weite. Lavendel und andere Blühpflanzen, so weit das Auge reichte. »Das Paradies auf Erden.«

»Ja, tatsächlich. Meine Großmutter hat alles anlegen lassen und mit dem ihr eigenen Argwohn überwacht, von der Aussaat bis zur Ernte. Ich war oft dabei.«

»Dann weißt du ja, wem Bea ihre Gabe für Essenzen verdankt.«

Elena lächelte und gab ihm einen Kuss. »Siehst du das Feld ganz hinten bei dieser kleinen Baumgruppe? Dort wuchs eine besonders wohlriechende weiße Lavendelsorte, Lucia hatte es extra für die Parfümherstellung angelegt.«

»Ja.«

»Während der Blüte sah es aus, als wäre Schnee gefallen.«

Hand in Hand gingen sie durch das hohe Gras. Elena schloss die Augen. »Meine Großmutter sagte immer, dass sich die Pflanzen Geschichten erzählen, wenn ich genau hinhören würde, könnte ich sie verstehen.«

»Und ist es dir gelungen?«

»Ja, es klingt verrückt, aber es war so.«

»Ich kenne das von den Rosen, Pflanzen sind lebendige Wesen, die kommunizieren und Beziehungen eingehen.«

Er verstand sie, er hatte sie immer verstanden.

»Ich liebe dich.«

Cail nahm sie in die Arme. »Das hast du mir schon lange nicht mehr gesagt.«

Sie küssten sich innig und lange, als gäbe es niemanden sonst, und die Zeit stünde still. In diesem Augenblick vergaßen sie alles um sich herum.

»Ich hatte gehofft, noch etwas finden zu können«, sagte Elena, als sie weitergingen, »aber von den alten Kulturen ist anscheinend nichts mehr erhalten geblieben.«

»Wollen wir bis ganz nach oben gehen?« Er deutete auf die Hügelkuppe.

»Warum nicht?«

Elena verschränkte ihre Finger mit den seinen. Seine Hand fühlte sich warm an, sie spürte die Narben und Schwielen, Zeichen, die die Arbeit eines Rosenzüchters auf seiner Haut eingegraben hatte.

»Die Irisfelder reichten bis dort unten, man konnte sie schon von weitem leuchten sehen.«

»Das war sicher ein besonderes Erlebnis.«

Ihr Weg führte jetzt durchs Unterholz.

»Komm, hier lang«, sagte Cail und schob das Gebüsch beiseite.

Das Wäldchen lag jetzt hinter ihnen, durch die Luft waberte ein unverkennbarer Duft. Das konnte nicht sein, dachte Elena, aber als sie Cails zufrieden lächelndes Gesicht sah, murmelte sie: »Woher hast du das gewusst?«

»Iris sind Überlebenskünstler, einige Pflanzen hatten den idealen Standort und haben die Zeit überdauert. Deshalb habe ich darauf gehofft.«

Elena kniete sich hin und roch an den schmalen seidigen Blütenblättern, sie war tief gerührt. »Die geliebten Schwertlilien meiner Großmutter. So hat sie die Iris immer genannt, weißt du?« Sie sog den dezenten Duft ein, mild wie das zarte Licht einer frühen Morgenstunde im Frühling, aber zugleich unbestimmbar wie ein Kuss beim Abschiednehmen. Die flirrende Luft schwanger vom Aroma, das neue Perspektiven verhieß, das Zukunft versprach, nach Mut gierte und Hoffnung nährte. Sie pflückte ein paar Blütenstiele ab, um sie später Bea und Susanna zu zeigen.

Dann hielt sie plötzlich im Pflücken inne, richtete sich auf und horchte in sich hinein. Was war da gerade passiert? Sie konnte ihn deutlich hören: Der Duft sprach mit ihr, hüllte sie ein, drang durch die Barriere ihrer

Haut, vor bis in ihr Herz, wie früher. Er barst in ihr vor Ausgelassenheit, erfüllte sie ganz, tanzte in ihr.

»Glücklich?«, fragte Cail.

Sie nickte wortlos, zum Sprechen nicht fähig, tauchte sie mit dem Gesicht in den weißen Blütenschaum, in dem kleine gelbe Herzen schwammen, Erinnerungen an glückliche Tage spülten Bilder vor ihr inneres Auge, Spiegelungen vergangener Ereignisse. Dieser Duft war die Essenz des Daseins. Ihr Lebenselixier.

Sie spürte frischen Mut und neue Kraft. Ein Verzücken, aller Schwermut entrückt, ein Taumel des Glücks hatte sich ihrer bemächtigt und ließ ihr Gesicht strahlen.

»So glücklich habe ich dich lange nicht gesehen«, sagte Cail.

Glück. Was ist das? Einen Moment lang dachte Elena über die Bedeutung dieses Wortes nach. Es war mehr als Behagen, mehr als ein Hochgefühl, es gründete tiefer, viel tiefer, es brach aus dem Innersten heraus, aus dem Verborgenen, das sich nur in diesem Augenblick selbst preisgab, es war etwas ganz Intimes.

»Lass uns hier hinuntergehen, ich meine mich zu erinnern, dass hier die Rosen gestanden haben.« Als sie eine mit Bruchsteinen befestigte Terrasse im Gelände erreichten, deutete Elena auf einen Strauch unter ihnen.

»Da, schau mal.«

Kaum mehr als struppiges Gebüsch, aber ohne Zweifel war das die Rose, die sie gesucht hatten.

»Ja, das ist zweifellos eine Damaszenerrose«, sagte Cail, und ein freudiger Glanz trat in seine Augen.

Sie stiegen weiter ab und blieben schließlich vor dem bezeichneten Strauch stehen.

»Als sie noch geblüht hat, muss das eine Duftexplosion gewesen sein.«

Aus der Nähe betrachtet entpuppte sich die Größe des Strauches als außergewöhnlich, der Einzige, der im Schutz der Feldsteinmauer überlebt hatte.

Cail prüfte mit der Schuhspitze die Standfestigkeit, dann bückte er sich und zerrieb Erde zwischen den Fingerspitzen. Behutsam strich er über die knotigen Zweige.

»Ein wunderbarer Ort, ein Paradies. Die Bedingungen sind ideal. Hier gibt es Sonne, Wind und Wasser. Eine Schande, dass alles verwahrlost ist und sich niemand mehr darum kümmert.«

»Allerdings, da hast du recht.«

Elena blickte ein letztes Mal zurück, in der Hand hielt sie den Irisstrauß. Dann kehrten sie zum Auto zurück.

»Möchtest du heute Abend ausgehen?«, fragte Cail.

»Ja, sehr gern. Bei Dunkelheit wirkt Florenz einen besonderen Zauber, wenn du auf der Ponte Vecchio stehst und das Mondlicht sich im Arno spiegelt…«

Auf der Rückfahrt sang Cail aus vollem Hals, er war glücklich. Auch Elena war beschwingt, die Last der letzten Wochen schien wie durch Magie von ihr abgefallen zu sein. Sie schöpfte wieder Hoffnung.

Sie hatte sich und ihre Selbstwahrnehmung wiedergefunden. Hier gehörte sie hin. Nach Florenz, zu ihren Wurzeln, auf die Felder, die seit Generationen von der Familie Rossini bewirtschaftet worden waren. Ins Labor ihrer Großmutter. Um die Sprache des Parfüms wieder zu hören und zu verstehen. Hier konnte ihre Seele heilen.

7.

Flieder. Aufrichtig, innig und besonnen. Umarmt sich selbst und andere, ohne Berührungsängste. Die gelungene Verbindung von Optimismus, Resilienz und Großzügigkeit.

Elena betrat das Haus, den Irisstrauß in den Händen vor sich hertragend.
»Ciao, Mama.«
»Seid ihr schon zurück? Ich dachte, ihr bleibt noch und genießt den Sonnenuntergang.« Susanna setzte die Lesebrille ab und legte sie auf das Notizbuch. Elena stutzte, es war dasselbe, in dem sie im Keller geblättert hatte, vergaß es aber sofort wieder und begann zu schwärmen:
»Diese Landschaft, diese Blütenpracht und dieser Duft! Ich hätte noch Stunden bleiben können. Und dann schau mal, dieser Strauß, es sind Lucias Schwertlilien, unglaublich! Cail hat sie entdeckt, sie waren teilweise von Unkraut überwuchert. Du wirst es nicht glauben, aber ich habe sie schon von weitem riechen können!«
»Das freut mich.« Susannas Stimme klang abwesend, sie hob den Blick, ihr Gesicht war blass. Erst jetzt be-

merkte Elena, dass ihre Mutter geweint hatte. Spontan beugte sie sich zu ihr hinunter, aber Susanna zuckte zurück.

»Was soll das?«

Erschrocken über diese Reaktion, ließ Elena die Arme sinken. »Ich dachte... entschuldige.«

Aber wofür entschuldigte sie sich eigentlich? Sie hatte das Gefühl, das alles schon einmal erlebt zu haben. Sie hatte ihre Nähe gesucht, ihre Mutter sich zurückgezogen.

Die Geschichte ihres Lebens.

Sie musste die Blumen in eine Vase stellen und endlich aufhören zu träumen. Die emotionale Distanz zwischen ihnen war zu groß. Susanna würde nie die Mutter sein, nach der alles in ihr so sehr verlangte, die sie sich innigst wünschte, nach deren Zuneigung sie dürstete und der sie sich rückhaltlos hätte öffnen können.

»Wo ist Beatrice?«

»Sie spielt mit Luca.«

»Mit wem?«

»Ihrem Freund, weißt du noch? Dem vom letzten Jahr.«

Bea hatte ihr zwar von einem Luca erzählt, aber so ernst hatte sie das nicht genommen. Susanna seufzte, bemühte sich um einen versöhnlichen Ton und sagte: »Gib mir einen Moment, dann komme ich.«

Elena reagierte nicht und wartete, bis Susanna das Notizbuch in eine Schublade gelegt hatte. Dieselbe Schublade, in der Großmutter immer die wichtigen Dinge verwahrt hatte. Sie schloss die Schublade ab mit der gleichen Sorgfalt, sogar mit demselben ernsten Ausdruck im Gesicht und derselben Abfolge der Bewegungen wie vormals Lucia.

Ähneln Kinder immer ihren Eltern?

Was hatte Lucia an Susanna weitergegeben? Was hatte sie von Susanna übernommen? Und was würde sich von ihr in Beatrice wiederfinden?

In Elena keimte die Gewissheit, endlich das Band erkennen zu können, das generationenübergreifend die Rossini-Frauen miteinander verband.

»Ich stelle die Blumen in die Vase«, sagte sie und flüchtete in die Küche.

Dort duftete es verführerisch nach Pilzrisotto, aber Elena hatte keinen Hunger.

Der Tisch war gedeckt, auf dem Herd standen eine gusseiserne Pfanne mit zerlassener Butter und ein großer abgedeckter Topf. Und überall waren Kräuter: getrocknete in Gefäßen im Regal über dem Herd, in Pflanztöpfen auf dem Fensterbrett und in Büscheln aufgehängt an den Wänden. Das war für Susanna bezeichnend, ein Spiegelbild ihrer Küche in Grasse. Elena arrangierte die Blumen in der Vase und füllte Wasser hinein. »Jetzt geht es euch besser«, murmelte sie und trug die Vase ins Wohnzimmer.

Warum hatte ihre Mutter so reagiert?, fragte sie sich auf dem Weg dahin.

Susanna saß auf dem Sofa und blätterte durch eine Zeitschrift, als wäre nichts gewesen. Sie wirkte ruhig und ausgeglichen.

In diesem Moment kam Cail herein und gab Susanna die Autoschlüssel zurück.

»Toller Wagen, Susanna.«

»Behalte sie ruhig, ich fahre sowieso nicht. Ich sollte ihn verkaufen, aber er hat Maurice gehört...«

»Mama, wo warst du denn so lange?« Beatrice stürmte ins Wohnzimmer, hinter ihr ein Junge, der ein wenig humpelte.

Cail bemerkte ihn und fragte: »Stellst du mir deinen Freund vor?«

»Er heißt Luca, und weißt du, was?« Beas Stimme war nur noch ein Flüstern. »Sie haben zu Hause eine Katze mit drei Jungen.« Sie wandte sich an ihre Mutter. »Ich habe die Kätzchen gesehen, sie sind so niedlich!« Sie hielt inne. »Ich darf eins haben, nicht wahr, Luca?«

Der Junge nickte. »Ja.«

Ein hübscher Junge mit strahlenden Augen, dachte Elena.

»Ciao, Luca, ich bin Elena.«

»Ciao.«

Wie bei Bea waren auch ihm schon ein paar Milchzähne ausgefallen, sie dürften etwa im gleichen Alter sein. Cail streckte ihm die Hand entgegen. »Schön, dich kennenzulernen, Freund von Bea.«

Luca lachte.

»Ich bin Cail, ihr Vater.«

»Ich weiß, das hat Bea mir erzählt.«

»Fangt schon an zu essen, es ist alles fertig, ich bringe Luca nur eben schnell nach Hause«, sagte Susanna.

Elena strich dem Jungen übers Haar. »Komm doch wieder vorbei, Luca.«

»Darf ich dann ein Kätzchen mitbringen?«

»Ja, ja, Mama, sag ja!«, bettelte Bea.

»Wir werden sehen, wir müssen erst Lucas Eltern fragen.«

»Juhu!«, jubelte Bea.

Elena lächelte und schloss dann die Tür.

»Willst du immer noch nach dem Essen ausgehen?«, fragte Cail erwartungsvoll. Ein romantischer Abendspaziergang am Arno war genau das, was sie jetzt brauchte, um auf andere Gedanken zu kommen.

»Ich kann es kaum erwarten.«

Es war mitten in der Nacht, Elenas Herz raste. Sie wusste erst gar nicht, wo sie sich befand, und zwang sich, ruhiger zu werden, indem sie den Rhythmus ihres Atems unter Kontrolle brachte, sich achtete darauf, die Luft langsam tief einzuatmen und sie nach einer kurzen Pause wieder vollständig auszustoßen. Ein Hund bellte, und sie zuckte zusammen, ein Auto fuhr langsam die Straße entlang, Scheinwerferlicht drang durch die Vorhänge. Jetzt wusste sie, wo sie war. In Florenz.

Sie schaute hinüber zu Cail und tastete schlaftrunken nach seiner Hand. Sie legte es nicht darauf an, ihn zu wecken, suchte aber seine Nähe. Und seinen Geruch. Wollte sich seiner Anwesenheit versichern. Dann sog sie achtsam die Düfte des Zimmers ein: Das leinene Laken roch nach Ringelblume, die Möbel sandten den Geruch von Bienenwachs aus, ihre Kleider den von Lavendel. Sie atmete wieder ruhig und versuchte, sich den Empfindungen, die die Düfte in ihr auslösten, willenlos hinzugeben.

Dann stand sie auf, streifte ihren Morgenmantel über und öffnete vorsichtig die Tür, die Terrakottafliesen unter ihren nackten Füßen waren eiskalt. In Lucias altem Zimmer schlief jetzt Beatrice. Sie hatte ihr Plüschkaninchen eng an den Körper gepresst, und im Schlaf waren ihre Züge entspannt. Elena trat an ihr Bett und küsste sie auf die Stirn. Dann verließ sie das Zimmer wieder und ging die ausgetretenen Treppenstufen hinunter. Ein beglückendes Gefühl, alles im Palazzo Rossini atmete Vertrautheit.

Auch wenn sie ihre Wohnung im Marais über alles liebte: Das war ihr Zuhause.

In der Küche setzte sie Wasser auf und gab Tee in eine Kanne.

Um ihre Gedanken zu ordnen, war hier der ideale Ort, sie spürte ihre Tatkraft zurückkehren. In dieser Umgebung, in der sie jedes Möbelstück, jeden noch so dunklen Winkel kannte, würde sie die Ruhe finden, die sich nur auf der sicheren Grundlage gegenseitiger Verbundenheit einstellen konnte. Diese enge Verbindung reichte bis in ihre frühen Jahre zurück, ja noch weiter, sie wurzelte in den verwandtschaftlichen Beziehungen zu denen, die hier vor ihr gelebt hatten, weil sie diese Umgebung durch ihr Wesen prägten, deshalb war sie wie ein alter Freund, der geduldig auf ihre Rückkehr gewartet hatte und nun ohne Groll fragte, wo sie die ganze Zeit gewesen war.

Dann hörte sie Schritte hinter sich. Sie wusste, wer es war.

»Kannst du nicht schlafen?«

Elena schüttelte den Kopf, und Susanna legte ihr eine Hand auf die Schulter. »Ich auch nicht, vielleicht ein Erbe meiner Mutter. Sie sagte immer, das Leben sei viel zu kurz, um unsere begrenzte Zeit mit Schlafen zu vergeuden. Ich fange an, ihr ähnlich zu werden.«

Gute Gründe fand Susanna immer, wenn es darum ging, Problemen aus dem Weg zu gehen oder vorzugeben, diese stellten sich gar nicht. Die unausgesprochene Devise bestand darin, abzuwarten und erst zu handeln, wenn die Umstände dazu zwangen und kein Raum mehr für eigene Entscheidungen blieb. Man war jeder Verantwortung enthoben. Aber Elena hatte es satt, immer alles totzuschweigen oder unter den Teppich zu kehren.

»Willst du auch schwarzen Tee oder lieber Kamille?«

Susanna nahm eine Tasse aus dem Schrank. »Kamillentee? Bestimmt nicht. Wenn schon, dann schwarzen Tee, stark und ohne Zucker.« Sie gähnte. »Gut, vielleicht noch Jasmin- oder Kirschblütentee, aber so was ist hier kaum zu kriegen, und wegen des langen Transportwegs leidet die Qualität. Schade.«

Dann schwiegen sie beide und starrten einträchtig auf ihre dampfenden Teetassen.

»Ich glaube, ich muss dir etwas erklären«, begann Susanna nach einer Weile.

Elena hob den Blick.

»Als du mir vorhin unvermittelt so nahe gekommen bist, bin ich erschrocken.«

Elena zuckte zusammen. »Warum? Hast du Angst, dass ich dich umarmen und trösten könnte?«

Susanna antwortete nicht. Tränen traten ihr in die Augen.

»So einfach ist das nicht, es gibt einiges, das du nicht über mich weißt.«

Damit hatte sie gewiss recht. »Warum erzählst du es mir nicht?«

»Eines Tages werde ich es tun.«

»Ich verstehe dich gut, Mama, es ist nicht leicht, sich jemandem anzuvertrauen. Dazu muss man aus seinem Versteck kommen.«

»Man muss nur wissen, ob man sich vor sich selbst oder vor den anderen versteckt.«

Sie wechselten einen wissenden Blick.

Bevor Elena reagieren konnte, griff Susanna nach ihrer Hand. »Gib mir eine Chance, ich könnte dich überraschen.«

Elena hätte ihr so gern geglaubt. Aber nach all dem, was zwischen ihnen vorgefallen war? Sie wusste es nicht. Sich mit ihrer Mutter auszusprechen war ihr sehnlichster Wunsch. Sie wollte Freud und Leid mit ihr teilen, sich mit ihr streiten und wieder versöhnen, sie hatte davon geträumt, sich ihre Mutter zum Vorbild zu nehmen. Sie sollte endlich die Mutter sein, die sie sich immer gewünscht hatte.

Ein Gedanke schoss ihr durch den Kopf. Benahm sich so eine erwachsene Tochter? Erwartete sie von ihrer Mutter, das zu bekommen, was sie Bea gab?

Der Tee war immer noch heiß. Elena pustete auf die Oberfläche und nahm dann einen Schluck. »Ist dir schon mal passiert, dass du etwas unbedingt wolltest, und als du es dann bekommen hast, ist dir klar geworden, dass es ganz anders war, als du es dir vorgestellt hast?«

Susanna schloss die Augen. »Hast du deshalb meine Einladung angenommen?«

»In gewissem Sinne, ja. Ich brauchte eine Auszeit.«

»Verstehe.« Susannas Stimme klang verbindlich. Wenn Elenas Antwort sie verletzt haben sollte, zeigte sie das nicht. »Das ist gut so. Ich freue mich, dich zu sehen, warum du da bist, ist mir einerlei. Aber um auf deine Frage zurückzukommen: Ja, das ist mir schon passiert. Ich glaube, das geht uns allen so. Oft entsprechen unsere Hoffnungen und Wünsche nicht dem, von dem wir glauben, dass wir es wollen, sondern sie sind Idealvorstellungen, denen in Wirklichkeit nichts gerecht werden kann. Man weiß irgendwann oder sollte wissen, dass es Illusionen sind. Wenn man seine Ziele erreichen will, muss man ehrlich sein, zu anderen und zu sich selbst.«

Elena überlegte kurz und lächelte dann. »Danke, Mama. Ich gehe jetzt schlafen. Bis morgen.«

Susanna rief ihr nach: »Du solltest damit aufhören, dich zu bemühen, verantwortlich für das Glück anderer zu sein. Das schaffst du nicht, selbst wenn du zwei Leben hättest. Du allein zählst, nicht die Meinung der anderen. Man muss egoistisch sein, um in dieser Welt überleben zu können. Folge deinem Herzen und deinen Gefühlen, Elena. Sei du selbst, entscheide so, dass es dir dabei gut geht, denn du musst damit leben.«

Elena hatte das Gefühl, als würde die Kälte der Terrakottafliesen über die Füße in ihren ganzen Körper eindringen und ihn am Ende zu Eis erstarren lassen. Sie schloss die Augen. »Hast du mich deshalb bei Großmutter gelassen, weil du deinem Herzen gefolgt bist?«

Susanna erbleichte und stand ruckartig auf. Doch Elena war schon die Treppe hinaufgestürmt, sie wollte nur noch ins Bett, in die Wärme, in die Sicherheit. Wie dumm sie doch gewesen war.

Es ist aussichtslos, die Vergangenheit auslöschen zu wollen, selbst wenn man alles daransetzt. Die Vergangenheit liegt hinter uns, aber sie ist deshalb nicht vergessen. Und Ratschläge von ihrer Mutter, was zwischenmenschliche Beziehungen betraf, wollte sie ganz und gar nicht.

8.

Lavendel. Authentisch und souverän, übernimmt Verantwortung und kümmert sich fürsorglich um diejenigen, die ihm anvertraut sind. Bereit, alles zu geben, für die, die an ihn glauben.

»Hätte ich doch besser den Mund gehalten, ich habe einfach ein Talent, bei jeder Gelegenheit genau das Falsche zu sagen«, dachte Susanna und starrte schweigend auf die Tür, hinter der Elena gerade verschwunden war.

»Ich habe dir doch nur geraten, du selbst zu sein.«

Sie musste sich beruhigen, musste nachdenken. Ihr war kalt, kein Wunder, das Feuer im Kamin war erloschen, sie hätte früher daran denken sollen, Holz nachzulegen.

Ein klärendes Gespräch mit Elena war unvermeidbar, sie musste ihr erklären, warum sie zurückgezuckt war. Sie hatte sich nichts dabei gedacht, es war einfach so passiert.

Hin und wieder unterlief ihr dieses Missgeschick, wenn man diese Gefühlsregung so nennen wollte, deshalb hielt sie andere lieber auf Abstand.

Sie hatte die Irritation ihrer Tochter wahrgenommen,

natürlich, und hätte diese aus der Welt schaffen müssen, endgültig. Sie war ja bereits auf einem guten Weg gewesen, bis... bis sie in ihre alte Gewohnheit zurückgefallen war, ihr Ratschläge zu erteilen.

Sie seufzte laut auf. Ein schwieriges Unterfangen, denn von allem, was sie gesagt hatte, war sie überzeugt. Wie konnte sie Elena ihre Gedanken nahebringen, ohne sie zu verletzen?

Es würde sicher nicht einfach, weil ihre Beziehung kompliziert war. Warum auch war Elena nur so empfindlich?

Um sie herum herrschte Stille. Sie genoss diese Ruhe, weil sie gern allein war.

Seit Maurice' Tod war sie daran gewöhnt... doch an ihn wollte sie jetzt nicht denken. Sie musste sich allein auf Elena konzentrieren.

Während sie ihren Tee austrank, dachte sie noch einmal eingehend über ihren kurzen Wortwechsel nach.

Hast du mich deshalb bei Großmutter zurückgelassen?

»Was fällt dir ein, mein Kind? Nicht du warst das Problem, sondern ich. Ich habe dich nicht zurückgelassen, vielmehr habe ich auf dich verzichtet. Das ist etwas ganz anderes. Ich habe nicht auf die Stimme meines Herzens gehört, weil ich nicht wollte, sondern weil ich nicht durfte. Ich musste diese Stimme zum Verstummen bringen. Ich hätte diesen Schritt niemals getan, hätte ich dich nicht in den besten Händen gewusst. Ich habe Lucia zu hundert Prozent vertraut.«

Nein, so durfte sie nicht argumentieren, das würde in einem Desaster enden.

Sie hatte Elena gebeten, nach Florenz zu kommen, um in aller Ruhe Zeit miteinander zu verbringen und sich dabei wieder näherzukommen. Sie wollte ihre Beziehung auf eine solidere Basis stellen. Erst danach würde sie ihr von Victor erzählen. Das hätte sie zwar schon lange tun sollen, aber dazu hatte sie nicht den Mut aufgebracht, aus Angst vor ihrer Reaktion. Sie war schlicht zu feige. Es gab keine Ausflüchte mehr, sie durfte sich nicht weiter davor drücken. Es musste jetzt sein, es duldete keinen Aufschub mehr. Noch weiter zu schweigen würde alles nur schlimmer machen.

Aber würde sie nicht genau das Gegenteil erreichen? Wäre das Tischtuch zwischen ihnen dann vielleicht endgültig zerschnitten? Würde Elena danach überhaupt noch etwas mit ihr zu tun haben wollen, mit ihr reden wollen?

Sie war mit ihren Kräften am Ende. Am liebsten hätte sie sich irgendwo versteckt. Bei diesem Gedanken musste sie lachen. Sie und sich verstecken!

Sie hatte sich schon immer den Problemen gestellt, Elena eingeschlossen. Sie hatte sich ihr ganzes Leben noch nicht versteckt. Nur ein Mal sah sie sich außerstande und war weggelaufen.

Damals hatte Jasmine ihr geholfen, gemeinsam mit Noor, von der sie Geld bekommen hatte.

Widerwillig schob sie diesen Gedanken beiseite. Die Ellbogen auf den Tisch gestützt, vergrub sie das Gesicht in den Händen. Was hatte sie aus ihrem Leben gemacht? Nichts. Es war ein einziges Fiasko. Alle Wiedergutmachungsversuche waren gescheitert. Sie hatte das Ganze nur noch schlimmer gemacht.

»Adieu, altes Leben«, murmelte Susanna in die Stille der Nacht.

Sie war hin- und hergerissen, Victors Besuch hatte die vertrackte Situation zudem noch zugespitzt. Die Beziehung zu ihrer Tochter war kompliziert genug, auch ohne diesen Mann.

Sie musste ihre Strategie ändern. Sie hatte fahrlässig unterschätzt, wie sehr Elena gelitten haben musste und offenbar immer noch litt. Dieses Thema musste mit aller gebotenen Vorsicht angegangen werden.

Wer trug Schuld, wer dafür die Verantwortung? Die Antwort war eindeutig: nur sie, Susanna, ganz allein.

Wütend stand sie auf und starrte hin zu den auf der Konsole aufgereihten Bildern, mit zögerlichen Schritten ging sie hinüber, der Zorn drohte sie zu übermannen.

»Verdammt, was hast du nur mit ihr gemacht, Mama?«, presste sie, an Lucias Foto gewandt, die Worte heraus. »Ich habe sie dir anvertraut, damit du sie beschützt. Ich dachte, ich tue das Richtige. Und was hast du aus ihr gemacht? Ein Abbild deiner selbst, um in ihr deinen Traum zu verwirklichen.«

Aber was war mit ihrem Traum? Mit ihrem eigenen Leben? Am liebsten hätte sie laut aufgeschrien und die Zeit zurückgedreht.

Ihre Gedanken wanderten weiter zu Victor. Was,

wenn sie bei ihm geblieben wäre? Welchen Verlauf hätte ihr Leben dann genommen? Wäre sie dort glücklich geworden? Nein, sie hätte sich zu sehr anpassen müssen.

Sie lachte bitter. Sie hatte sich angepasst! Schlussendlich hatte sie sich angepasst! Dieser Hölle auf Erden.

Ihr war zuletzt keine andere Möglichkeit mehr geblieben, als Victor zu verlassen, sie hatte sich zu der Erkenntnis durchgerungen, dass dieses Abenteuerleben nicht ihrer Vorstellung von einem Leben, das sie führen wollte, entsprach. Seine Welt, seine Werte, seine Traditionen, all das war ihr so fremd, so verschlossen geblieben. Er war der Inbegriff von Leidenschaft, Begeisterung und Enthusiasmus um jeden Preis, auch und gerade wenn es Zugeständnisse kostete. Er war ein Spieler, sie wollte Sicherheit.

Und die hatte Maurice ihr versprochen.

Leider war es anders gekommen. Susanna war aufrichtig genug, sich einzugestehen, dass auch sie selbst Schuld an diesem Scheitern trug. Ebenso viel wie er.

Sie hätte ihre Position klarmachen und sich mehr um ihre Tochter kümmern müssen. Stattdessen hatte sie den bequemeren Weg gewählt und Lucias unablässigem Drängen nachgegeben. Der Gedanke war allzu verlockend gewesen. Das Kind in guten Händen und ein verlässlicher Mann an ihrer Seite, ein Mann, der sie liebte, so wie sie war. Dabei wäre sie nicht die erste Frau gewesen, die ihr Kind allein aufgezogen hätte.

Sie hatte alles auf diesen Mann gesetzt, aber es sollte wohl nicht sein.

Die letzten Jahre waren die schlimmsten gewesen. Maurice wurde immer aggressiver, gegen sie und sich selbst gegenüber. Seinen Schlägen auszuweichen hatte sie gelernt, aber gegen seine selbstzerstörerische Wut hatte sie kein Mittel gefunden. Diese Jahre hatten sich so tief in ihre Seele eingegraben, dass sie manchmal glaubte, ihn immer noch leibhaftig vor sich zu sehen, sein vor Verachtung verzerrtes Gesicht, seine Hasstiraden, die er ausspie, zu hören, bevor sie wieder zu sich kam und ihr bewusst wurde, dass sie einen Alptraum gehabt hatte. Dass sie nicht in Grasse, sondern in Florenz war, dass ihr Kopf diese Wahnbilder ihr nur vorgegaukelt hatte.

Nichts vermochte seine Schmerzen zu lindern, die Verbrennungen durch den Brand im Labor waren zu schwer gewesen. Er hatte sie aus den Flammen gerettet, sie mit seinem Körper geschützt und war dann mit ihr in den Armen aus dem Fenster gesprungen.

Danach war er nicht mehr er selbst gewesen, ein körperliches Wrack, von Ängsten gequält. Gelähmt und ans Bett gefesselt. Und es war schlimmer geworden.

Während der Anfälle hatte Susanna ihn fest in ihren Armen gehalten und gewartet, bis das Morphium endlich seine Wirkung tat und der Schmerz abebbte.

Die Liebe, die sie einst für ihn empfunden hatte, war längst blankem Hass gewichen.

Der bequemste Weg wäre gewesen, ihm eine tödliche Dosis zu verabreichen, immer wieder hatte er sie darum angefleht. Aber dazu war sie nicht imstande gewesen, sie brachte es nicht über sich. Genauso wenig, wie sie in der Lage gewesen war, ihn einfach seinem Schicksal zu überlassen.

Doktor Bertrand hatte ihr mehr als einmal geraten, ihren Mann einem Pflegeheim anzuvertrauen, aber selbst das hatte sie nicht übers Herz gebracht. Maurice war vor dem Unfall ein genialischer Mensch gewesen, sein Kopf ein sprudelnder Quell neuer Ideen für vielversprechende Projekte, stets zuverlässig und aufmerksam. Er hatte ihr die Welt zu Füßen gelegt.

Susanna erinnerte sich noch genau, wie er von seinen Zukunftsplänen geschwärmt und ihr voller Stolz die Fabrik, die Labore und die Ländereien gezeigt hatte. Danach hatte er sie gebeten, seine Frau zu werden.

Mit Maurice war es anders gewesen als mit Victor.

Es gab zwar nicht diese rauschhafte Glückseligkeit, diese unbekümmerte Leichtigkeit, in der Gewissheit, dass nichts ihr etwas anhaben könne. Aber bei all dieser Sorglosigkeit gab es die Empfindung einer ständig lauernden Unsicherheit, einer dumpfen Präsenz nicht deutbarer Unwägbarkeiten, die sie überallhin begleitet hatte, auch nicht.

Denn Maurice Vidal stand fest mit beiden Beinen auf der Erde. Er war ihr Anker, ihr Fels in der Brandung – jemand, dem man grenzenlos vertrauen konnte.

Und er hatte ihr versprochen, sich um Elena zu kümmern, als wäre sie sein eigenes Kind. Susanna hatte von Anfang an die Karten auf den Tisch gelegt und klar gesagt, dass er nicht Elenas biologischer Vater war.

Aber als Maurice das Mädchen das erste Mal gesehen hatte, war augenblicklich etwas in ihm zerbrochen. Seine Ablehnung war deutlich zu spüren gewesen. Erst ganz zum Schluss hatte Susanna begriffen, warum: Er hatte Victor Arslan gekannt, die Ähnlichkeit zwischen Elena und ihm war ihm sofort aufgefallen.

»Ich hatte gehofft, ihn überzeugen zu können, dass seine Feindseligkeit nur Unsicherheit war und er mit der Zeit begreifen würde, dass er sich irrte, dass er mich bitten würde, dich wieder nach Hause zu holen«, murmelte sie vor sich hin. Aber sie hatte sich Illusionen gemacht, das war ihr allerdings erst viel zu spät klar geworden.

Nein, leidenschaftlich geliebt hatte sie Maurice Vidal nie. Sie hatte ihn wertgeschätzt und war ihm dankbar, ihr eine sichere Existenz zu bieten. Und sie hatte versprochen, ihm eine gute Frau zu sein. Denn er war ganz allein gewesen, ihm war niemand geblieben außer ihr.

Sie zog die Schublade auf und holte das Notizbuch wieder heraus, das Bea im Keller gefunden hatte. Das Buch, das sie nach Victors überraschendem Besuch nicht gut genug versteckt hatte.

Sie würde es Elena geben. Vielleicht konnte sie aus diesen handgeschriebenen Seiten etwas herauslesen, was sie ihr persönlich nie würde sagen können.

Ihre Notizen über Menschen, Blumen, Düfte, Rezepte und Formeln, ihre intimsten Gedanken.

Sie dachte an die vielen Nächte zurück, in denen sie ihre Hoffnungen und Träume zu Papier gebracht hatte. Für Elena. In diesem Buch steckte alles, was sie ihr hatte sagen wollen, aber nicht sagen konnte.

Einen Moment lang kam ihr Victor in den Sinn, die Einsamkeit, die sie in seinem Blick gelesen hatte. Er war in der Hoffnung gekommen, von ihr zu hören, dass Elena seine Tochter war. Sie konnte ihn gut verstehen.

9.

Maiglöckchen. Zart, zerbrechlich und reinweiß. Verantwortungsbewusst und zu Opfern bereit, steht für große Gefühle. Es geht einem Hindernis nicht aus dem Weg, wägt die Gefahr ab und überwindet sie dann.

Am nächsten Morgen nutzte Elena die Gunst der Stunde und stöberte durch Haus. Cail, Bea und Susanna waren unterwegs. Irgendwann fand sie sich im Laden ihrer Großmutter wieder, der einen eigenen Eingang zur Straße hin hatte. Das war das Reich von Lucia Rossini gewesen, ihr Lieblingsort, hier hatte sie den Großteil ihrer Zeit verbracht. Im Labor hatte sie Düfte gemischt und Seifen gekocht, hier hatte sie ihre Kunden empfangen.

Wie schon Generationen von Rossini-Frauen vor ihr.

Elena dagegen hatte Florenz verlassen, um ihren eigenen Weg zu suchen. Aber die Faszination, die vom Palazzo Rossini ausging, hatte sie nirgendwo sonst auf der Welt gefunden. Das war ihr in diesen Tagen klar geworden.

Als sie eintrat, spürte sie sofort diesen Fluss, diese Energie, diese rauschhafte Hochstimmung, die sich in ihr entfaltete und mit einer tiefen Glücksempfindung einherging. Sie strich mit den Fingerspitzen über den Verkaufstresen, auf dem eine dünne Staubschicht lag. Lucia hatte ihn immer gewienert, bis er glänzte wie ein Spiegel, es hätte ihr wehgetan, ihn so zu sehen. Insgesamt war der Laden jedoch in einem guten Zustand. Elena ging in die Küche und holte sich alles, was sie zum Saubermachen brauchte. Sie würde zuerst die Fenster putzen. Sie brauchte eine Weile, bis sie den ersten Fensterladen geöffnet hatte, es brauchte Geduld und Geschick, den Riegel zurückzuschieben. Doch dann schwang der Laden auf, und Licht flutete herein.

»So ist es schon besser.«

Das monumentale Wandgemälde zog sie in seinen Bann. Unter einem strahlend blauen Himmel über einem mächtigen Stamm ein ausuferndes Blätterwerk – ein Baum, dessen Wurzeln tief in das Erdreich vordrangen, die Wiese ringsum mit Blumen übersät. Jedem Zweig dieses Baums war ein Name zugeordnet. Der Name des Künstlers war längst in Vergessenheit geraten, während die Farben leuchteten wie am ersten Tag. Elena hatte dieses Bild immer geliebt.

Lucia hatte ihr Geschichten, die sich um diesen Familienstammbaum rankten, erzählt. Jede Rossini-Frau hatte die Namen ihrer Kinder an die Zweige geschrieben, und so war in der Abfolge der vielen Generationen dieser Baum immer weiter gewachsen. Nur einen »Elena«-Zweig hatte sie nie gefunden. Wahrscheinlich brachte Susanna für die Familientradition keinerlei Interesse auf.

Folge deinem Herzen.

Das waren ihre Worte, ein mütterlicher Rat, dessen Sinn sich Elena erst sehr viel später erschloss.

Und sie machte sich Vorwürfe wegen ihrer Naivität.

»Du warst so dumm, Elena«, stieß sie hervor.

All die Jahre hatte sie nach Gründen gesucht, die hätten rechtfertigen können, warum ihre Mutter sie damals in Lucias Obhut gegeben hatte. Erklärungen dafür, was eine Mutter veranlassen könnte, einen solchen Schritt zu gehen. Diesem unverständlichen Vorgang einen Sinn zu unterstellen – zu mehr würde es nicht reichen. Dem Unerklärlichen war nur durch Vermutungen, Annahmen und Mutmaßungen beizukommen, wenn niemand sich bereitfand, den wahren Beweggrund offenzulegen. Man klammert sich an jede noch so fadenscheinige Annahme, wenn man sich nicht mit einseitigen Schuldzuweisungen zufriedengeben will. Man wirkt ein Gespinst aus Ahnungen.

In der vergangenen Nacht war dieses Gespinst zerrissen, das Kartenhaus der Spekulation zusammengebrochen.

Wie hatte sie nur so leichtgläubig sein können? Jetzt wusste sie es besser. Aber daran ändern konnte sie nichts mehr, die Dinge sind, wie sie sind.

Sie wischte mit dem Staublappen über den Tresen, ihr Hals war wie zugeschnürt, ihre Augen füllten sich mit heißen Tränen. Ihr Herz hämmerte wild gegen das Gittergeflecht ihrer Rippen.

Als Susanna ihr eröffnet hatte, welche Auffassung sie

vom Leben hatte, war für Elena eine Welt zusammengebrochen. Es war ihr wie Schuppen von den Augen gefallen: Sie hatte ihr Leben lang nach Entschuldigungen gesucht, die das Verhalten ihrer Mutter erklären sollten, ohne ihr böse Absicht oder Eigennutz unterzuschieben. Aber es gab keine. Sie hatte einfach getan, was sie wollte. Sie war ihrem Herzen gefolgt. Und sie hatte ihr geraten, das Gleiche zu tun.

Elena polierte mit Inbrunst die Messingwaage. Lucia hatte ihr sogar gezeigt, wie man sie auseinandernahm und wieder zusammensetzte. Wie sehr ihr Großmutter fehlte!

Ihr Blick suchte wieder das Gemälde an der Wand.

»Schau hier, Elena, eines Tages wird auch dein Name hier stehen«, hatte Lucia gesagt. »Deine Mutter wird ihn an einen Zweig schreiben, genau wie meine Mutter es bei mir gemacht hat. Und irgendwann bist du an der Reihe.«

»Ich?«

»Ja, wenn du selbst einmal Kinder haben wirst.«

Das hatte ihr gefallen, genau wie die Geschichten über die Rossini-Frauen. Sie sah sich um, was sie als Nächstes in Angriff nehmen wollte, und dabei wanderte ihr Blick zu dem alten Paravent in der Ecke.

Elena erinnerte sich gut, wie sicher sie sich fühlte, wenn sie hinter ihm Schutz gesucht hatte. Sie musste schmunzeln und murmelte: »Du bist ganz schön in die Jahre gekommen, taufrisch siehst du nicht mehr aus.«

»Guten Tag, darf ich reinkommen?«

Elena zuckte zusammen und schaute zur Tür. Dort stand eine ältere Dame mit silbergrauen Löckchen und strahlte sie an.

»Bettina, sind Sie es wirklich?«

Elena ging auf die Frau zu und ergriff die Hand, die sie ihr entgegenstreckte. Eine gute Freundin ihrer Großmutter, mit der sie sich schon immer verstanden hatte.

Sichtlich bewegt betrat Signora Frescobaldi den Laden.

»Wie schön, dich wiederzusehen, Elena, deine Mutter hat mir erzählt, dass du in der Stadt bist. Lass dich anschauen! Aus dem hübschen Mädchen ist inzwischen eine bildschöne Frau geworden, das muss ich sagen. Diese Augen, unverkennbar, und diese Farben! Lucia sagte immer, die hast du von den Rossini, wie alles andere auch.«

Ein Windstoß wehte Blätter in den Laden, und Elena wollte die Tür schließen, aber Bettina hielt sie zurück. »Bitte lass offen, dann ist es heller, das hilft meiner Erinnerung auf die Sprünge. Es ist schön, wieder einen Blick in den Laden werfen zu können.«

Als sie das sagte, trat ein warmes Lächeln in ihr Gesicht. »Hier habe ich vor einigen Jahren ein formidables Parfüm gekauft, ein Duft ohnegleichen. Ich trug es bei besonderen Anlässen, und ich sage das ohne jeden Anflug von Eitelkeit, man hat mich sehr darum beneidet. So etwas Außergewöhnliches habe ich später nie wieder gefunden.«

Elena erinnerte sich gut, es war eine ihrer ersten Kreationen. Es rührte sie, dass Bettina es nicht vergessen hatte und sie jetzt darauf ansprach.

»Ich freue mich sehr, dass Sie damit zufrieden waren.«

Bettinas Lächeln vertiefte sich. »Ich würde dich gern mit einem weiteren Auftrag betrauen, etwas ganz Besonderes, meinem Alter entsprechend und trotzdem frisch...«, sie kicherte, »...und jung, wenn ich so sagen darf.«

Elena wusste nicht genau, ob sie sich freuen sollte oder eher nicht. Mochte ihr das gelingen? Oder würde sie scheitern, wie so oft in letzter Zeit?

Lucia tauchte vor ihrem inneren Auge auf. Sie hätte bestimmt nicht aufgegeben.

»Ich muss erst nachsehen, welche Essenzen noch brauchbar sind«, erwiderte sie ausweichend.

»Ist das ein Problem?«

»Ich muss sicher das ein oder andere beschaffen, etwas Fruchtiges, zum Beispiel...«

»...das klingt gut.«

Elena spürte, wie sie im Begriff war, ihre Sicherheit zurückzugewinnen. Wenn nicht hier und jetzt, wann dann?

»Es wird allerdings etwas dauern, es ist einiges vorzubereiten.«

»Kein Problem!«

Sie plauderten noch ein wenig, dann begleitete Elena Bettina zur Tür. Die Stille kehrte in den Raum zurück.

»Elegant und jugendlich zugleich, davor musst du keine Angst haben«, machte sie sich Mut.

»Das schaffst du.«

Sie putzte unverdrossen weiter, und ganz allmählich erwachte die Parfümerie Rossini zu neuem Leben. Sie fragte sich, warum sie das überhaupt machte, aber musste immer alles einen Sinn ergeben?

Als Elena die Treppenstufen zum Labor hinunterstieg, wehten ihr zarte Düfte in die Nase, ein Hauch von Bergamotte, Rose, Jasmin, Eichenmoos, Patschuli und Zistrose lag in der Luft. Noten der Chypre-Duftfamilie.

Sie knipste das Licht an und schaute sich um. Sie brauchte keine besondere Atmosphäre, um kreativ zu arbeiten, auch Nebengeräusche störten sie nicht. Im Gegenteil.

In Paris hatte sie bei der Arbeit im Labor immer die Klaviermusik von Ludovico Einaudi gehört. Dieses Ritual hatte sie auch in den neuen Geschäftsräumen beibehalten.

Während Bea am Vortag mit den Essenzen experimentiert hatte, hatte Elena die Duftorgel sortiert, den Mischzylinder, den Tropfenzähler und die Trichter geputzt und alles wieder am gewohnten Ort platziert. Jetzt stand sie da und spürte in sich hinein.

Schon in den Hügeln und mehr noch in Lucias Laden war ihr bewusst geworden, dass ihre olfaktorische Wahrnehmung und ihre Kreativität nur von einem abhingen: Sie musste von sich überzeugt sein.

Gewissenhaft bereitete sie alles vor, die in Frage kommenden Essenzen, den Mischzylinder, die Papiertrichter, den Tropfenzähler und den Notizblock, um alle Arbeitsschritte festzuhalten. Und die Parfümorgel.

Hier, an diesem magischen Ort, waren ihr einzigartige Duftkompositionen gelungen, und sie wurde einer beglückenden Rückkehr gewahr: Ihre schöpferische Gabe erblühte. Eine Welle der Energie durchflutete sie.

Sie schloss die Augen und dachte an Bettina Frescobaldi.

Sie stellte sich die alte Dame vor, umhüllt von blauen und lilafarbenen Stoffen, dazu gesellten sich Goldgelb und Weiß. Ein strahlendes Lächeln auf den Lippen, Kraft und Entschlossenheit im Blick, Zeichen eines erfüllten Lebens.

Mit diesem inneren Bild begann sie, ihre Vision in die Tat umzusetzen, kein Zaudern, gradlinig, das Ziel fest im Blick. Es war alles da, sie musste sich nur öffnen.

»Du kannst das«, ermunterte sie sich. Sie würde Verbene, Wiesenwitwenblume und Italienische Strohblume auswählen und zum Abrunden Tonkabohne untermischen.

Sie dosierte, mischte und hatte das Ergebnis stets vor Augen. Es würde eine gewisse Zeit dauern, bis aus den Essenzen ein harmonisches Ganzes gereift war. Ihr Herz pochte wild, ihre Gedanken fuhren Karussell.

Sie dachte an Monique, an ihre Mutter, an ihre Großmutter. Jede hatte ihre ureigene Vorstellung von einem Parfüm. Und sie? Was war persönliche Note?

Hatte sie überhaupt eine? Sie war immer den Regeln gefolgt, die sie von Lucia Rossini gelernt hatte.

»Das Perfekte Parfüm«, murmelte sie.

Aber im gleichen Atemzug blitzte in Elenas Kopf die Erkenntnis auf, dass die Zeiten sich geändert hatten: Gab es Perfektion überhaupt? War das nicht ein viel zu starres Konzept? Was gestern noch das Nonplusultra gewesen war, konnte heute schon nicht mehr up to date sein.

Das Leben veränderte sich ständig, wie die Gestalt der Wolken am Himmel bei aufkommendem Sturm oder die Farbe des Meeres mit dem Wechsel des Sonnenstandes. Brauchte sie eine grundlegend neue Duftphilosophie, oder würde es reichen, das bewährte Konzept anzupassen?

Sie dehnte und streckte sich, steif vom zu langen Sitzen in der gleichen Position. Aber aufstehen? Unmöglich, erst musste die Antwort auf diese Frage gefunden sein.

Nicht einmal als Kind, als sie unter den wachsamen Augen ihrer Großmutter ihr erstes Parfüm kreiert hatte, war sie so verunsichert gewesen. Die Angst vor dem Versagen war schier übermächtig.

Jetzt war es so weit, der Reifeprozess des Parfüms war abgeschlossen. Mit zitternden Händen träufelte sie einen Tropfen auf eine Mouillette.

»Komm schon!«

Der Tropfen verteilte sich, sie führte den Teststreifen unter die Nase, schloss die Augen und schnupperte.

Die Duftnoten waren alle da, sie konnte jede einzelne klar ausmachen. Kopf, Herz und Basis.

Dann legte sie die Mouillette beiseite und schüttelte den Kopf. Bettina hatte sie in diesem Parfüm nicht gefunden, nichts spiegelte die alte Dame wider.

Sie sank in sich zusammen und starrte in den Messzylinder. Was war die Ursache? Fehlte eine Essenz? Hatte sie sonst etwas vergessen?

»Bist du fertig?«

Sie zuckte zusammen, Cail stand in der Tür.

»Ja. Ist Bea schon zurück?« Sie stand auf und zwang sich zu einem Lächeln.

»Schon lange, sie war mit deiner Mutter einkaufen und ist jetzt bei Luca. Konntest du ein bisschen arbeiten?«

»Mehr oder weniger.«

Er umarmte sie, seine Lippen dufteten nach Kaffee.

»Du riechst gut.«

»Du auch.« Sie küssten sich, und einen Moment lang gab es nur sie beide, Angst und Zweifel waren wie weggewischt.

Das ist die Kraft der Liebe, dachte Elena, während sie Hand in Hand die Treppe hinaufstiegen. Die Liebe war ihr Rettungsanker, ihr Schutzschirm vor dem Bösen. Die Liebe schuf Raum und Zeit und eröffnete neue Perspektiven.

Die Liebe war Magie.

Sie klammerte sich an die Macht der Liebe, wünschte sich inständig, dass sie ihr in der Schaffenskrise beistehen würde. Mehr blieb ihr nicht.

»Du bist so still.«

Sie legte ihren Kopf an seine Schulter. »Ich habe nachgedacht.«

Cail versuchte, sie zu trösten »Als ich dich kennengelernt habe, warst du in großen Schwierigkeiten, und du hast sie gemeistert. Du hast so viel Kraft in dir, ich frage mich, wozu du alles imstande bist.«

Aber das war keine Frage, es war ihm einfach herausgerutscht. Elena war gerührt. Sollte sie ihm jetzt alles erzählen? Aber einmal mehr entschied sie sich dagegen.

»Das merkt man erst, wenn es so weit ist. Wir wissen nicht wirklich, wozu wir imstande sind, bevor die Situation uns zwingt, Farbe zu bekennen, und wir reagieren müssen.«

»In gewissem Sinne hast du sicher recht.«

»In gewissem Sinne?«

»Ich sag's mal so: Man hat eine Vorstellung, wie man reagieren würde. Das beruhigt und gibt Sicherheit. Aber vielleicht wird man nie erfahren, ob man recht hatte, weil die Situation nicht eintritt. Deshalb hast du in gewissem Sinne recht.«

»So kann man es natürlich auch sehen, es kommt eben auf den Blickwinkel an.«

Cail hatte die Hände in den Taschen vergraben und schaute versonnen in den Garten. Beatrice kniete mit Luca auf dem Rasen. Sie flüsterten sich etwas ins Ohr.

»Die beiden sind ja unzertrennlich«, meinte Elena.

»Ja...«

Cail war physisch zwar da, wirkte aber gleichzeitig

irgendwie abwesend. Er zögerte, fragte dann aber plötzlich: »Wie wäre es für dich, ein zweites Kind zu haben?«

»Du willst ein Kind?«, fragte Elena leise. Sie sehnte sich nach einem Kind von Cail, war aber von seiner spontanen Frage überrascht. Von sich aus hätte sie dieses Thema niemals angeschnitten.

Zögernd fuhr sie fort: »Ich habe schon ein wunderbares Kind.«

»Das weiß ich doch. Aber sprich weiter.«

»Ja, ich hätte gern noch ein Kind. Irgendwann.« Elena spürte eine Welle der Freude in sich aufsteigen. Cail war der Mann ihres Lebens, pragmatisch und entscheidungsstark. Aber wenn es um ein gemeinsames Kind ging, wirkte er unsicher, deshalb hatte sie das Thema bisher tunlichst gemieden. Sie konnte kaum glauben, dass er jetzt selbst davon angefangen hatte.

»Eines fernen oder eines nahen Tages?«, fragte er vorsichtig.

»Das hängt davon ab.«

»Wovon?«

Cail schaute zum Himmel, dann fuhr er fort: »Bea ist meine Tochter, ohne jeden Vorbehalt... aber als ich sie mit Luca zusammen sah, so glücklich, so innig verbunden, war plötzlich dieser Gedanke da. Und ich erinnerte mich an die jahrhundertealte Damaszenerrose auf dem Hügel und stellte mir vor, dort sesshaft zu werden. Ein schönes Haus in traumhafter Umgebung, viele glückliche Kinder und eine zu neuem Leben erweckte Rosenplantage. Im Frühling aus alten, scheinbar abgestorbenen Rosenstöcken neue Knospen sprießen zu sehen, die sich im Sommer zu prachtvollen Blüten entfalten. Ein Genuss, den ich mit anderen Menschen teilen möchte. Dieser Gedanke hat mich selbst überrascht.« Er hielt inne. »Vor vielen Jahren habe ich von einer alten Dame einen Rosenbusch geschenkt bekommen. Ich habe ihn nie blühen sehen, in all den Jahren nicht. Heute ist er riesig, die Blätter sind strahlend grün, er strotzt vor Gesundheit. Aber geblüht hat die Rose noch nie. Und so ähnlich fühle ich mich auch.«

Er lachte unsicher, fast ein wenig bitter, aber gerade das machte ihn nur umso liebenswerter.

»Eine wundervolle Vorstellung, Cail. Ich bin sicher, dass deine Rose eines Tages blühen wird.«

Sie küsste ihn sanft. Ein zweites Kind, ein schönes Haus, ein Garten voller Blumen, wogende Felder, gemeinsame Pläne. Eine verlockende Aussicht auf eine verheißungsvolle Zukunft. Sie freute sich darauf.

»Mama, Luca hat Hunger, können wir was essen?«, Beas Stimme riss sie aus ihren Träumen. Sie und Luca waren wie aus dem Nichts vor ihnen aufgetaucht.

»Natürlich, frag doch mal Großmutter, sie ist in der Küche.«

»Ihr habt euch geküsst«, bemerkte Luca mit diebischer Freude und einem kecken Lächeln. Bea zog überrascht die Augenbrauen hoch. »Natürlich, sie haben sich doch lieb. Küssen sich deine Mama und dein Papa nicht?«

Luca dachte nach. »Ich weiß nicht.« Er runzelte die Stirn, zuckte mit den Achseln. »Komm, wir spielen weiter.« Sie nahmen einander bei der Hand und rannten davon, ihren Hunger hatten sie völlig vergessen.

Elena strich Cail zärtlich über die Wange. »Lass uns später weiterreden.«

»Das hoffe ich doch, wir haben da einiges zu... besprechen.«

»Genau das meinte ich.«

Elena hörte ihn lachen, eine Welle des Glücks erfasste sie, alles schien plötzlich so einfach, so leicht.

Alles würde gut werden, die Liebe konnte Wunder bewirken.

Aber tief in ihrem Inneren blieb ein Schmerz, den die Liebe nicht heilen konnte. Sie hatte das Gespür für das Perfekte Parfüm verloren.

10.

Mimose. Flüchtig und zerbrechlich. Sie hält sich lieber zurück, beobachtet die Umgebung und wartet auf die richtige Gelegenheit. Erst dann erblüht sie und zeigt allen ihre Schönheit.

Am Nachmittag machten Cail und Elena einen langen Spaziergang durch die Altstadt, dann setzten sie sich auf eine Bank vor der Basilika Santa Maria Novella, um die letzten Sonnenstrahlen zu genießen.

»Tut es dir leid, Florenz wieder zu verlassen?«, fragte er.

»Ein bisschen schon, es war schön hier.«

Cail lachte, und Elena verzog das Gesicht. »Ja, ich weiß, du hast es mir immer wieder gesagt. Das Problem ist meine Mutter, unser Verhältnis ist schwierig.«

»Ihr müsst euch endlich aussprechen, wenn das immer wieder aufgeschoben wird, werdet ihr nie Klarheit bekommen.«

Cail hatte recht, aber da war noch mehr. Es ging ums Verzeihen. Ihrer Mutter und sich selbst.

Sich selbst zu verzeihen.

»Ich würde gern im Sommer wiederkommen. Wenn

die Felder ihr goldgelbes und bronzebraunes Kleid tragen und die Blätter der Olivenbäume ganz allmählich vom satten Grün zum silbrigen Grün wechseln, als legten sie eine Rüstung für Herbst und Winter an«, schwärmte Cail.

Elena mochte es sehr, wenn Cails Feinfühligkeit in seiner poetischen Sprechweise zum Ausdruck kam. »Und die Damaszenerrosen?«, fragte sie. »Ich meine, eine hast du ja schon gefunden, dort müssen noch mehr sein. Du könntest nach ihnen suchen.«

»Wenn wir zurück in Paris sind, beginne ich mit den Recherchen.«

Sie konnten den ganzen Platz überblicken, Bea und Luca spielten ein Stück entfernt, aber sie blieben stets in Sichtweite. Es wimmelte von Touristen aus aller Herren Länder, die Fotos von der Kirche machten oder im nahen Park spazieren gingen, die Tauben sammelten sich hier in Scharen, angezogen von der reich gedeckten Tafel, die die entzückten Kinder der Touristen ihnen bereitwillig bescherten. Gierig pickten sie die Brotstücke und Krümel vom Boden.

Elena hatte kurz ihre Tochter aus dem Blick verloren, als eine Gruppe englischer Touristen an ihr vorbei auf die Kirche zuging. Sie stand kurz auf und atmete erleichtert aus, als sie beide an fast derselben Stelle zwischen den eingefassten Rasenflächen vor der Basilika entdeckte.

»Ist es nicht bemerkenswert, wie schnell Kinder tiefe Freundschaften schließen können?«, meinte Elena.

Cail war auch von der Bank aufgestanden und küsste sie auf die Schläfe.

»Ja, und wenn sie sich wiedersehen, ist es, als ob sie nie getrennt gewesen wären«, fuhr sie fort. Bei ihr und Monique war das genauso, sie waren beste Freundinnen, egal, was passierte.

Nach ein paar Minuten fiel Elena ein Mann auf, der sich Luca näherte. Er sprach mit ihm. »Was er wohl von dem Jungen will?«, fragte sie sich. Irgendwie kam er ihr bekannt vor.

»Sieht aus, als ob sie sich kennen«, sagte Cail, »komm, lass uns rübergehen.«

Elena folgte ihm, nach ein paar Schritten blieb sie wie angewurzelt stehen.

»Ich will nicht nach Hause, du hast es mir versprochen, Papa, ich will weiter mit Bea spielen«, protestierte Luca trotzig.

Der Unmut war ihm deutlich ins Gesicht geschrieben.

»Sind Sie Lucas Vater?«, fragte Cail.

»Ja.«

»Ich bin Caillen McLean, Beas Vater.« Er streckte dem Mann die Hand entgegen.

»Ah, endlich lernen wir uns kennen. Ich bin Matteo Ferrari. Und diese junge Dame ist also Ihre Tochter.«

»Genau. Bist du müde, mein Vögelchen?«, wandte sich Cail an Bea.

»Ein bisschen«, gab sie zu und nestelte an ihrer Jacke.

Elena traute ihren Augen nicht. Das konnte nicht sein.

Aber sie hatte sich nicht getäuscht. Dieser Mann war Matteo Ferrari, Beas biologischer Vater.

Ihr Herz raste, sie hatte das Gefühl, als würde ihr das Blut in den Adern erstarren. Ihr Unbehagen ließ sie verzweifelt einen Ausweg suchen, dieser Begegnung irgendwie entkommen zu können.

»Mein Sohn erzählt oft von Ihnen«, sagte Matteo.

Er sprach mit lauter Stimme und gestikulierte linkisch mit den Armen, genau wie früher. Elena musterte ihn, die Zeit hatte Spuren hinterlassen, er hatte an Gewicht zugesetzt und wirkte ein wenig erschöpft.

»Und Bea erzählt ständig von Luca und der Katze«, erwiderte Cail.

Matteo lachte. »Meine Frau hat die Streunerin von der Straße aufgelesen und wollte sie unbedingt behalten. Wie oft habe ich ihr gesagt, sie solle sie sterilisieren lassen, jedes Jahr das gleiche Problem. Aber Sie wissen ja, wie dickköpfig Frauen sein können.«

Cail sah ihn nur wortlos an. Nach einer kurzen Pause betretenen Schweigens deutete Matteo hinter sich. »Mein Restaurant ist dort hinten. Ich habe die Kinder gesehen und wollte sie kurz begrüßen.«

»Sicher«, sagte Cail und drehte sich nach Elena um, »kommst du, Chérie?«

»Ihre Frau ist auch dabei? Entschuldigen Sie, ich freue mich...«

Das Lächeln auf seinen Lippen erstarb, und er erbleichte. Elena hatte sich inzwischen gefasst, zwang sich zu einem Lächeln und sagte: »Ich freue mich, Sie kennenzulernen.« Die Worte rollten wie Kiesel in ihrem Mund.

Beatrice wusste nichts über diesen Mann. Für sie war Cail ihr Vater.

Auch Cail konnte Matteo mit nichts in Verbindung bringen. Sie hatten sich noch nie zuvor gesehen.

Wäre sie allein gewesen, hätte sie fluchtartig die Piazza verlassen, stattdessen sah sie Matteo direkt in die Augen.

»Ich... ähm... Ich freue mich auch«, stammelte er überrumpelt, dabei wich er Beatrice' Blick nicht eine Sekunde aus.

Das Mädchen hatte die Arme um Cail geschlungen und schien sich kaum noch auf den Beinen halten zu können.

»Möchtest du nach Hause, mein Vögelchen?«

Sie schüttelte den Kopf. »Können wir noch ein Eis essen, Papi?«

»Oui, mon cœur.«

»Ich auch, ich auch«, bettelte Luca.

»Na klar. Komm, wir gehen in die Eisdiele.«

Dann sagte Cail an Matteo gewandt: »Wir bringen den Jungen heute Abend nach Hause, wenn es Ihnen recht ist.«

Matteo nickte nur, er wirkte wie paralysiert.

»Geht es Ihnen gut? Sie sehen plötzlich so blass aus«, fragte Cail.

»Wie? Ja, natürlich.«

»Nett, Sie kennengelernt zu haben, Matteo.«

»Oh, ja, ja.«

Cail bedachte ihn mit einem zwiespältigen Blick und ging dann mit den Kindern in Richtung Eiscafé.

Elena war im Begriff, ihnen zu folgen, als sich eine Hand von hinten auf ihre Schulter legte. Ihr Herzschlag setzte aus, und ihr Magen krampfte sich zusammen.

»Was ist denn das für ein Theater? Was zum Teufel geht hier vor?«

Elena schüttelte die Hand ab. »Ich wusste nicht, dass du Lucas Vater bist.«

»Lenk nicht ab, du weißt genau, was ich meine. Dieses Mädchen...«

»Adieu, Matteo.«

Sie drehte sich unvermittelt um und wollte ihn, verwirrt, wie er war, einfach stehen lassen.

»Elena, verdammt, bleib hier!« Matteo packte sie am Arm und hielt sie fest. Sie entwand sich seinem Griff und drehte sich wieder ihm zu.

»Was willst du?« Sie hatte Mühe, beherrscht zu bleiben. Sowenig ihr dieses Zusammentreffen behagte, so wenig würde sie sich auf ein Gespräch mit ihm einlassen, geschweige denn Erklärungen abgeben.

»Sie ist... im gleichen Alter wie Luca«, stammelte er. Kein beiläufig ausgesprochener Gedanke. Elena ahnte, was sich da über ihr zusammenbraute.

»Lüg mich nicht an.« Er schaute sie hasserfüllt an. »Sie ist meine Tochter, oder?«

»Nein, Matteo. Sie ist meine Tochter. Du wolltest nichts von ihr wissen.«

Die Blässe in seinem Gesicht war wütender Röte gewichen.

»Ich dachte, du hättest mir eine dieser typischen Geschichten aufgetischt, die Frauen so erzählen.« Matteos Stimme klang wehleidig. Er war nicht schuld, er war nur das Opfer und seine Sichtweise die einzig richtige.

Einen Moment lang starrten sie sich schweigend an.

»Schluss jetzt, ich will dich nie wiedersehen«, zischte Elena.

Dieser selbstgerechte Egoist, kaum zu glauben, dass er der Vater dieses netten Jungen war. Sie drehte sich von ihm weg, wollte endlich von hier verschwinden.

»Nein, so einfach ist das nicht.«

»Oh doch, so einfach ist das!«

»Aber sie ist meine Tochter...«

Elena schnitt ihm das Wort ab. »Du hast gesagt, das sei allein mein Problem. Du hast dich der Verantwortung nicht stellen wollen, die Biologie allein macht einen Mann noch nicht zum Vater.«

»Aber wie hätte ich das wissen sollen?«

»Ich habe es dir gesagt, aber du hast gar nicht hingehört und mir eine Abfuhr erteilt. Beatrice ist ein wunderbares Mädchen. Und sie ist glücklich. Und so soll es bleiben.«

»Du hast mir etwas vorgemacht!«

»Das ist doch lächerlich. Du hast gewusst, dass du Vater wirst, wolltest das Kind aber nicht.«

»Aber nur, weil ich dir nicht geglaubt habe.«

»Das ist dein Problem. Meine Tochter hat einen Vater.

Ein wunderbarer Mann, der beste Vater, den ein Kind sich wünschen kann.«

»Du meinst wohl unsere Tochter, Elena.«

»Nein, Matteo. Ein *uns* hat es nie gegeben, du hast deine Entscheidung damals getroffen.«

»Du bist und bleibst eine Egoistin! Du hättest damals den Palazzo verkaufen und mit mir zusammenleben können. Und sie«, er deutete auf Beatrice, die gemeinsam mit Luca und Cail vor dem Eiscafé stand, »wäre bei ihrem richtigen Vater aufgewachsen.«

Elena hatte verdrängt, wie enervierend Diskussionen mit Matteo sein konnten. Und, wie sie sich jetzt überzeugen konnte, hatte er sich nicht geändert.

»Und Alessia? Was ist mit ihr?«, fragte sie.

»Alessia hat damit überhaupt nichts zu tun.«

Elena wollte gerade etwas darauf erwidern, als ihr klar wurde, dass es zu nichts führen würde. Nichts konnte ihn von seiner fixen Idee abbringen. Sie zwang sich zur Ruhe und sagte gelassen: »Nimm es, wie es ist. Du hast Alessia und euren Sohn Luca. Denk an sie und führe dein gewohntes Leben mit ihnen weiter. Meine Tochter hat schon einen Vater. Und daran wird sich nichts ändern.«

»So einfach ist das nicht, Elena! So kannst du nicht mit mir umspringen!«

Cail hatte den Kindern inzwischen ein Eis gekauft und kam auf Elena zu. »Was war da eben los? Kennst du diesen Mann?«

Sie hatte ihm alles über Matteo erzählt, damals in Paris, als sie festgestellt hatte, dass sie schwanger war. Sie wollte gerade antworten, aber Bea hatte zu ihr aufgesehen, und dieser fragende Blick hielt sie davon ab. Sie strich ihr über den Kopf.

»Das ist eine lange Geschichte.«

»Könntest du bitte etwas deutlicher werden?«

»Das hätte ich voraussehen müssen...«

»Wovon sprichst du?«

Cail erwartete eine Reaktion ihrerseits, die Situation hatte ihn verunsichert.

Das war ihr klar, sie antwortete aber nicht. Selbst in einer Stadt wie Florenz kannte anscheinend jeder jeden. Irgendwann musste man unverhofft aufeinandertreffen, das war in der Altstadt in der Nähe des Bahnhofs wohl unvermeidlich. Solange die Kinder dabei waren, konnte sie nicht über Matteo sprechen. Sie war selbst noch durcheinander und musste das Ganze erst einmal verdauen.

»Mach dir keine Sorgen.«

Cail umfasste ihr Kinn. »Ich habe nicht gesagt, dass ich mir Sorgen mache.«

Sie zwang sich zu Gleichmut und verbarg ihre Verstörtheit hinter einem Lächeln.

»Es gibt dafür auch keinen Grund.«

Er schaute ihr eindringlich in die Augen. »Aber mit Geheimnissen kann ich nicht gut umgehen.«

»Ich weiß, zu Hause werde ich dir alles erklären.«

Als sie zum Palazzo Rossini zurückkehrten, waren die Kinder erschöpft. Susanna brachte Luca nach Hause, Elena ließ Bea ein Bad ein und machte ihr etwas zu essen.

Cail fuhr mit Susannas Wagen an die Tankstelle und brachte anschließend Bea ins Bett.

»Erzählst du mir ein Märchen, Papa?«

»Natürlich, aber sag erst Oma und Mama gute Nacht.«

Noch immer hatte sich keine Gelegenheit für eine Aussprache mit Cail ergeben. Vielleicht war das ganz gut so, schließlich ging es um ein heikles Thema.

»Elena, ist alles in Ordnung?«

Susanna sah sie misstrauisch an. Elena war die ganze Zeit in Gedanken mit der Begegnung auf der Piazza Santa Maria Novella beschäftigt, trotz der Pflichten, denen sie nachkam, hatte sie keine Ablenkung finden können. Dass dieses unerwartete Zusammentreffen und die Auseinandersetzung, die darauf gefolgt war, ihr Leben komplett aus den Fugen bringen konnte, war ihr klar. Der Argwohn in Susannas Augen verunsicherte sie, plötzlich war alles noch komplizierter. Wenn die Kinder sich doch niemals kennengelernt hätten und Freunde geworden wären!

»Ich war nicht ganz bei mir.«

Susanna runzelte die Stirn, zuckte mit den Schultern und begann dann, den Tisch zu decken.

»Einen Aperitif?«

»Nein, danke.«

»Ich schon. Und du solltest dir auch einen gönnen, das macht dich ein bisschen lockerer.«

Elena mochte keinen Alkohol, aber vielleicht hatte ihre Mutter recht.

»Wie lange kennst du Lucas Eltern schon?«

Susanna dachte nach. »Das weiß ich gar nicht genau. Wir wohnen im gleichen Viertel, haben uns mal unterhalten, ich kenne vor allem Gina, das Kindermädchen. Warum willst du das wissen?«

»Ich... ach nichts, vergiss es.«

Wie dumm. Natürlich, Alessia wohnte ebenfalls in der Borgo Pinti, wie hatte sie das nur vergessen können? Früher waren sie sogar befreundet gewesen. Bis... ja, bis sie entdeckt hatte, dass sie etwas mit Matteo hatte.

Danach hatte sie ihn und Florenz verlassen. Wahrscheinlich war Matteo zu ihr gezogen.

»Was ist nur los mit dir, Elena, du bist ganz blass.«

Elena atmete tief durch und presste leise zwischen den Zähnen heraus: »Cail ist nicht Beas biologischer Vater.«

»Was?«

Nach kurzem Schweigen fuhr Susanna fort: »Das ist nicht das Ende der Welt, mein Schatz. Er liebt sie wie ein eigenes Kind, das ist das Wichtigste. Kein Grund zur Sorge.«

Elena spürte, wie ihre Brust eng wurde und Tränen in ihr aufstiegen. »Darum geht es nicht, Cail ist nicht das Problem.«

»Wer dann?«

»Beas leiblicher Vater ist Matteo Ferrari. Lucas Vater.«

»Um Gottes willen!« Susanna schlug eine Hand vor den Mund.

»Vor Cail war ich mit Matteo zusammen, ich dachte, es wäre etwas Festes, wir würden heiraten und eine Familie gründen. Ich habe ihn heute in der Altstadt getroffen, das war ein Schock, der mich völlig aus der Bahn geworfen hat.«

»Ich verstehe immer noch nicht ganz.«

Elena zwang sich weiterzusprechen. »Als Lucia starb, waren Matteo und ich schon lange ein Paar. Dann habe ich ihn eines Tages in flagranti mit Alessia erwischt, er hat mich mit ihr betrogen. Das ist der Grund, warum ich Florenz verlassen habe und nach Paris gegangen bin. Dort habe ich Cail kennengelernt. Als ich festgestellt habe, dass ich schwanger bin, habe ich ihm alles erzählt. Und er ist an meiner Seite geblieben. Seitdem sind wir eine Familie.«

Elena hatte sich eingestanden, dass sie jemanden ins Vertrauen ziehen musste, die Bürde lastete zu schwer auf ihr, sie konnte diesem Druck nicht mehr allein standhalten.

»Matteo hat mir damals nicht geglaubt, als ich ihm eröffnete, dass ich schwanger sei. Und als er heute Bea gesehen hat, fiel es ihm wie Schuppen von den Augen. Er war außer sich vor Wut. Luca und Bea sind nicht einfach nur Freunde, sie sind Halbgeschwister.«

Susanna vergrub das Gesicht in den Händen.

»Das darf nicht wahr sein«, murmelte sie, ging zum Fenster und starrte hinaus.

»In ein paar Tagen reisen wir ab, das Leben geht weiter. In Paris. Das alles tut mir sehr leid, Mama, aber hier können wir nicht bleiben.«

11.

Narzisse. Charismatisch, listig und wagemutig, sie kennt keine Angst. Manchmal fordert sie sich selbst heraus, um ihre Grenzen auszuloten.

Susanna kniete am Boden und jätete das Unkraut zwischen den Lavendel- und den Hibiskussträuchern. In ihr brodelte es.

Als sie nach Florenz gezogen war, hatte sie viele Kräuter ausgesät, und sie wunderte sich, wie rasch alles wuchs. Aber auch das Unkraut, da musste für Ordnung gesorgt werden. Wenn sie nur ihr eigenes Leben auch so einfach in Ordnung bringen und alles, was sie störte, einfach ausreißen und wegwerfen könnte...

Elena und Cail waren im Haus, durch das offene Fenster konnte sie die beiden miteinander sprechen hören.

Die Gartenarbeit tat ihr gut, sie betäubte ihr Schuldgefühl, das ihr fast die Luft zum Atmen nahm.

Hin und wieder warf sie einen Blick auf Pomodoro, das Kätzchen, das Luca Bea geschenkt hatte.

Es war sein Abschiedsgeschenk.

Sie wollte es immer noch nicht wahrhaben. Wieder schaute sie zu dem kleinen Kater, der unaufhörlich im

Garten hin und her flitzte. Sie hatte ihn rausgelassen, damit er drinnen niemandem lästig werden konnte. Pomodoro miaute herzzerreißend.

»Hör auf, dich im Schlamm zu wälzen, noch mal bade ich dich nicht. Wenn du glaubst, dass du dich so verdreckt an mich anschmiegen kannst, hast du dich getäuscht.«

Pomodoro schaute sie gelangweilt an, gähnte und verschwand zwischen den Rosensträuchern.

»Vorsicht, die sind voller Dornen, das tut weh!«

Susanna lockte ihn unter den Sträuchern hervor und scheuchte den kleinen Kater fort von der Gefahrenzone. Dann zog sie die Handschuhe wieder an und arbeitete weiter.

Matteo war Beas Vater.

Jedes Mal, wenn sie daran dachte, überkam sie Mitleid mit Elena. Wie musste sie sich damals gefühlt haben? Was hätte sie tun sollen? Wie gut sie sie verstehen konnte. Elena, ihre Tochter, ihr Fleisch und Blut.

»Eine Entscheidung treffen und dafür einen schwerwiegenden Fehler in Kauf nehmen zu müssen kann die Hölle auf Erden bedeuten«, murmelte sie.

Niemand wusste das besser als sie.

»Wie konnte das nur passieren?«

Was für eine törichte Frage! Menschen sind fehlbar, alle, sie haben Illusionen, verwechseln Liebe mit Leidenschaft und merken erst, wenn das Unglück bereits über sie hereingebrochen ist, dass Leidenschaft mit Liebe nichts zu tun hat.

Kaum zu glauben, aber wahr: Das Leben hatte Elena

und ihr das gleiche Schicksal beschert. Wie unglaublich banal.

Je mehr sie darüber nachdachte, desto mehr Parallelen entdeckte sie zwischen sich und ihrer Tochter.

Ein klägliches Miauen brach die Stille. »Pomodoro!«, rief Susanna und entdeckte den Kater im Zitronenbaum. Sein kindlicher Wagemut und die ungehemmte Neugierde hatten ihn kühn über Grenzen getrieben, denen er sich jetzt nur allzu deutlich gegenübersah. »Du hast mich vielleicht erschreckt. Der ist viel zu hoch für dich, und die Zweige sind nicht stark genug, du bist doch kein Vogel.« Pomodoro rührte sich nicht und schaute mit ängstlichen Augen hinunter.

»Du undankbares Katerchen.« Susanna streckte sich, pflückte ihren Schützling vom Baum und steckte ihn in ihre Schürzentasche. Er ließ es ohne Gegenwehr geschehen, und sein einsetzendes Schnurren war ein unmissverständliches Zeichen: Hier fühlte er sich wohl und geborgen.

»Gewöhne dich nicht zu sehr an mich, dein Frauchen nimmt dich vielleicht mit nach Paris.«

Das Schnurren wurde stärker.

»Glaubst du mir nicht? Du kannst Elena ja fragen...«

Sie zuckte zusammen. Tränen liefen ihr die Wangen hinab, zum Glück konnte niemand sie sehen.

In ihren Schmerz mischte sich Wut. Wut auf ihre Tochter, aber vor allem Wut auf sich selbst. Wie konnte es sein, dass sich ihr Schicksal im Leben ihrer Tochter wiederholte?

Es gefiel ihr ganz und gar nicht, dass Elena ein Abbild ihrer selbst war.

Die gleiche Verletzlichkeit, die gleichen freundlich dreinblickenden neugierigen Augen.

Bei Susanna hatte die Mutterrolle nie im Vordergrund gestanden, sie hatte für ihre Tochter gesorgt, mehr nicht. Ihr Lebensinhalt war die Arbeit, Essenzen destillieren und Düfte komponieren, das war ihre Welt. Sie hatte immer Mitleid für andere Mütter empfunden, die sich ganz der Fürsorge ihrer Kinder verschrieben hatten, deren Leben nur um das Gedeihen des Nachwuchses kreiste.

Sie riss ein besonders hartnäckiges, tief wurzelndes Unkraut aus und sprang dann auf.

»Verdammt«, fluchte sie.

Elenas verschreckter Gesichtsausdruck ging ihr nicht mehr aus dem Sinn. Nichts verband so sehr wie gemeinsame Erfahrungen. Sie war vor vielen Jahren mit der gleichen Situation konfrontiert gewesen wie ihre Tochter jetzt. Und beide hatten sich gegen den Mann und für ihre Unabhängigkeit entschieden. Aber irgendetwas in ihr wehrte sich gegen diese Gedanken.

»Ich werde nicht meine Zeit damit verschwenden, Entscheidungen zu bedauern, die seinerzeit notwendig gewesen waren.«

Der Kater hatte sich in ihrer Schürzentasche zu einer kleinen Kugel zusammengerollt, und die wiegenden Bewegungen schienen ihn nicht zu stören, denn er schnurrte weiter vor sich hin. Neue Tränen stiegen in ihr auf. Seit wann überkam sie ständig dieses Bedürfnis zu weinen?

»Daran bist nur du schuld, Victor. Ich hoffe, du bist zufrieden mit dir.«

Was er jetzt wohl machte? Vielleicht war er auf dem Feld. Er überwachte den Anbau der Rosen höchstpersönlich, und jetzt war die kritischste Zeit: der Austrieb und die Ausbildung der Knospen. Der Himmel über Ta'if kam ihr in den Sinn, das Bild der aufgehenden Sonne, die das Firmament rosarot behauchte. Und der Farben- und Duftrausch, der sich über den Rosenfeldern Bahn brach. Immer wenn sie daran dachte, sehnte sie sich nach Saudi-Arabien, aber vor allem nach Victor. Nach seinem Duft. Diese Gedanken hatten sie nie losgelassen, auch nicht während der Zeit mit Maurice in Frankreich, doch zugelassen hatte sie sie nie. Das wäre ihr sicherer Untergang gewesen.

Aber was sie besonders umtrieb, war Beatrice. Drohte ihrer Enkelin das gleiche Schicksal wie Elena in ihrem Alter? Wenn sie heute rückblickend entscheiden müsste... Aber was hätte sie damals anders machen sollen?

Elena und sie, so ähnlich und doch so verschieden. Beide hatten sich vom Vater ihrer Töchter getrennt und den Erfordernissen des Lebens gestellt. Allein.

Nein, so war es nicht. Elena hatte ihre große Liebe gefunden. Cail würde ein guter Vater für Beatrice sein. Aber sie hatte die falsche Wahl getroffen. Maurice hatte Elena von Anfang an abgelehnt, ja gehasst. Genauso sehr, wie er sie geliebt hatte. Wenn man das, was sie verbunden hatte, Liebe nennen konnte.

Sie ballte die Fäuste und atmete tief durch.

Und auch sonst hatte Elena wenig mit ihr gemein, zumindest äußerlich, aber wie es in ihr drinnen aussah, wusste sie nicht, und darüber wollte sie sich kein Urteil anmaßen. Vielleicht ahnte ihre Tochter, wie sehr sie mit dem mütterlichen Erbe verbunden war, und hatte keine Anstrengung gescheut, dieses zu verbergen.

Aber daran wollte sie jetzt nicht denken, sie fühlte sich zu verletzlich, es galt, dem Schmerz durch Grübeln nicht noch mehr Raum zu geben. Am liebsten hätte sie ihm durch lautes Schreien Linderung verschafft. Doch niemand sollte ihre Schwäche zu seinem Vorteil ausnützen können.

Sie ging ins Haus, legte Pomodoro, der inzwischen auf ihrer abgelegten Schürze eingeschlafen war, in sein Körbchen und fragte sich, ob Cail und Elena sich wieder versöhnt hatten.

Sie hatte auf ganzer Linie versagt: Elena zu drängen, nach Florenz zu kommen, war ein Fehler gewesen. Die verdrängte Vergangenheit kam wieder an die Oberfläche, verheilt geglaubte Wunden brachen wieder auf. Sie hatte alles nur noch schlimmer gemacht.

»Was für eine ausgemachte Dummheit!«

In Wahrheit war sie das Opfer ihrer Angst geworden. Angst davor, auch das letzte Band, das sie noch mit ihrer Tochter zusammenhielt, zu zerreißen.

Und dann war auch noch Victor aufgetaucht. Ihn

wiederzusehen hatte sie in ein Wechselbad der Gefühle gestürzt. Sie hatte seine Trauer gespürt, die gleiche Einsamkeit, die auch ihre treue Begleiterin war, auch wenn sie das nicht wahrhaben wollte.

Als er gegangen war, hatte sie zu ihrer eigenen Bestürzung erkennen müssen, welch tiefe Gefühle sie verbunden hatten und wie sehr sie ihre gemeinsame Tochter liebte. Und wie sehr sie ihre Enkelin liebte, ihre Fröhlichkeit, ihre Herzlichkeit, ihr rückhaltloses Vertrauen, wenn sie sich in der Umarmung innig an sie schmiegte.

Auf Beatrice verzichten zu müssen würde ihr das Herz brechen. Aber was sollte jetzt werden? Noch blieb Zeit. Sie würde einen Weg finden, endgültig mit der Vergangenheit abzuschließen und Pläne für eine Zukunft mit Beatrice zu schmieden.

Und mit Elena.

Auf dem Wohnzimmertisch lag das rot eingebundene Notizbuch. Ein wehmütiges Lächeln schlich sich in ihre Züge.

Sie hatte Elena gesagt, es hätte Selvaggia gehört, wirklich gelogen war das nicht. Sie sah ein letztes Mal nach Pomodoro und verließ das Haus. Auf ihrem Weg die Borgo Pinti entlang ordnete sie ihre Gedanken. Und ohne dem Wirrwarr in ihrem Kopf Herr zu werden, in dem es nur so brauste und sauste, schlug die Idee wie ein Blitz ein.

»Das ist verrückt«, murmelte sie.

Vielleicht. Aber sie hatte keine Zeit zu verlieren, jetzt

oder nie, sie musste alles auf eine Karte setzen. Und wenn der Plan funktionierte, gab es eine Chance, für Elena und sie.

12.

Glyzinie. Zurückhaltend, in sich gekehrt und klug. Konzentriert verfolgt sie ihre Ziele in dem Bewusstsein, was wirklich wichtig ist.

Elena erwachte früh, blieb aber noch eine Weile liegen, sie konnte sich nicht dazu entschließen aufzustehen. Dann gab sie sich einen Ruck, stieg aus dem Bett, zog sich etwas über und schlich in den Flur. Dort begegnete ihr Cail, der mit einem Tablett in den Händen aus der Küche kam. Sein Blick verriet Anspannung. Offensichtlich hallten die Ereignisse des Vortags noch nach.

»Guten Morgen«, sagte er, »ich wollte dir gerade Frühstück bringen.«

Elena umklammerte das Treppengeländer. »Wir müssen reden.«

Cail tat mit einem angedeuteten Nicken seine Zustimmung kund. »Deine Mutter ist im Garten, und Bea schläft noch.«

»Dann lass uns die Gelegenheit nutzen.«

Wenn sie an gestern Abend dachte... Nach dem Gespräch mit ihrer Mutter hatte Elena das Haus verlassen, in der Hoffnung, ein Spaziergang würde wie so oft ihre Nerven beruhigen. Doch dieses Mal bewährte sich diese Gewohnheit nicht. Wie auch. Ihre Erschütterung war zu tief.

Als sie wieder in den Palazzo zurückgekehrt war, wartete Cail schon auf sie. Sein Gesichtsausdruck war nicht angetan, sie in ihrer Absicht zu bestärken, aber sie hatte ihm trotzdem alles erzählt. Von Matteo, von Luca, von Bea.

Cail hatte ihr schweigend zugehört und sie dann in den Arm genommen. Aber Elena war die ungelenke, bemüht wirkende Geste nicht entgangen, und sie hatte eine Härte in ihm wahrgenommen, die sie bisher nicht kannte.

»Ich gehe unter die Dusche.«

Elena wartete seine Antwort nicht ab, sondern zog sich aus und ging ins Badezimmer, das warme Wasser würde eine Labsal sein. Auf einmal hörte sie, wie die Tür sich öffnete, einen Augenblick später stand Cail neben ihr.

»Lass mich das machen«, flüsterte er und nahm ihr das Shampoo aus der Hand.

Das war nur ein Vorwand, das wussten beide. Elena rückte etwas zur Seite und zog ihn an sich.

»Warum hast du mir das nicht gleich gesagt?«

Cail wirkte ernst, das Wasser rann ihm über das markante Kinn, über die Narbe, die es prägt. Elena fuhr mit der Fingerspitze darüber.

»Ich weiß es nicht.«

Cail schob sie aus der Dusche und hüllte sie in ein Badetuch. Sie wollte ihn umarmen, aber er ließ es nicht zu und schob sie zur Seite.

»Trockne dich ab, bevor das Frühstück kalt wird.«

»Du bist wütend.«

Ohne etwas darauf zu erwidern, schloss er die Badezimmertür. Elena spürte eine Mischung aus Zorn und Zerknirschung, während sie sich anzog. Sie war auch nicht glücklich über die Situation. Hatte sie sich wirklich richtig verhalten? Die meisten Vorwürfe machte sie sich Beatrice wegen, die so gar keine Ahnung hatte. Wie sollte sie ihr sagen, dass nicht Cail, sondern Matteo ihr Vater ist? Der Mann, der sich nie um sie gekümmert, sie sogar verleugnet hatte. Aber als er das Mädchen gesehen hatte, war Matteo wie ausgewechselt gewesen, ganz der stolze Vater.

Elena ging in die Küche, um nach ihrer Mutter und Bea zu sehen. Aber da war niemand. Warum war das alles nur so kompliziert?

»Deine Mutter ist mit den Kindern im Park.«

Cail stand auf der Türschwelle. Elena sehnte sich nach seinen starken Armen, nach einem Kuss von ihm, aber er blieb distanziert.

Wie hatte es nur so weit kommen können, noch gestern war alles in Ordnung gewesen, hatten sie von einer verheißungsvollen Zukunft geträumt, gemeinsam Pläne gemacht. Und jetzt war alles anders. Sie zwang sich, ihn anzusehen. Er trug einen schwarzen Rollkragenpullover, schwarz wie seine Gedanken. Sein Blick kalt.

»Warum hast du so getan, als würdest du ihn nicht kennen?«

Die Frage lag auf der Hand, ärgerte sie aber trotzdem.

»Was glaubst du wohl? Sei ehrlich, wie hättest du reagiert?«

»Das spielt keine Rolle. Hier geht es nicht um mich, sondern um Beatrice' Vater.«

»Beatrice' Vater? Ich denke, das bist du, das hast du am Tag ihrer Geburt versprochen. Und was mich betrifft, gibt es dem nichts hinzuzufügen.« Ihre Stimme klang schrill, sie hörte es selbst. Sie standen jetzt dicht voreinander, Elena spürte seinen warmen Atem auf ihren Wangen.

»Es geht einzig und allein um Bea, darum, was für sie das Beste ist.«

Elena stockte der Atem, sie sah ihn an, der Ausdruck seiner Augen sprach von Liebe und tiefem Mitgefühl.

»Warum sind wir nur nach Florenz gekommen?«, flüsterte Elena.

Sie hatten sich in den letzten Jahren so viel zusammen aufgebaut. Sie waren eine Familie, Beatrice, Cail und sie, alles andere war unwichtig. Sie würden später noch einmal in aller Ruhe darüber sprechen. Es gab für alles eine Lösung. Sie klammerte sich an ihn.

»Versuchen wir, das Geschehene zu vergessen. Wir fahren nach Paris zurück, leben unser Leben und bekommen noch ein Kind. Oder zwei.«

Cails Nähe beruhigte sie, sie war glücklich, ihn zu spüren, seinen Geruch aufzunehmen.

»Aber wir müssen uns der Herausforderung stellen, weiter zu schweigen hilft nicht, das weißt du so gut wie ich, Elena. Wir müssen Beatrice sagen, dass dieser Mann ihr Vater ist. Aber erst in Paris.«

Vor Elenas innerem Auge tauchten Schreckensszenarien auf. Sie stellte sich vor, wie Alessia und Matteo Bea wehtun und sie ihr und Cail entfremden würden. Matteo war zu allem fähig. Sie fühlte sich so ohnmächtig wie nie zuvor.

»Wir werden es ihr schonend beibringen, sie aber nicht belügen. Das wird sie verkraften«, versicherte ihr Cail, als könnte er in die Zukunft blicken.

»Du kennst Matteo und Alessia nicht, du weißt nicht, wozu sie fähig sind.«

Cail zog sie an sich. »Luca ist ein wunderbares Kind, so schlimm können seine Eltern nicht sein.«

Das wollte Elena nicht in Frage stellen, aber sie wusste aus eigener leidvoller Erfahrung, wie Eltern ihren Kindern schaden konnten. Von Stiefvätern ganz zu schweigen.

»Unsere Tochter braucht dich, Cail.«

»Ich werde immer für Beatrice da sein, egal, was passiert.«

»Lass uns jetzt an etwas anderes denken, das wird mir alles zu viel.«

»Gut, sprechen wir später darüber.«

Sie kuschelte sich an ihn, die Wärme seines Körpers tat ihr gut.

13.

Gardenie. Begierig und würdevoll. Handelt erst nach reiflichem Überlegen. Bei aller Bescheidenheit mit einem Anflug von Stolz.

Der Himmel hatte sich mit dunklen Wolken zugezogen, Regen lag in der schwülen Gewitterluft. Und trotzdem fror Elena. Sie saß auf einem Stuhl im Garten und hatte sich den Schal ihrer Mutter umgelegt, den sie hier vergessen haben musste. Sie wählte Moniques Nummer und hoffte, sie würde drangehen. Sie musste ihre Stimme hören, sie fehlte ihr so sehr.

»Elena, endlich, ich habe dir gefühlt hundert Nachrichten hinterlassen, du bist schlimmer als ein Verlobter auf der Flucht. Eigentlich sollte ich tödlich beleidigt sein.«

Sie müsste sich entschuldigen, dachte Elena, aber dann platzte es aus ihr heraus. »Matteo hat Beatrice gesehen und begriffen, dass sie seine Tochter ist und...« Sie konnte nicht weitersprechen, ihre Stimme versagte, und sie brach in Tränen aus.

»Und was will dieser Idiot von dir?«, fragte Monique nach einer Pause, als sie den Eindruck hatte, dass Elena wieder bereit war, das Gespräch fortzusetzen.

»Von mir nichts, aber von Bea. Er will Anteil an ihrem Leben nehmen, er will, dass sie die Wahrheit erfährt. Vielleicht erhebt er Anspruch auf sie.«

»Aber er wollte doch nichts von ihr wissen.«

»Damals hat er mir nicht geglaubt, aber jetzt ist er wie verwandelt, ich weiß nicht, was ich machen soll.«

»Dieser Mann ist eine Katastrophe für dich, er war es damals, und er ist es heute. Und wie soll es jetzt weitergehen?«

Elena seufzte. Der Wind hatte aufgefrischt, und sie zitterte. »Bea weiß nichts von ihm, für sie ist Cail ihr Vater.«

»Und zwar ein wunderbarer, wenn du mich fragst. Er ist ein Segen für das Kind.«

»Ich weiß. Aber er drängt darauf, dass Bea die Wahrheit erfährt. Das hat er schon immer gewollt. Ehrlich währt am längsten, das ist seine Devise.«

»Nun gut, Männer haben manchmal seltsame Grundsätze, versuche, ihn zu verstehen.«

Elena schüttelte den Kopf, ein Lächeln umspielte ihre Lippen. Monique hatte recht. »Und dann ist da noch Luca, Beas Spielgefährte, die beiden sind unzertrennlich.«

»Wer ist denn Luca?«

Elena wickelte eine Haarsträhne um ihren Zeigefinger. Wie sollte sie das erklären?

»Er ist Beas Freund, aber eben auch ihr Halbbruder.«

»Was?«

»Ja, ganz schön kompliziert, oder?«

»Ich kann leider keine Gedanken lesen. Was hältst du davon, mir die ganze Geschichte zu erzählen, von Anfang an?«

Und Elena begann zu erzählen. Von Bea und Luca, ihrer Freundschaft, von der Zeit in Florenz, von der Szene auf der Piazza vor der Kirche und von Matteos wundersamer Wandlung.

Von seiner aggressiven Wut und den Schuldvorwürfen.

»Eine verrückte Geschichte. Da hat dieser Mann also plötzlich seine Vatergefühle entdeckt. Wer hätte das gedacht...«, kommentierte Monique.

»Die Geschichte ist weit komplizierter, Monique.«

»Das glaube ich dir gern, aber vielleicht ist es auch ein Wink des Schicksals. Die Einladung, endlich Klarheit zu schaffen.«

Die Stimme der Freundin klang plötzlich verändert, weicher, leiser. Elena fragte sich, worüber sie nachdachte.

»Manchmal muss man das Unausweichliche auf sich nehmen, Elena, auch wenn man glaubt, dass etwas in einem stirbt.«

Würde sie das schaffen? Würde sie ertragen, dass Matteo ein Teil von Beatrice' Leben werden würde? Und damit ein Teil ihres Lebens?

»Ist dir das schon mal passiert?«, fragte sie leise.

»In gewisser Hinsicht. Und ich habe die Flucht ergriffen, weißt du noch? Ich bin vor dem Mann, in den ich mich verliebt hatte, weggelaufen. Weil ich mich nicht gegen ihn zur Wehr setzen konnte. Ja, mir ist das schon passiert.«

»Entschuldige«, flüsterte Elena.

»Es ist schon so lange her.«

Elena hatte Zweifel, ob Moniques Gleichgültigkeit echt oder nur gespielt war.

»Habt ihr euch je wiedergesehen?«

Monique wusste, auf wen Elena anspielte: Jacques Montier, der Besitzer von Narcissus, einer der renommiertesten Parfümerien von Paris. Dort hatte Elena gearbeitet, nachdem sie Florenz verlassen hatte. Monique war unsterblich in diesen Mann verliebt gewesen, aber er war mit einer reichen Erbin verheiratet, und er war nur auf eine Affäre aus gewesen.

»Hin und wieder, unsere Welt ist manchmal verdammt klein.«

»Und?«

»Was soll ich sagen. Er ... ist einsam, wir haben uns nett unterhalten, über belanglose Dinge, ich habe nicht mal nach seiner Frau gefragt.«

Elena rollte mit den Augen. »Wie nett von dir.«

»Ja, das finde ich auch. Manchmal wundere ich mich über mich selbst. Und bevor du mich fragst, ja, er ist immer noch das gleiche arrogante Arschloch. Und ein wunderbarer Mann.«

Moniques Ton war heiter und unbefangen, Elena hoffte, dass sie ihr diese Souveränität nicht nur vorspielte.

»Schade«, fuhr sie fort, »dass man vorher nicht weiß, in wen man sich verliebt.«

»Kann Liebe nicht unterschiedliche Formen... Ach, ich weiß nicht, wie ich es ausdrücken soll, kann sie nicht verschieden sein, anders sein, kann man nicht auf andere Weise lieben?«

»Das hängt vom jeweiligen Standpunkt ab, nehme ich an. Ich konnte das nie. Nach ihm habe ich nie wieder einen Mann so geliebt. Und Kompromisse möchte ich keine machen. Das Kapitel Ehemann und Familie ist für mich abgeschlossen. Ich bleibe lieber allein.«

»Habe ich dir eigentlich schon gesagt, wie sehr du mir fehlst?«

»Das musst du nicht, das weiß ich, ich kann es spüren. Und hör auf, mit mir zu reden, als sei ich ein hilfloser Welpe. Glaub mir, ich bin zufrieden, die Arbeit macht Spaß, ich habe Karriere gemacht, und auch sonst stimmt alles. Ich bin glücklich.«

Elena hätte wetten können, dass Monique jetzt lächelte, aber sie konnte auch die unterschwellige Trauer in ihr spüren.

»Mit Jacques war alles intensiver. Die Freude, das Vergnügen und auch das Leid.«

Sie verstand ihre Freundin nur zu gut, auch mit Cail war das Leben reicher, in jeder Hinsicht.

»Ich wünschte, dass die Dinge anders gelaufen wären.«

»Ich auch. Aber zwischen Wunsch und Realität liegen oft Welten.«

Monique schwieg einen Moment. »Aber reden wir nicht mehr von mir. Und Matteo und den ganzen Schlamassel vergessen wir auch. Wie geht es dir? Elena Rossini?«

Elena zögerte kurz, dann beschloss sie, ihr alles zu sagen. Wenn jemand sie verstehen konnte, dann war es ihre Freundin und Geschäftspartnerin Monique.

»Jedes Mal, wenn ich versuche, ein Parfüm zu mischen, bin ich kreativ blockiert. Ich kenne die Formeln und beherrsche die Technik, aber dem Ergebnis fehlt das besondere Etwas.«

»Wie bitte?«

»Es fehlt die individuelle Note, die Seele. Meine Parfüms sind nichtssagend, Dutzendware. Die Kunden haben es auch bemerkt, wir haben einige verloren. Ich bin schuld an der Krise von Absolue. Nur ich allein. Es tut mir leid, Monique.«

»Wenn du so redest, könnte ich deiner Mutter den Hals umdrehen.«

»Was hat sie denn damit zu tun?«

»Eltern sollten ihre Kinder so erziehen, dass sie an sich und ihre Fähigkeiten glauben. Sie sollten ihnen Selbstvertrauen vermitteln.«

Nur Monique konnte solche Querverbindungen herstellen, sie war einmalig. Natürlich war es nicht Susannas Schuld, und es ging auch nicht um Selbstvertrauen, sondern um die traurige Realität.

»Wenn das wirklich so sein sollte«, fuhr Monique fort, »müssen wir eben eine andere Geschäftsidee entwickeln. Wir werden Parfüms von anderen Herstellern verkaufen, natürlich nur die besten. Perris Monte Carlo,

Amouage, L'Artisan Parfümeur, Bruno Acampora, Lorenzo Villoresi. Ich habe gute Kontakte, wir werden mit Absolue weiter erfolgreich sein, da habe ich keine Zweifel. Sei deshalb unbesorgt.«

Elena nickte, obwohl sie wusste, dass Monique es natürlich nicht sehen konnte.

»Eine gute Idee«, erwiderte sie leise, aber tief in ihrem Herzen wusste sie, dass sich alles ändern würde, wenn sie ihre »Nase« und ihre Gabe auf Dauer im Stich lassen würden.

Sie erinnerte sich an den Tag, als ihr Monique die neue Boutique gezeigt hatte, voller Enthusiasmus, voller Stolz. Sie hatte sich für ihre Freundin gefreut, ihr den Erfolg gegönnt und hätte sie am liebsten in die Arme genommen, doch ihre eigenen Vorbehalte behielt sie für sich. Deshalb hatte sie es bei Komplimenten belassen und ihr eifrig bestätigt, wie gut alles gelungen sei. Das stimmte ja auch, das Ambiente war superschick, allein, sie fand sich dort nicht wieder, es entsprach einfach nicht ihrem Naturell. Sie waren grundverschieden, für Monique stand der geschäftliche Erfolg im Mittelpunkt, für sie die persönliche Zufriedenheit. Konnte das auf Dauer gut gehen?

»Übrigens, ich komme bald nach Paris zurück«, wechselte Elena abrupt das Thema.

»Das soll wohl ein Witz sein? Vor Ende des Monats will ich dich hier nicht sehen. Du musst dich ausruhen und Abstand gewinnen.«

In Moniques Worten lag Entschlossenheit, sie würde keinen Widerspruch dulden.

Und Elena war erleichtert darüber.

Denn das Letzte, wonach ihr im Moment der Sinn stand, war, in einem Labor zu sitzen und auf die Inspiration zu warten, die dann doch nicht kommen würde.

Sie fand einfach keinen Schlaf. Stundenlang hatte Elena im Bett ausgeharrt, sich von einer Seite auf die andere gedreht, mit angezogenen Beinen auf dem Bauch gelegen, dann auf dem Rücken, und an die Decke gestarrt. Schließlich war sie ganz vorsichtig aufgestanden, um Cail nicht zu wecken. Bald würden sie nach Paris zurückkehren.

Sie schlich sich in Beas Zimmer, breitete das verrutschte Federbett über sie und ging dann ins Wohnzimmer. Dort setzte sie sich aufs Sofa und hüllte sich in eine Decke. Sie blickte sich um und entdeckte *Alice im Wunderland*, das Lieblingsbuch ihrer Tochter. Bea liebte das weiße Kaninchen über alles, das sich mutig ins Abenteuer stürzt, obwohl es so klein ist. Sie musste lächeln.

»Soll ich dir einen Tee machen?«

Sie hatte Cail nicht kommen hören. »Nein, das nützt auch nichts«, antwortete sie und lenkte ihren Blick in den Garten, wo der fahle Mond die Wiese in silbernes Licht tauchte.

»Magst du mir erzählen, was los ist?«

Sie schaute ihn an. Die langen Haare fielen ihm auf die nackten Schultern, er wirkte erschöpft und müde. Die Narbe in seinem Gesicht schien zu leuchten. Er trug nur eine Schlafanzughose.

Sie hatte ihn doch geweckt, das tat ihr leid. »Warum legst du dich nicht wieder ins Bett?«

Er nahm im Sessel ihr gegenüber Platz. »Weißt du, warum ich nie ein zweites Kind wollte, Elena?«

»Weil neben Beatrice kein Platz mehr in deinem Herzen ist?«

Cail schüttelte den Kopf. »Nein, es hat mit uns beiden zu tun.«

»Erklär's mir.«

Er nickte. »Ganz einfach. Du vertraust mir nicht.«

Elena sprang entsetzt auf. »Das ist doch Blödsinn, ich würde dir mein Leben anvertrauen. Und das weißt du!«

Auch er stand auf. »Du hast mich nicht ausreden lassen. Du glaubst nicht an uns, du glaubst, dass ich nicht genügend Verständnis für dich aufbringe, und du zweifelst daran, dass ich dich liebe, gerade weil du so bist, wie du bist. Manchmal öffnest du dich, um dich im nächsten Moment wieder in deinen Kokon zurückzuziehen. Du versteckst dich, bist wieder unsicher und verstört. Ich sehe die verlorene junge Frau von damals vor mir. Deshalb hast du mir auch nicht gleich von Matteo erzählt, du hast kein Vertrauen in uns. In mich. In dich.«

Elena verschränkte die Arme vor der Brust und starrte auf ihre nackten Füße. Die Bodenkacheln waren kalt, kalt wie Cails Stimme. Sie sagte: »Das ist so nicht richtig, das ist nur eine Phase, sie geht vorüber. Du musst Geduld haben.«

Sie spürte sein untergründiges Misstrauen.

»Du machst dir etwas vor, dir und mir.«

Elena hielt den Atem an. Cail beugte sich vor und wischte ihr eine Träne aus dem Gesicht. »Sag mir, was los ist.«

Sein Bemühen, ihr keine weiteren Vorwürfe zu machen, seine verständnisvoll vorgetragenen Bedenken, ohne sie zu bedrängen, ließen ihren Trotz schwinden, brachen ihren Widerstand, den seine Worte über ihrer beider Verhältnis zueinander geweckt hatte, und es platzte aus ihr heraus: »Ich werde die Parfümerie verlassen.«

»Warum?«

»Ich bin mir nicht mehr sicher, ob es das ist, was ich will.«

»Und was willst du stattdessen?«

Sie schaute ihm lange in die Augen. »Dich und Bea. Noch ein Kind, ein lichtdurchflutetes Haus im Grünen. Ein Haus mit großen Fenstern mit dem Blick auf Blumen und Bäume. Ich möchte die Sonne auf der Haut spüren, neben dir einschlafen und wieder neben dir aufwachen. Du bist so voller lebensprühender Kraft und Leidenschaft, während ich mich mit Fragen quäle, mir die Frage nach dem Sinn des Lebens stelle.«

Cail küsste sie. »Erzähl mir alles von Anfang an.«

Aber wie sollte sie das anstellen? Kann man so etwas überhaupt mit Worten beschreiben? Offen und ehrlich, ohne Rücksicht auf die eigenen Befindlichkeiten. Denn sie trug schwer an dem Gefühl, Erwartungen nicht erfüllt zu haben.

Dann begann sie doch.

»Ich hatte den Auftrag, ein ganz spezielles Parfüm

zu kreieren, und ich bin gescheitert. Meine Gabe hat mich im Stich gelassen. Ich habe es wieder und wieder in Angriff genommen, nichts unversucht gelassen, aber es gelang einfach nicht. Die Voraussetzungen waren alle gegeben, die Essenzen, das Mischungsverhältnis, alles stimmte, aber das Parfüm hatte keine Seele. Ich habe es in Florenz erneut versucht, wieder ohne Erfolg. Die Duftnoten waren alle enthalten, aber das Ergebnis spiegelte nichts von der Persönlichkeit der Auftraggeberin wider, es fehlte jeder persönliche Bezug. Es sollte für eine alte Freundin meiner Großmutter bestimmt sein, eine Person, die ich selbst gut kenne.« Elena warf den Kopf in den Nacken, seufzte: »Wenn Lucia das wüsste, sie würde sich meiner schämen.«

»Und du? Was denkst du, Elena?«

»Ich schäme mich nicht. Vielleicht ist es gerade das, was mich am meisten verwirrt hat. Eigentlich müsste ich am Boden zerstört sein, aber so ist es nicht. War meine Suche nach dem Perfekten Parfüm vielleicht ein Irrweg? Ich dachte, darin bestünde meine Berufung, den individuellen Duft zu entwickeln, der, wie ich schon gesagt habe, den Charakter des Kunden widerspiegelt. Ich habe mich im Laufe der Zeit den Wünschen anderer angepasst und dabei meine Kreativität, mein Gespür für das Besondere, für das Authentische, verloren. Ich weiß nicht mehr, wer ich bin und was ich will.«

Sie hielt einen Moment inne. Es war nicht leicht, ihre Gedanken in Worte zu fassen. Dann fuhr sie fort: »Ich kann nur gut sein, wenn das, was ich tue, für mich selbst einen Sinn ergibt. Ja, das klingt ziemlich vage, ich weiß. Wahrscheinlich denkst du jetzt, ich bin verrückt geworden.«

»Probiere das einfach aus.«

Dass sie Cail ihr Geheimnis offenbart hatte, tat ihr gut, hatte etwas in ihr gelöst. So tief hatte sie ihn noch nie in ihre Seele schauen lassen. Jetzt verstand sie, was er ihr vorgeworfen hatte. Und er hatte recht. Aber wie hätte sie daran etwas ändern können, wo sie es doch eben erst selbst verstanden hatte? Hatte sie es verstanden? Sie hätte es nicht mit Sicherheit sagen können, Zweifel blieben.

»Ich weiß, was ich *nicht* will. Ich will nicht nur ein Rädchen im Getriebe sein, ich möchte nicht ein Posten in Moniques Bilanz sein, für sie ging mit dieser Geschäftsidee ein Traum in Erfüllung, meine Vision ist aber eine andere. Ich will meine Originalität zurück, meine Kreativität, meine Gabe, Parfüm eine Seele einzuhauchen. Aber nicht der alten Rossini-Tradition folgend, sondern mit einer neuen Persönlichkeit, einem tieferen Sinn.«

Cails Mundwinkel hoben sich, die Augenbrauen hochgezogen, ein Glanz in den Augen.

»Siehst du, es war doch gar nicht schlimm.«

»Was?«

»Sich mir zu öffnen, mich in dein Leben einzulassen.«

14.

Nelke. Vernunftgesteuert, hellwach und zielorientiert. Fähig zur Selbsterkenntnis, geht aber ihren Weg, notfalls auch gegen Widerstand.

Am nächsten Morgen kam Elena in die Küche, Susanna saß bereits am Frühstückstisch.

»Ich habe schon auf dich gewartet.«

»Guten Morgen, Mama, ist der Kaffee noch warm?«

»Ja, nimm dir, aber vorsichtig, er ist sogar noch heiß.« Susanna hielt ihr eine Tasse hin.

»Danke.« So viel Fürsorge war Elena von ihrer Mutter nicht gewohnt, sie musterte sie argwöhnisch. Was steckte da wohl dahinter?

»Cail ist schon weg.«

Susanna schob Elena ein Päckchen zu.

»Was ist das?«

»Ein Geschenk. Mehr oder weniger.«

Elena war sprachlos. Es war lange her, dass sie ihr etwas geschenkt hatte.

»Ich hatte schon früher die Absicht, aber es ergab sich keine Gelegenheit.«

»Warum?«

»Bitte frag nicht. Mach es einfach auf.«

Behutsam löste sie das seidene Band und entfernte das Geschenkpapier. Überrascht riss sie die Augen auf. Ein Kuvert, das obenauf lag, schob sie achtlos zur Seite.

»Das ist ja das Notizbuch, das Bea gefunden hat, das von Selvaggia!« Ihre Stimme überschlug sich fast, so erstaunt war sie.

»Ganz genau.«

Elena blätterte darin. Warum hatte Susanna es zunächst vor ihr weggeschlossen und schenkte es ihr jetzt?

»Bist du sicher, dass du dich davon trennen willst?«

»Ja, ich bin sicher. Es gehört ohnehin dir.«

»Wie meinst du das?«

»Dass es dir gehört und du damit machen kannst, was du willst.«

Elena war von Selvaggias Notizbuch fasziniert gewesen, seitdem sie es das erste Mal in die Hand genommen hatte, besonders die Zeichnungen hatten ihr gefallen. »Selvaggia muss eine romantische Frau und eine außergewöhnlich begabte Parfümeurin gewesen sein. Der junge Mann auf dem Bild wirkt so lebendig.«

»Der Gott der Felder«, seufzte Susanna.

»Die Zeichnungen sind wunderschön.«

»Findest du?«

»Ja, schau nur.« Elena deutete auf ein anderes Bild. Eine detailliert gezeichnete Blume ging in das Porträt einer Frau über, darunter der Text einer Rezeptur. Sie las die Formel und bemerkte die Dominanz der abgebildeten Blume über allen anderen Essenzen.

Die Rosenfrau ist feinfühlig und sinnlich, sie erstrahlt im hellen Licht. Sie ist das Symbol der Mutterschaft, schenkt Leben und beglückt mit Fürsorge. Sie versinnbildlicht den Kreislauf des Lebens, Kind, Mutter und alte Frau.

»Einfach wundervoll!«, schwärmte Elena. Sie las weiter. Narzisse, Orangenblüte, Frangipani, für jeden Frauentyp die passende Blütenessenz. Außer Parfüms waren auch Cremes, Puder und andere Kosmetikprodukte beschrieben. Alles basierend auf einer einzigen Essenz.

Ein völlig neuer Denkansatz, aus diesem Blickwinkel hatte sie Parfüm noch nie gesehen. Ein minimalistischer Ansatz, im Zentrum stand eine einzige Essenz, alles andere begleitete sie nur, brachte ihre Charakteristika erst richtig zur Geltung. »Wer bist du?«, murmelte sie fragend, als würde sie sich von dem Notizbuch eine Antwort erhoffen.

Jedem skizzierten Frauentyp hatte Selvaggia eine Blume zugeordnet und ein ihm entsprechendes Parfüm kreiert. Das ging einerseits über das Konzept der Personalisierung hinaus, andererseits auch wieder nicht.

Es war der Kontrapunkt zu ihrer Philosophie des individuellen Parfüms.

Elena war fasziniert. Susanna räusperte sich und deutete auf das Kuvert.

Sie griff danach, sah ihre Mutter an, als müsste sie sich erst ihrer Zustimmung versichern, dann öffnete sie die Lasche. Es enthielt zwei Flugtickets und eine skizzierte Landkarte mit einer Reiseroute: Japan, Indien, Saudi-Arabien. Und darüber stand ihr Name.

»Was hat das zu bedeuten?«

»Eine Reise«, antwortete Susanna mit einem rätselhaften Lächeln auf den Lippen.

»Das sehe ich...«

»Du musst loslassen, Elena, und zu dir selbst finden. Du musst dich um dich kümmern, dir Raum zur Entwicklung geben. Mir ist klar geworden, dass ich für deine innere Zerrissenheit mitverantwortlich bin. Ich habe dich gedrängt, nach Florenz zu kommen, und nicht über die Konsequenzen nachgedacht. Ich wollte nur Zeit mit dir verbringen, bevor...«

Elena starrte sie verblüfft an. »Bevor was?«

Susanna stand auf. »Denk in Ruhe darüber nach.« Dann verließ sie die Küche.

»Das riecht aber gut«, sagte Cail, als er die Küche betrat. Er küsste Elena auf die Stirn. Sie wirkte aufgelöst, ein wenig fahrig.

»Was ist mit dir? Hat dich irgendetwas aus der Fassung gebracht?«

»Ein Geschenk meiner Mutter.«

Mehr verriet sie nicht Ihre Mutter führte etwas im Schilde, darüber musste sie sich erst selbst klar werden.

»Und was hat es damit auf sich?« Cail wusste nicht, was er von dieser Geheimniskrämerei halten sollte.

Sie deutete auf das Notizbuch. »Sie überrascht mich immer wieder aufs Neue.«

»Möchtest du einen Tee?«

»Ja, gern.«

Cail stellte eine Schale Kekse vor sie auf den Tisch, die er am Morgen gebacken hatte, und daneben eine Tasse Tee.

»Mit Honig«, sagte er und tunkte einen Keks in seine.

»Danke.« Elena pustete auf die heiße Flüssigkeit.

Dann zeigte sie ihm die Flugtickets. »Was wohl dahintersteckt?«

»Interessante Ziele. Das Datum ist offen gelassen, du kannst starten, wann du willst.«

Er musterte die Tickets aufmerksam.

Die Auswahl der Ziele war ganz offensichtlich nicht zufällig. Es waren Länder, in denen Parfüm auch eine spirituelle Bedeutung zugewiesen wurde. Elena wusste das, weil sie sich immer wieder vorgenommen hatte, genau aus diesem Grund dorthin zu reisen.

»Was beabsichtigt sie wohl damit? Warum soll ich diese Reise machen?«

»Das musst du sie fragen.«

Elena schaute ihn hilfesuchend an, aber Cail schüttelte den Kopf. »Nein, Elena, du allein entscheidest, ob du fährst. Und ob du deine Mutter mitnimmst oder nicht.« Er trank seinen Tee aus und erhob sich. Ob sie ihre Mutter mitnähme? Cail hatte keine Sekunde gezögert, als käme keine andere Begleitperson in Frage.

»Warum kommst du nicht mit? Mit dir wäre es viel schöner.«

»Das weißt du sehr gut. Diese Reise ist eine Chance,

dich selbst zu finden. Diesen Weg musst du ohne mich gehen.«

Cail klang entschlossen, fast abweisend. Damit hatte Elena nicht gerechnet, sie fühlte sich zurückgesetzt.

»Was meinst du damit?«

»Nichts anderes, als ich gestern sagte. Ich habe mich für uns entschieden, ohne Wenn und Aber, es liegt einzig und allein an dir.«

»Musst du schon wieder davon anfangen?« Sie starrte in den Garten.

»Warum antwortest du nicht?«

»Weil wir schon so oft darüber gesprochen haben.«

Cail nahm sie in die Arme und küsste sie sanft auf die Lippen. »Wir sind an einem Scheideweg, Elena. Ich habe es immer wieder versucht, und vielleicht genügt es dir, wenn alles bleibt, wie es ist. Aber mir nicht. Wenn du es für richtig hältst, dich weiter abzukapseln, dich in dir einzuschließen...«

Wieder küsste er sie.

»Aber ich gebe mir doch Mühe«, sagte sie fast flehend.

»Werde dir klar, was du willst, und dann sag es mir.«

»Ich will dich.«

»Dann zeig es mir.«

»Aber wie? Was soll ich denn noch machen?«

»Genau darum geht es, Elena. Ich will nicht, dass du mir zuliebe etwas tust, du musst es aus eigenem Antrieb tun.«

Er meinte es ernst, um zu verstehen, was Elena umtrieb, wofür sie sich entschied, war er bereit zu warten. Und wozu war sie bereit?

Elena wusste, dass Cail recht hatte. Es ging hier nicht um ihn, sondern um sie und ihre Gefühle. Die Worte ihrer Mutter kamen ihr wieder in den Sinn, die Worte, die sie so wütend gemacht hatten. »Ihrem Herzen folgen.« Was wollte sie ihr damit sagen? Ging es ihr um Klarheit? War das die Aufforderung, ihren eigenen Weg zu finden? Sie fand darauf keine Antwort. Dieses Eingeständnis stimmte sie traurig. So wenig kannte sie ihre Mutter, kein Wunder bei dieser gemeinsamen Vergangenheit. Viel Zeit hatten sie nicht miteinander verbracht. Vielleicht wäre die Reise eine Möglichkeit, das Versäumte nachzuholen und mehr Verständnis für das Verhalten ihrer Mutter aufzubringen. Und für sich selbst und ihr eigenes Verhalten anderen gegenüber.

Während Cail im Garten arbeitete, las Elena in Selvaggias Notizbuch. Besonders angetan war sie von den liebevollen Beschreibungen der Blumenfrauen. Hin und wieder schaute sie zu Cail, sie bewunderte seine Gelassenheit, die Fähigkeit, sich ganz auf eine Sache zu konzentrieren. Die Rosen waren seine Welt, und sich dessen bewusst zu sein verlieh ihm innere Ruhe und Sicherheit. Was für Cail die Rosen waren, war bei ihr die Welt der Düfte. Sie spürte, wie gut ihr die Lektüre des Notizbuchs tat.

Die Orangenblütenfrau ist romantisch und optimistisch, sie träumt voller Vertrauen von der idealen Welt. Ihr

Glaube ist unerschütterlich, ihre Nächstenliebe grenzenlos. Wer sie zur Freundin hat, kann sich glücklich schätzen.

Die Fliederfrau ist von Natur aus geradlinig, besonnen und furchtlos. Sie steht für Widerstandsfähigkeit und Großzügigkeit.

Jedes Naturell wurde mit den prägenden Charakteristika beschrieben, aber auch die Schwächen wurden benannt und analysiert.

Die Ringelblumenfrau ist mutig und stark, sie scheut neue Wege nicht. Sie ist zu allem entschlossen, wenn es darum geht, ihre Ziele zu erreichen. Und wenn sie dann ihr Herz öffnet, kehrt sie zu sich selbst zurück.

Wie tief musste Selvaggia in die menschliche Seele eingetaucht sein, um die Frauen so prägnant beschreiben zu können. Dazu die wunderschönen Illustrationen und die leicht nachvollziehbaren Formeln. Elena war fasziniert und tief berührt.

Die Akazienfrau ist zurückhaltend und gefühlsbetont. Sie öffnet sich der Natur und der Welt durch Symbole. Sie spürt, wie bestimmte Gegenstände Gefühle und Emotionen in ihr auslösen. Sie beobachtet genau und liebt das Schöne.

Spontan entschied sie, mit ihrer Mutter darüber zu sprechen, und rief nach ihr.

»Ich bin in der Küche.«

Susanna stand vor dem Fenster und rückte ihre Blumentöpfe zurecht. Elena spürte die Spannung zwischen ihnen unmittelbar.

»Hör mal, ich habe nachgedacht.«

Susanna reagierte nicht. Elena sprach weiter: »Erklär mir doch bitte, was das zu bedeuten hat. Was erwartest du von mir?«

»Ich habe es dir doch schon gesagt, Elena. Es ist ein Geschenk. Ich dachte, dass wir beide ... dass du und ich diese Reise gemeinsam machen könnten. An all diese Orte wollte ich immer schon noch einmal zurückkehren. Und sie dir zeigen.«

»Zurückkehren? Warst du schon mal dort?«

»Ja, und auf gewisse Weise warst du dabei. Diese Orte sind Teil deiner Vergangenheit.«

»Das verstehe ich nicht, das musst du mir näher erklären.«

Susanna spielte mit der Bordüre ihrer Schürze, dann begann sie zu erzählen: »Ich habe einst Florenz und dieses Haus verlassen, wollte hinaus in die Welt, die Fesseln abstreifen, die ich mir selbst angelegt hatte. Tradition und Familiensinn waren für mich nicht mehr als hohle Phrasen, leere Worte. Diese Reise wird dir meine Geschichte erzählen, Elena. Und auch die deine. Jede Stadt symbolisiert eine wichtige Etappe, wenn man so will, auf meinem olfaktorischen Weg. Komm mit, vielleicht wirst du mich danach besser verstehen und mir verzeihen können.«

Elena hörte die Wehmut, die Hoffnung in der Stimme ihrer Mutter, fühlte sich von ihren Worten magisch angezogen. Insgeheim hatte sie bereits beschlossen, noch bevor Cail davon gesprochen hatte, diese Reise gemeinsam mit ihr zu machen. Sie war ihre Ausflüchte leid, jetzt fühlte sie sich noch einmal bestärkt.

»Ich komme mit, Mama.«

Susanna umarmte sie. Elena war erst überrascht, dann ließ sie es zu. Die Erinnerung an die Reaktion ihrer Mutter, als diese zurückgezuckt war, weil sie eine Berührung gefürchtet hatte, war noch nicht verblasst. Diese Umarmung war wie ein Versprechen, wie ein besiegelter Pakt.

15.

Geranie. Gastfreundlich und verlässlich, liebt das Leben und schreckt vor keiner Herausforderung zurück, sie sucht sie sogar. Stets engagiert und hilfsbereit.

Im Laufe der Jahrhunderte hatte sich Osaka zu einem florierenden Handelszentrum mit großem Hafen entwickelt. Das frühere Naniwa liegt in einer Bucht auf der japanischen Hauptinsel Honshu. Nach den verheerenden Luftangriffen im Zweiten Weltkrieg war die Stadt zu großen Teilen zerstört. Aus den Ruinen ist nach und nach eine moderne Metropole mit majestätischen Wolkenkratzern aus Glas und Stahl entstanden, die sich aber auch den traditionellen Charme bewahrt hat. Die Stadt charakterisiert eine außergewöhnliche Harmonie zwischen pulsierendem urbanem Leben und friedvoller Ruhe.

Elena kam aus dem Staunen nicht heraus.

»Das ist ja unglaublich.«

»Ja, Japan ist vielleicht der einzige moderne Staat, in dem kulturelle Tradition und Moderne so dicht beieinanderliegen«, sagte Susanna.

Sie überquerten eine Straße: »Du scheinst genau zu wissen, wo du hinwillst«, meinte Elena.

»So ist es.«

Sie setzten ihren Weg fort und kamen zu einer turmartigen Pagode, ein atemberaubender Anblick. Das spitz zulaufende Dach ragte über die Gesimse der Geschosse hinaus, die Wände waren rot verputzt, durch die Fensterscheiben drang gedämpftes Licht. Susanna blieb stehen.

»Traumhaft schön«, sagte Elena.

»Als ich das erste Mal hier stand, fühlte ich mich in ein Märchen versetzt«, erwiderte Susanna gedankenverloren.

Mächtige Bäume flankierten die Pagode wie stumme Wächter. Seit ihrer Abreise aus Florenz hatte Susanna ihr viel von sich und ihrem Leben erzählt. Sie erschien Elena in anderem Licht, das Bild, das sie sich früher von ihrer Mutter gemacht hatte, war geprägt von dem, was ihre Großmutter über sie erzählt hatte.

»Woher kommt dieses Geräusch?«, fragte Elena und blickte sich suchend um.

»Das sind kleine Windglöckchen, sogenannte *furin*.«

Sie folgten den verspielten Glockentönen und kamen zu einer Natursteinmauer, die einen parkartigen Garten begrenzte. Sie gingen durch das Tor und dann den weiß gekiesten Weg entlang, der von Bäumen gesäumt war. Rechts und links des Hauseingangs standen Laternen. Der feine Klang der Glöckchen war noch immer zu hören.

»Unglaublich, wie faszinierend ein so simpler Gegenstand sein kann«, meinte Elena, die sich kaum vom Klang des Glöckchens lösen konnte.

»Lass uns reingehen, es ist schon spät. Es ist unhöflich, Signora Uchida warten zu lassen.«

Unter der Laterne links neben der Holztür stand eine Frau mittleren Alters, die sie mit einer tiefen Verbeugung und freundlich lächelnd willkommen hieß. Sie trug eine orangefarbene Tunika mit rosa Stickereien. Elena fand sie auf Anhieb sympathisch.

»Meine Liebe, was für eine Freude, dich wiederzusehen«, begrüßte sie die Frau und streckte Susanna die Arme entgegen.

»Du hast mir gefehlt, Kirin«, sagte Susanna.

»Du mir auch, Susanna. Ist sie das?« Ihr Blick wanderte zu Elena.

Susanna nickte. »Ja, das ist meine Tochter.«

Die Frau verbeugte sich erneut. »Willkommen, möge dein Aufenthalt bei uns ein angenehmer sein.«

Elena verbeugte sich ebenfalls, alles an dieser Frau strahlte Herzlichkeit aus. Genau wie das zauberhafte Haus, das seit Generationen im Familienbesitz der Uchidas war. Sie zogen die Schuhe aus und gingen über geflochtene Bambusmatten hinein. Eine junge Frau in einem blauen Kimono reichte ihnen als Willkommensgeste eine Tasse Tee und etwas Gebäck.

Das Abendessen war köstlich. Susanna und Kirin plauderten über alte Zeiten, als sie gemeinsam bei einem japanischen Parfümeur gearbeitet hatten. Elena betrachtete die beiden, wie sie Anekdoten austauschten und mit blitzenden Augen lachten. Ihr fiel auf, wie ihre Mutter immer wieder durch die breiten Schiebetüren in den Garten blickte. Wo sie wohl mit ihren Gedanken war?

Erinnerte sie sich an das Versprechen, das sie ihr vor der Abreise gegeben hatte? Dass sie ihr alles erzählen würde und auf ihr Verständnis hoffe.

Elena fragte sich, wohin sie dieser »Weg des Parfüms« führen würde, wie ihre Mutter ihre gemeinsame Reise genannt hatte.

Erst später, als sie auf ihrem Futonbett lag, spürte Elena, wie erschöpft sie war. Obwohl sie kaum noch die Augen offen halten konnte, rief sie Cail an. In Paris war es Nachmittag.

»Geht es dir gut?«, fragte er.

»Ja, diese Reise zu machen war eine gute Idee. Ich bin sehr neugierig, was passieren wird.«

Er lachte.

»Ich wünschte, du wärst jetzt hier.«

»Gerade jetzt? Das lässt ja tief blicken...«

Elena lächelte. »Ich habe heute so viel Neues gesehen, das ich gern mit dir teilen würde. Wir haben ja noch nie eine solche Reise gemacht.«

»Es freut mich, dass du mich offensichtlich noch nicht ganz vergessen hast.«

Sie plauderten noch ein bisschen über die Reise und über Monique, die Bea über Nacht bei sich hatte. Elena hatte bereits mit ihrer Tochter telefoniert, die den Ausflug zu Monique sehr genoss.

Sie wollte ihm noch sagen, wie sehr sie ihn liebte, aber

dann zögerte sie. »Cail, du hattest recht. Ich möchte dir gern etwas sagen, weiß aber nicht, wie. Mir fällt es manchmal so schwer, meine Gefühle in Worte zu fassen.«

»Warum?«

»Weil ich keine Worte für das habe, was ich im Herzen fühle.«

Jetzt meinte sie sein Lächeln förmlich vor sich zu sehen.

»Bis morgen, mein Schatz.«

Elena schloss die Augen, ein Wort kam ihr in den Sinn: *Komorebi.*

Ihre Mutter hatte ihr erklärt, dass damit die »sichtbaren Strahlen der Sonne« bezeichnet wurden, Strahlenbündel, die durch das Blattwerk der Bäume fallen. Die Essenz der Schönheit, die man in sich spürte.

Susanna überraschte sie immer wieder. »Schönheit ist in Japan mehr als ein abstrakter Begriff. Sie ist essenzieller Teil des Lebens, der Weg zur Harmonie, aber nur wenn man dazu bereit ist.«

Elena hatte ihr fasziniert zugehört und gespürt, wie dabei ein Sonnenstrahl das Chaos ihrer düsteren Gedanken durchdrungen und etwas beleuchtet hatte, das ihr bisher verborgen geblieben war.

Sie hatte es endlich begriffen: Sie hatte sich verloren und brauchte einen Neuanfang.

Der Grund für ihre innere Zerrissenheit war nicht äußeren Umständen, nicht Absolue, nicht Monique und auch nicht ihrer Schaffenskrise geschuldet. Und auch Matteo hatte nur einen geringen Anteil. Die Ursache war sie selbst. Die innere Leere, die Verlorenheit, die sie nachts nicht zur Ruhe kommen ließ.

So hatte sie sich auch früher des Öfteren gefühlt, dies aber als vorübergehende Schwäche abgetan. Doch jetzt konnte sie nicht mehr vor sich selbst flüchten, jetzt musste sie die Weichen für die Zukunft stellen. Sie musste ihre Gefühle zulassen, sich ihren Schatten zuwenden.

Vielleicht, sie hatte es nach dem Gespräch mit Cail geahnt, war diese Erkenntnis der Impuls, der den Ausschlag gegeben hatte, gemeinsam mit ihrer Mutter diese Reise anzutreten.

Diese Reise war wie ein Rettungsring auf hoher See, und es war völlig egal, wer ihn ihr zugeworfen hatte.

Sie musste einfach nur danach greifen. Sie entspannte sich, wurde ruhiger, vermeinte den zarten Duft nach frisch gepflückten Rosenblüten zu riechen und fiel in einen tiefen traumlosen Schlaf.

Sie erwachten früh und beschlossen, traditionell japanisch zu frühstücken. Das *Ryokan*, Frau Uchidas Gästehaus, hatte ein reichhaltiges Angebot. Elena war fasziniert vom Geschmack und den Aromen der Gerichte, die in kleinen Porzellanschüsseln serviert wurden. Dampfgegarter Reis mit Gemüse, Blütenblätter mit Früchten. Dazu eine reiche Auswahl an Fisch. Auch Susanna aß mit großem Appetit.

»Du wirkst so gelöst, Mama.«

Elena war überrascht, wie souverän ihre Mutter sich

auf der Reise verhielt und jede Situation mit Ruhe und Umsicht im Griff hatte.

»Überrascht dich das?«

»Ein bisschen«, gab Elena zu.

»Kirin hat uns Proviant eingepackt, zieh dir bequeme Schuhe an. Wir haben einen langen Weg vor uns.«

»Wohin gehen wir?«

»Zu einem Ort, von dem du begeistert sein wirst.«

Als sie am Fuß der Yoshino-Berge angekommen waren, begriff Elena, was ihre Mutter angedeutet hatte. Vor ihnen entfaltete sich ein majestätisches Panorama hoch aufragender Bergzüge. Ganze Wälder aus Kirschbäumen bedeckten Ebenen, Täler und Hänge.

Elena fühlte sich wie im Paradies. Was aus der Ferne wie luftige Wolken gewirkt hatte, waren in Wirklichkeit die mächtigen Blattkleider der Kirschbäume, die sich im Wind wiegten. Darüber wölbte sich der strahlend blaue Himmel. *Ein wogendes Blütenmeer in Weiß und Rosa.*

Sie stiegen aus dem Bus und wurden von einem durchdringenden Duft empfangen.

»Hast du so etwas schon einmal gerochen?«, fragte Susanna.

Bereits als Kind hatte Elena Gerüche beschrieben und ihnen Namen gegeben.

»Es riecht nach Heiterkeit und Trost, nach Sehnsucht und Konzentration. Und nach Harmonie.«

Susanna nickte nur und blickte in Richtung Gipfel.

»Mama, warum sind wir hier? Warum sind wir in Japan, in dieser Stadt? Was verbindet dich mit Osaka?«

»Weil hier alles begonnen hat. Zu Hause war es mir zu eng geworden, ich habe rebelliert. Gegen die Regeln meiner Mutter, die nur eine Sicht auf die Dinge zuließ. Ihre eigene.«

»Sprich bitte weiter.«

»Nach Abschluss meines Studiums habe ich als junges Mädchen Florenz verlassen und bin nach Grasse gegangen, dort habe ich für Maurice gearbeitet.« Sie hielt inne. »Als ich einen Platz an der Parfümeurschule ISIPCA in Versailles bekam, hat sich mein Horizont für Duftkompositionen deutlich erweitert, ich entdeckte eine ganz andere Herangehensweise an das Thema Parfüm. Damit war mein Wissensdurst geweckt, ich wollte auch hinaus in die Welt, neue Erfahrungen machen, deshalb habe ich mir ein Ticket nach Japan gekauft.«

Sie seufzte, lächelte versonnen und sprach weiter.

»Aber das ist eine lange Geschichte.«

»Bitte erzähl mir alles.«

»Wie du willst...«

16.

Magnolie. Formvollendet und erhaben, sie kümmert sich um andere und leidet darunter, wenn ihre Fürsorge nicht erwidert wird. Verständnisvoll und einfühlsam, pflegt sie dauerhafte Freundschaften und ist ausgesprochen loyal.

Osaka, Japan, 1986
»Man nennt es ›Hanami‹, ›Blüten betrachten‹.«
Susanna saß auf der Wiese, den Rücken gegen einen Baumstamm gelehnt, und zeichnete einen Kirschblütenzweig auf ihren Aquarellblock. Plötzlich blickte sie hoch und erkannte einen Mann, der wenige Schritte vor ihr stehen geblieben war. Hinter ihm hatte sich eine Gruppe Touristen versammelt, die wie gebannt an seinen Lippen hingen.
»Alles schön und gut, aber ist das Ganze nicht etwas übertrieben? Es geht nur um blühende Kirschbäume.«
Die herablassenden Worte einer Touristin ließen die anderen aufhorchen, die sich verzückt dem Schauspiel der »Sakura« hingaben. Susanna wollte sich gerade einmischen, doch der junge Mann mit den goldblonden Haaren kam ihr zuvor.

»Hören Sie auf, nur mit den Augen zu sehen, lassen Sie sich von Ihren Gefühlen leiten.«

»Wie meinen Sie das?«

»Kommen Sie doch bitte näher.«

Seine Stimme klang schmeichelnd. Er lächelte die Frau einladend an. Die anderen Touristen warteten gespannt, was nun passieren würde.

»Betrachten Sie die Stelle, wo der Himmel den Wald zu berühren scheint. Was erkennen Sie?«

Er sprach Englisch, mit einem Akzent, den Susanna nicht zuordnen konnte. Aber es war nicht die Sprache, sondern der warme und einnehmende Klang seiner Stimme, der sie aufmerken ließ. Sie blätterte die Seite des Blocks um und begann, das Gesicht des Fremden mit den markanten Zügen zu zeichnen.

»Und jetzt schließen Sie die Augen. Schließen Sie bitte alle die Augen.«

Die Umstehenden folgten seiner Aufforderung, auch Susanna. Dieser junge Mann wirkte ... charismatisch. Genau das war das Wort, nach dem sie gesucht hatte. Man konnte sich seiner Ausstrahlung nicht entziehen.

»Riechen Sie das? Diesen bitter-würzigen Geruch von Piniennadeln, der wunderbar den Kirschblütenduft kontrastiert und ihn dadurch noch unterstreicht. Eine Gabe des Himmels, ein Gottesgeschenk, Aromen, die bis ins Innere Ihrer Seele dringen.«

Er war ein Menschenfänger, ein Magier, der mit Worten die Zuhörer in seinen Bann schlug. Und er wusste einiges über die Wirkung von Düften zu sagen, dachte Susanna.

»Düfte wahrzunehmen ist wie ›Hanami‹. Auch hier steht die Schönheit der üppigen Blütenpracht im Kontrast zu ihrer wesenseigenen Flüchtigkeit. Ein Windstoß genügt, und sie ist verschwunden, sie ist nicht von Dauer, und doch ist sie betörend. Diesen Zauber entfaltet nicht die Realität, die uns Beständigkeit verspricht, sondern der Augenblick, der unsere Sinne berauscht, die Faszination des Lebens trotz der Vergänglichkeit allen Lebens.«

Susanna hatte schon andere Führer auf den Wegen des *Shimo-senbon*-Nationalparks erlebt, aber noch keiner hatte die mystische Stimmung so leidenschaftlich vermittelt wie er.

»Hier bin ich wieder, es kann weitergehen.« Ein Mann stieß zur Gruppe und wartete, dass der blonde Mann ihm seinen Ausweis zurückgab. Offensichtlich war das der offizielle Führer, der Jüngere hatte ihn wohl nur vorübergehend vertreten.

Schade, sie hätte ihm gern weiter zugehört. Sie hatte gar nicht bemerkt, dass er plötzlich neben ihr stand.

»Die Ähnlichkeit ist verblüffend, Glückwunsch, du zeichnest sehr gut.«

»Aber… das mache ich nur für mich«, Susanna klappte hastig den Block zu, »da darfst du nicht einfach kibitzen.«

»Aber ich war das Motiv. Da habe ich doch ein paar Rechte, oder?«

Er lächelte verschmitzt, seine Augen blitzten. Susanna

war fasziniert. Diese Augen, tiefgrün wie ein Bergsee, mit blauen und gelben Sprenkeln. So etwas hatte sie noch nie gesehen.

»Mir ist aufgefallen, wie kompetent du über Düfte und Aromen gesprochen hast«, sagte sie.

»Wieso kannst du das beurteilen?«

»Ich studiere an der ISIPCA.«

Ob es ihn beeindruckte, dass sie an der berühmten Parfümeurschule in Versailles studierte? Zumindest ließ er sich nichts anmerken. Susanna hatte fast ihr gesamtes Erbe für dieses Studium geopfert. Was noch übrig geblieben war, hatte sie in eine einmonatige Weltreise investiert. Geld war ihr nicht so wichtig. Irgendwie würde sie sich schon über Wasser halten, ob als Zimmermädchen, Spülkraft oder Erntehelferin, das war ihr egal. Von ihrer Mutter konnte sie keine Unterstützung erwarten, aber die wollte sie auch nicht.

»Bist du wegen des ›Kōdō‹ hier?«

»Ja.«

Der Weg des Parfüms war in Japan ein heiliger. Hier vermittelte die Kultur des Duftes einen ästhetischen Genuss. Aber im Westen war diese Tatsache kaum bekannt.

»Und du bist Fremdenführer?«, fragte sie zurück und deutete auf die sich entfernende Touristengruppe.

»Nein, ich studiere das Gleiche wie du, auch ich will Parfümeur werden. Wenn du willst, bringe ich dich hin.«

»Wohin denn?«, fragte Susanna überrascht. Sie war längst ganz in ihren eigenen Gedanken versunken.

»Zum Kōdō. Der Weg des Parfüms ist eine feierliche

Zeremonie, jedes Mal, wenn man daran teilnimmt, entdeckt man neue Duftkreationen. Das Angebot ist überall gut, aber wenn du etwas Besonderes willst, müssen wir nach Monji.«

»Wir?«

»Ja, sicher. Du und ich.« Er hielt ihr die Hand hin, sie griff danach, trotz aller Warnungen, mit Fremden vorsichtig zu sein. Sie vertraute ihm, warum, wusste sie selbst nicht so genau. »Wann?«

»Das weiß ich noch nicht, ich muss mich erst erkundigen. Steigen wir auf den Hügel?«

Susanna nickte, sie fühlte sich beschwingt und bereit für ein Abenteuer.

»Komm.«

»Du weißt noch nicht mal, wie ich heiße!«

»Das macht nichts, ich gebe dir sowieso einen neuen Namen.«

»Jetzt bin ich aber neugierig.«

»Gut... Shana.«

»Und das bedeutet?«

Er lächelte geheimnisvoll. »Die Wunderschöne.«

Susanna war sonst nicht leicht zu beeindrucken, sie hatte in ihrem Leben schon einige Komplimente bekommen, aber in diesem Moment klopfte ihr Herz schneller.

Er verbeugte sich formvollendet, ganz die alte Schule. »Ich bin Victor Arslan. Und jetzt, wo du weißt, mit wem du es zu tun hast, feierst du mit mir die Kirschblüte, Shana?«

»Ich kann es kaum erwarten.«

Für Susanna begann ein Märchen. So etwas hatte sie noch nie erlebt. Mit Victor an ihrer Seite stieg sie den steilen Weg hinauf.

Die flirrende Luft war von würzigem Duft erfüllt, nach Kirchblüten und roten Früchten. Darunter mischten sich das Bittersüße der Mandel und eine undefinierbare frische Note, geheimnisvoll und stark. Eine magische Verbindung.

Susanna und Victor waren von da an unzertrennlich. Sie erkundeten Osaka, die ländliche Umgebung und den Strand, an dem am Abend die Sonne violettrot im Meer versank und es zum Leuchten brachte. Die Luft war salzgeschwängert.

Susanna hatte sich Hals über Kopf in Victor verliebt. Sie war im siebten Himmel, das war die glücklichste Zeit ihres Lebens. Ihr Vertrag mit einer japanischen Parfümfirma war kurz zuvor ausgelaufen, weshalb sie ihre Zeit uneingeschränkt mit ihm verbringen konnte. Zugeständnisse an anderer Stelle waren unausweichlich, so tat es ihr unendlich leid, ihre Freundin Kirin Uchida vernachlässigen zu müssen.

Nachdem sie sich geliebt hatten, lagen sie nebeneinander, schauten auf zu den Sternen, erschöpft und glücklich. War Susanna bei Männern bisher eher distanziert gewesen, konnte ihr Victor nicht nahe genug sein. Sie liebte alles an ihm: seine Augen, sein Lächeln, seine Stimme, seine Nachdenklichkeit – seine Fähigkeit, Stille auszuhalten. Sie hatte das Gefühl, in ihm lesen zu können wie in einem offenen Buch.

Wie sollte es weitergehen? Irgendwann musste sie sich wieder der Realität stellen.

Im Moment verbot sie sich auch nur den Anflug eines Gedankens, der sie darauf aufmerksam hätte machen können, dass ihre gemeinsame Zeit einmal enden würde.

»Du wirkst besorgt.« Victor verhinderte jedes Grübeln.

Der große Tag, auf den Susanna so lange hingefiebert hatte, war gekommen. Die Kōdō-Zeremonie wurde in Japan seit Jahrhunderten wertgeschätzt, dem »Weg des Duftes« zu folgen war eine Tradition, die es sonst nirgendwo gab.

»Man sagt, es ist ein Weg zur Seele«, sagte sie tief in sich gekehrt.

Sie standen vor einer hohen Mauer und einem Eisentor, das offensichtlich in den letzten dreißig Jahren nie geschlossen worden war, so viele Pflanzen hatten es überwuchert. Victor umfasste fest ihre Hand. Seine Suche nach Nähe hatte Susanna von Anfang an überrascht. Seine Berührungen schienen eine andere Form der Sprache zu sein, der physische Ausdruck seiner Liebe.

»Alles, was mit Düften zusammenhängt, führt in die Seele, findest du nicht?«, erwiderte Victor.

»Ja, ursprünglich schon. Aber in der Zwischenzeit hat sich vieles geändert.«

»Man kann die Dinge anders nennen, aber das Ziel ist das gleiche geblieben. Meinst du nicht auch?«

Susanna dachte über seine Worte nach, ohne zu antworten. Manchmal kam es ihr vor, als wäre er aus der Zeit gefallen.

Der Weg zum Haus des Zeremonienmeisters war schmal und von Blumen gesäumt. Alles im Garten war dem natürlichen Wachstum untergeordnet, nur hie und da war mit Sorgfalt und Einfühlsamkeit eingegriffen worden. Hier war ein erfahrener Gärtner am Werk, der die Natur liebte und sie begleitete, aber nicht behinderte oder gestalterisch eingriff.

»In der äußeren Form können sich die Dinge ändern«, führte Victor seinen Gedanken weiter aus, »aber das Gefühl bleibt authentisch, auch wenn man ihm einen anderen Namen gibt.«

»Das reicht schon, um deine Erwartungen zu erfüllen?«

Er zuckte mit den Schultern. »Das sind keine Erwartungen, das ist die Wahrheit.«

»Für dich ist immer alles ganz einfach. Manchmal beneide ich dich um deine Lebensphilosophie. Probleme scheint es in deiner Welt nicht zu geben.«

»Weil es keine gibt. Nur der Wille zählt.«

Der Zeremonienmeister wohnte in einem traditionellen japanischen Holzhaus mit Pagodendach, umrahmt von einem Säulengang.

»Komm, lass uns reingehen.«

Victor ging voraus, Susanna folgte ihm. Sie hatte das Gefühl, mit ihm eine Einheit zu bilden, die zwei Hälften eines Ganzen, das gab ihr Sicherheit, machte ihr gleichzeitig aber auch Angst.

Sie betraten die geräumige Eingangshalle, der Boden war mit Tatamimatten bedeckt. Inmitten des Raumes stand ein Tablett mit einer Reihe kunstvoll angeordneter Gegenstände.

Durch die Fenster hörte man Vögel im Garten singen. Drinnen und Draußen schienen miteinander zu verschmelzen, alles atmete Ruhe und Harmonie.

»Willkommen.«

»Danke, dass Sie uns empfangen, Meister.«

Der hochgewachsene Mann hatte dunkle Augen, seine Haare waren straff nach hinten gebunden. In seinem kunstvoll bestickten Kimono sah er wie ein Samurai aus. Auch wenn Victor ihr alles erklärt hatte, war Susanna von der magischen Atmosphäre des Moments gefangen, am liebsten hätte sie alles berührt.

»Nehmt hier Platz.« Der Meister deutete in eine Ecke und kniete sich neben sie. Kurz darauf betraten noch andere Gäste den Raum. Während der Meister sie begrüßte, lächelte Victor Susanna aufmunternd zu. »Entspann dich, du musst nur riechen.«

Der Meister nahm sich Zeit mit seiner spirituellen Vorbereitung. Zeit und Raum schienen stillzustehen. Dann begann die Kōdō-Zeremonie. Es herrschte totale Stille, Sonnenstrahlen blitzten durch Schlitze in den Vorhängen.

Eine Porzellanschale wurde mit Reisstrohasche befüllt, in der Mitte ein Stück glühende Räucherkohle daraufgesetzt und leicht in die Asche gedrückt. Dann wurden die hauchdünnen Keramikplättchen und ein winziger Span Aromaholz obenauf gelegt. Ein hauchfeiner Rauchfaden stieg auf, so zart, dass er kaum wahrnehmbar war.

Mit einer ruhigen, feierlichen Geste überreichte der Zeremonienmeister Victor die Räucherschale. Er führte sie zur Nase und sog dreimal mit tiefen und verhaltenen Atemzügen den Duft ein, dann reichte er die Schale an Susanna weiter. Sie tat es ihm gleich. Ihre Hände zitterten, Tränen stiegen ihr in die Augen. Die Gefühle überwältigten sie so sehr, dass sie befürchtete, das Bewusstsein zu verlieren; als taumelte sie am Rande einer Ohnmacht, fühlte sie sich eigentümlich schwerelos, erfüllt von innerem Frieden und stiller Freude. Mit glänzenden Augen reichte sie die Räucherschale an ihren Nachbarn weiter. Am Ende der Runde wurde das Aromaholz gegen ein neues ausgetauscht, und das Prozedere begann von vorn.

Susanna konnte sich dem Energiefeld des Zeremonienmeisters nicht entziehen. Noch Jahre später erinnerte sie sich an dessen würdevolle Erscheinung, die Eleganz seiner gemessenen Bewegungen und an seine einnehmende Ausstrahlung. Sie hatte noch nie einen Menschen getroffen, der einen Raum mit solcher Präsenz beherrschen konnte.

Nach der Kōdō-Zeremonie wusste Susanna Rossini, was sie vom Leben wollte:

Die Liebe dieses Mannes – und Selbstbestimmung.

17.

Korallenraute. Genügsam, kommt mit dem zurecht, was sie vorfindet. Was nicht wichtig für sie ist, ignoriert sie.

Die »japanischen Tage«, wie Elena den Aufenthalt in Fernost während ihrer abendlichen Telefonate mit Cail und Bea nannte, waren voller Emotionen und Überraschungen. Sie hatte einige Erinnerungsstücke gesammelt, eher unscheinbare Dinge, Gegenstände mit Symbolkraft: einen weißen Kiesel, den sie unter dem mächtigen Kirschbaum in Osaka gefunden hatte, einen filigranen Zedernzweig mit Nadeln, zart wie Seide, ein kleines Glöckchen, ein Stück buntes Papier. Warum sie all das gesammelt hatte, wusste sie nicht. Es war aus einem Impuls heraus geschehen.

Es waren glückliche Tage.

Sie und ihre Mutter waren sich nähergekommen, einige ihrer Fragen waren in langen Gesprächen beantwortet worden. Doch wer war dieser junge Mann, von dem Susanna ihr erzählt hatte? Welche Rolle hatte er in Susannas Leben gespielt?

Seit ihrer Schilderung der Kōdō-Zeremonie kreisten ihre Gedanken immer wieder um diese Frage. Sie hatte die unterschiedlichen Düfte der einzelnen Aromahölzer in sich aufgenommen und daraus innere Bilder geformt, ohne Druck, einfach so. Da hatte sie verstanden: Sie brauchte Freiheit, musste sich vom Traditionellen, von ihren gewohnten Vorstellungen lösen. Nur so würde sie ihre olfaktorische Gabe und ihre Kreativität wiedererlangen. Sie war Elena Rossini, eine Frau, die ihren Wesenskern, ihre Bestimmung wiederfinden wollte. Nicht mehr das tun, was andere von ihr verlangten, sondern selbstbestimmt durchs Leben gehen. Und sie wollte sich auch den Herausforderungen der Komposition von Parfüm wieder stellen.

»Bereit?« Die Stimme ihrer Mutter riss sie aus ihren Gedanken.

Susanna stand neben ihrer Freundin Kirin, sie wirkte wie verwandelt. Ihr Lächeln war nicht mehr verkrampft, sondern natürlich, es kam von Herzen. Als sie im Park vor der Burg Osaka spazieren gegangen waren, hatte sie sie sogar innig umarmt. War das vielleicht die wahre Persönlichkeit ihrer Mutter? Hatten sie die Lebensumstände zu der Frau werden lassen, die Elena bisher kannte?

»Die Cha-no-yu-Zeremonie beginnt gleich.«

»Ja, natürlich.«

Kirin hatte von der besonderen Bedeutung der Teezeremonie gesprochen, als einer Möglichkeit zur inneren Einkehr in vertrauter Runde. Nur das Hier und Jetzt sei entscheidend, ein Ritual, mit dem Ziel, zu sich selbst zu finden.

Elena warf einen letzten Blick in den Garten, das Plätschern des Wassers in den Springbrunnen mischte sich mit dem Geläut der Windglöckchen. Hier konnte sie loslassen, sich aus ihrem Gedankengefängnis befreien. Am nächsten Tag würden sie Osaka verlassen und ihr nächstes Reiseziel ansteuern.

»Komm mit.«

Elena zog die Schuhe aus, daran war sie inzwischen gewöhnt. Der direkte Kontakt der Fußsohlen mit dem Boden half ihr, sich zu konzentrieren.

Kirin trug einen prachtvollen Seidenkimono, in glänzendem, wie Perlmutt changierendem Türkis mit kunstvoll gestickten Applikationen in Gold und Rosé. Ihr Lächeln verhalten und voller Güte, unaufdringlich und offenherzig. Wenn Elena sie mit einem Wort hätte beschreiben sollen, sie wählte das Wort »Harmonie«.

Susanna und sie trugen ebenfalls einen Kimono. Kirin hatte ihnen beim Ankleiden geholfen und ihre Haare zurückgebunden.

Elena fühlte sich herausgehoben, außergewöhnlich und fremd.

»Hier entlang, bitte.«

Sie betraten den Zeremonienraum, die Nachmittagssonne flutete durch die Fenster. Von der niedrigen Decke baumelten Mooskugeln. Ein Gesteck aus weißen Orchideen schmückte den ansonsten kahlen kleinen Raum.

»Harmonie, Respekt, Reinheit, Ruhe, Disziplin«, hob Kirin feierlich an.

Sie kniete vor einer in den Boden eingelassenen Feuerstelle, dem Ro, wo das Wasser im Kessel heiß gemacht wurde. Je nach Jahreszeit wurden dazu auch tragbare Kohlebecken verwendet.

Susanna lächelte ihr aufmunternd zu, Elena erwiderte ihr Lächeln.

Sie spürte, wie sich in ihrem Inneren jede Verkrampfung löste, das belastende Gefühl der Einsamkeit wurde von tiefem Vertrauen verdrängt. Sie gehörte dazu, empfand sich als Teil eines Ganzen. Ein neues Gefühl, das sie verwirrte, aber auch mit Glück erfüllte.

Aber konnte sie diesem Gefühl trauen?

Verdrängte Erinnerungen kehrten zurück.

Als Kind hatte sie vertraut und war enttäuscht worden. Aber das lag lange zurück. Jetzt war sie eine erwachsene Frau. Sie war Mutter. Sie teilte ihr Leben mit einem Mann, der ihren Respekt verdiente. Sie hatte eine Tochter, die ihrer liebevollen Fürsorge bedurfte. Sie hatte eine Mutter, die nach Vergebung dürstete.

Die selbst geknüpften Fesseln lockerten sich, der um sich angelegte Panzer bekam Risse – sie erlag dem Zauber des Augenblicks, er ließ sie von innen heraus leuchten.

Mit großer Bewunderung verfolgte sie das Ritual. Kirins Gewandtheit, mit der sie die einzelnen Schritte der Teezeremonie vollzog, ihre ungezwungenen Bewegungen, ihre sanften Berührungen, ihre würdevollen Gesten und ihr unangestrengtes Mienenspiel. Sie wagte kaum zu atmen, um die besinnliche Stimmung dieses Moments nicht zu verderben.

Elena erinnerte sich an Kirins Worte, mit denen sie die Teezeremonie eingeleitet hatte, die nicht nur dem Tee, sondern auch der Beziehung zum anderen, dem Umgang mit ihm gegolten hatten. In diesem Raum mit der weihevollen Gestimmtheit war der Respekt voreinander mit Händen zu greifen. Und sie gehörte dazu, sie war maßgeblicher Bestandteil dieser Gemeinschaft, dieses Rituals.

Kirin gab Matcha-Pulver in eine Porzellantasse und goss achtsam das richtig temperierte Wasser darauf.

»Bitte nehmt euch etwas Gebäck«, sagte sie und wandte sich Elena zu, sie war heute der Ehrengast.

Huldvoll reichte sie ihr die Tasse mit der jadegrünen Flüssigkeit. Als Geste der Wertschätzung drehte Elena die Tasse so, dass die Verzierung des Gefäßes ihrer Gastgeberin zugewandt war. Bevor sie einen Schluck nahm, sog sie tief den Matcha-Duft ein.

Der Tee schmeckte vollmundig und dezent herb, der Kontrast zur Süße des Gebäcks war so intensiv, dass die Aromen in ihrem Mund zu explodieren schienen.

Nach der Zeremonie wurden die Teeutensilien zuerst mit einem Handtuch und dann mit einem Seidentuch gesäubert.

Als Elena nach einem erfüllten Tag im Bett lag und in Selvaggias Notizbuch blätterte, stieß sie auf einige leer gebliebene Seiten. Die weißen Blätter schienen sie aufzufordern, gefüllt zu werden, als hätten sie lange darauf gewartet. Sie begann instinktiv, etwas niederzuschreiben, wenige Worte nur, wie beiläufig hingekritzelt. Als sie nach einer Weile nachlas, was sie zu Papier gebracht hatte, erfasste sie den Sinn ihrer Zeilen: Sie hatte Buchstaben und Zahlen einer Formel notiert.

»Die Kopfnoten«, murmelte sie. Der Ausgangspunkt für ein Parfüm. Sie musste lächeln.

Wie lange hatte sie auf diesen Moment gewartet? Wie lange hatte sie auf diese Begierde, etwas Neues zu schaffen, gewartet?

Es war offenbar unbemerkt etwas in ihr herangewachsen, was immer in ihr geschlummert hatte, aber nie aufgeweckt worden war.

18.

Tuberose. Sinnlich und verführerisch. Sie steht immer im Mittelpunkt, wählt aber sorgfältig aus, wem sie sich öffnet. Sie ist das Sprachrohr der Menschen, die sie liebt und umsorgt.

»Du bist so still.«

Susannas Stimme zwang sie in die Gegenwart zurück. Am Tag zuvor waren sie in Indien angekommen, jetzt saßen sie nebeneinander in dem Auto, das sie samt Fahrer gemietet hatten.

Der war schon älter und trug einen roten Turban. Er sprach ein kehlig klingendes Englisch, das Elena sympathisch fand, und fluchte jedes Mal, wenn ihm ein anderer Verkehrsteilnehmer zu nahe kam. Susanna hatte ihr erklärt, dass es für einen Ausländer nicht ratsam war, auf indischen Straßen selbst Auto zu fahren.

Sie waren in Delhi gelandet und dann nach Lucknow weitergeflogen, doch ihr eigentliches Ziel war Kannauj, die Metropole der Duftessenzen und die ehemalige Hauptstadt alter Hindureiche.

Der schwere Wagen passierte eindrucksvolle Paläste mit verschwenderisch gestalteten Gärten. Überall sah man festlich geschmückte Elefanten. In der Luft lag würzig-süßer Blütenduft.

»Ich musste daran denken, dass die Bedeutung des Parfüms und seine charakteristische Anmutung einen Eindruck der Gesellschaft zu vermitteln vermag, in der es gebräuchlich ist. In Japan ist es dezent und unaufdringlich, es ist Ausdruck dessen, was den Sinn des Lebens bedeutet, es erfasst alles, was die Seele berührt, und es steht für das Verhältnis zur Vergänglichkeit alles Irdischen, so verbindet es auch die Intimität mit der Schönheit. In Indien ist alles intensiver, wilder und ungezügelter, ich kann es noch nicht einordnen.«

»Das verstehe ich gut, mir ging es genauso, als ich das erste Mal hier war. Nach einer strapaziösen Reise, ohne Geld.«

»Warum hat dich Großmutter nicht unterstützt?«

»Ich hatte beschlossen, dass ich es allein schaffe.«

Elena spürte Bewunderung für ihre Mutter in sich aufsteigen. Sie hatte sich gegen die Dominanz von Lucia Rossini aufgelehnt und war auf Distanz gegangen. Trotz aller Liebe für sie, trotz ihres ausgeprägten Pflichtgefühls für die Familientradition. Elena war es nie gelungen, ihrer Großmutter etwas entgegenzusetzen. Manchmal erschien es ihr, als wäre sie mit ihr verschmolzen. Aber dessen war sie sich erst später, in der Rückschau bewusst geworden. Heute würde ihre Beziehung sicher anders aussehen.

»Und dennoch fehlte sie mir so sehr«, gestand Susanna, »auch wenn sie mich manchmal fast wahnsinnig gemacht hat. Ich konnte ihren Ansprüchen nie genügen, ihre Erwartungen nicht erfüllen. Aber sie war meine Mutter, und ich habe sie geliebt.«

Elena hatte nicht den Mut, darauf etwas zu erwidern. Was wäre gewesen, hätte Susanna sich Lucia anvertraut?, sinnierte sie. »Wenn man jemanden wirklich und aufrichtig liebt, entsteht ein unauflösliches Band«, fuhr Susanna fort, »und es spielt keine Rolle, ob man wiedergeliebt wird oder nicht.«

Wie recht sie hatte, wie gut Elena sie verstehen konnte!

Auch sie hatte ähnlich empfunden, hatte geglaubt, für ihre Mutter immer nur eine Belastung gewesen zu sein. Bis sie ihr Geschenk anlässlich Beas Geburt ausgepackt hatte: Einen Flakon mit dem Parfüm, das sie kreiert hatte, als sie noch ein Kind gewesen war, mit einer neuen Duftnote angereichert.

Dieses Parfüm war wie ein Zeichen, ein Zeichen für die Verbindung zweier Seelen, für die Liebe eines Kindes und die einer Mutter. Zweier Seelen, die unfähig waren, füreinander die richtigen Worte zu finden. Doch damals waren die Schmerzen zu heftig, die Wunden zu tief gewesen, Heilung war nicht zu erwarten. Aber jetzt begann, das zarte Pflänzchen Hoffnung zu sprießen, langsam und unaufhaltsam.

Ihre gemeinsame Reise auch in die Vergangenheit hatte es Susanna ermöglicht, sich ihrer Tochter zu offenbaren. Elena war beschämt, wie wenig sie von ihrer Mutter wusste, erstaunt ob der Kraft, die in ihr schlummerte, und verblüfft zu erfahren, was sie alles erlebt hatte. Mit jedem Wort, mit jedem Lächeln wuchs das gegenseitige Vertrauen.

Sie betrachtete ihre Mutter von der Seite, Susanna war immer noch eine schöne Frau, mit großen dunklen Augen und einem sinnlichen Mund. Und sie schien noch viele Geheimnisse zu haben.

»Erzähl mir von ihm, von dem jungen Mann, in den du dich damals verliebt hast.«

Susanna wirkte abwesend.

»Er war ein Tscherkesse.«

»Ja?«

»Er entstammte einer alten Adelsfamilie, die vor langer Zeit aus Russland fliehen musste. Er war sehr stolz auf seine Wurzeln. Seine Hochachtung gegenüber den Vorfahren und den kaukasischen Traditionen hatte mich fasziniert. Aber seine Sehnsucht nach der Heimat stand auch immer zwischen uns. Glaubst du, dass Liebe stark genug sein kann, alle Hindernisse zu überwinden?«

Elena war auf diesen abrupten Themenwechsel nicht gefasst und wie vor den Kopf gestoßen.

»Sag du es mir.«

Susanna schüttelte den Kopf. »Nein, kann sie nicht. Erst melden sich leise Zweifel, der fruchtbare Boden für Misstrauen, bis daraus schließlich blanker Hass entsteht. Liebe und Hass scheinen so weit voneinander entfernt, und in Wahrheit liegen sie ganz nahe beieinander.«

Elena wusste nicht, was sie erwidern sollte. Sie räusperte sich und trank einen Schluck Wasser. »Weißt du,

Mama, ich bin überzeugt davon, dass man für das, was man liebt, kämpfen muss. Aufgeben ist keine Option. Das war es noch nie und wird es niemals sein.« Susanna schloss die Augen.

Sie hatten die ockerfarbenen Berge längst hinter sich gelassen, denen eine karge Landschaft, wo nichts zu wachsen schien, gefolgt war. Jetzt wurde es grüner, die Bäume blühten rosa und rot, die Straße führte durch weite Felder, ab und zu durch pittoreske Dörfer. Kleine Tümpel funkelten in der Sonne. Elena dachte wehmütig an Bea, sie fehlte ihr so sehr. Genau wie sie Cail vermisste und ihre anregenden Gespräche mit ihm. Sie konnte es kaum erwarten, die beiden wiederzusehen. Aber diese Reise vorzeitig abzubrechen war keine Option. Sie konnte die Gelegenheit, sich ein für alle Mal von der Vergangenheit zu befreien, nicht ungenutzt lassen. Sie musste diesen Ballast abwerfen, der sie daran hinderte, die Frau zu werden, die sie zu sein wünschte.

Mit Macht überkam sie das Bedürfnis, ihrer Mutter alles zu erzählen.

»Manchmal träume ich von einem nicht enden wollenden unterirdischen Tunnel. Die Wände sind spärlich vom Licht flackernder Kerzen erhellt. An den Balken, die die Decke stützen, wuchern knotige Zweige mit Blättern. Ich habe Angst, gehe aber trotzdem weiter. Mein schwerer Rucksack drückt erbarmungslos auf meine wunden Schultern, jeder Muskel im Leib tut mir weh, am liebsten würde ich ihn irgendwo zurücklassen. Aber das geht nicht. Man hat ihn mir anvertraut, deshalb beiße ich die Zähne zusammen, nehme ihn herunter und schleife ihn hinter mir her, bis der Schmerz überhandnimmt, mir den Atem raubt und ich nur noch weinen kann.«

Susanna sah sie entsetzt an. »Aber das ist ja schrecklich, ich hatte keine Ahnung, dass dich etwas so nachhaltig quält.«

Elena sprach weiter, jetzt musste alles heraus. »Von einem Tag auf den anderen habe ich alles vergessen, was Großmutter mir beigebracht hat. Deshalb steht Absolue auch vor dem Aus. Unsere Kunden wünschen speziell auf sie zugeschnittene Düfte, ich hatte früher die Gabe, ihre Persönlichkeit in ein Parfüm umzusetzen. Aber jetzt gelingt mir das nicht mehr! Ich habe die Formeln im Kopf und kann die Essenzen mischen, aber das Ergebnis ist vollkommen seelenlos, die Aromen sind flach und schal. Es ist schrecklich, irgendetwas stimmt mit mir nicht, aber ich weiß nicht, was.«

Susanna griff nach ihrer Hand. »Es ist nicht das Parfüm, das sich verändert hat, du bist eine andere geworden.« Elena war sprachlos, aus dieser Perspektive hatte sie das Problem noch nicht betrachtet. Eine schlichte Feststellung, ein einziger Satz, nur wenige Worte – sie war geneigt, den Einwand ihrer Mutter als unbegründet abzutun. Und wenn sie recht hatte?

»Das Parfüm trägst du in dir, Elena. Du bist eine begnadete Parfümeurin, eine echte ›Nase‹. Ich hatte dieses Talent nicht, aber das war mir auch nicht wichtig.

Versteh mich nicht falsch, ich bin in der Lage, Essenzen zu mischen und Düfte zu kreieren. Und das kann ich gut. Aber diese Hingabe, die dich alles andere vergessen lässt, habe ich nie gespürt. Du bist anders.«

Sie verstand genau, was ihre Mutter meinte.

»Ich war wie blockiert, habe an mir und meinen Fähigkeiten gezweifelt. Ich war nur darauf fixiert, als gäbe es nichts sonst auf der Welt, alles Übrige habe ich vernachlässigt«, seufzte Elena. Aber ein Funken Hoffnung war aufgeflammt, als sie der Teezeremonie beigewohnt hatte. Sie schien einen Weg aufzuzeigen, einen Weg zu sich selbst, und auf diese Weise zu ihrer Begabung zurückzufinden.

Und diese Reise war noch nicht zu Ende. Sie würde weiter Erfahrungen bereithalten. Davon war sie fest überzeugt.

»Wir sind fast da«, sagte der Fahrer.

Susanna richtete sich auf.

»Man sagt, dass sich auf dem höchsten Berg ein üppiger Wald befindet, der vormals ein riesiger Garten gewesen sein soll, das Quellwasser soll nach Magnolien, Ingwer und Bergamotte gerochen haben. Die Hofdamen der Prinzessin aus der Blauen Stadt haben seinerzeit dort gebadet.«

»Eine schöne Geschichte.«

»Indien ist voller faszinierender Geschichten.«

In Susannas Lächeln lag tiefe Melancholie, Elena spürte, dass traurige Erinnerungen sie mit diesem Ort verbanden. Vielleicht Reue, ein Bedauern.

»Ich möchte dir gern etwas zeigen, falls du nicht zu müde bist.«

»Nein, absolut nicht, im Gegenteil, ich bin sehr gespannt.«

Der viergeschossige Palast beeindruckte durch seine schiere Größe. Der weiße Marmor der Außenverkleidung verlieh ihm trotz der atemberaubenden Ausmaße einen schwebenden Charakter. Rundbogen und Friese in wechselnder Folge wirkten der Massivität entgegen. Farbenfrohe, großflächige Malereien mit aufgebrachten Ornamenten aus Jaspis, Jade und Bergkristallen hauchten der Fassade Leben ein. Spitzbogenfenster gewährten den Einblick in den Innenhof mit umlaufenden Arkadengängen, und durch massive Tore gelangte man in einen weitläufigen, parkähnlichen Garten mit Springbrunnen und Wasserspielen.

Elena war überwältigt von all der Pracht. Trotz der flirrenden Hitze war es im Inneren des Palastes angenehm kühl. In den oberen Stockwerken lebten die Nachfahren des Herrschers, der dieses Gebäude hatte errichten lassen, aber die Räumlichkeiten im Erdgeschoss standen Besuchern offen. Fast beklommen von so viel verschwenderischem Prunk betrachteten sie die imposanten Säle und die meisterlich ausgeführten Wandgemälde.

Als sie wieder nach draußen traten, empfing sie ein heißer Wind, der Rosen-, Jasmin- und Tagetesduft im Übermaß herantrug. Die Sonnenstrahlen ließen die Mauern leuchten.

»Warum wolltest du mir diesen Ort zeigen?«

Susanna lächelte. »Weil ich mich genau hier in dieses exotische Land verliebt habe. Der Palast schien einem Märchen aus Tausendundeiner Nacht entsprungen. So etwas hatte ich noch nie gesehen. Wohin man auch blickte, wartete ein Geheimnis, das entschlüsselt werden wollte.«

Sie ließen den Palast hinter sich und wanderten in Richtung Altstadt, ein Labyrinth aus engen Gassen, in denen sich zwischen den schmalen Häusern unvermutet immer wieder Gärten auftaten, wo Hibiskus, Magnolien, Bougainvilleen und Rosen in üppiger Pracht wuchsen. Wie aus dem Nichts öffnete sich vor ihnen ein pittoresker Markt mit einer Unzahl an Ständen, Buden und Tischen, auf denen Waren feilgeboten wurden. Die Luft schwanger von einem Bouquet aus Safran, Kurkuma, Ingwer, Koriander und Zimt – ein Feuerwerk der Aromen. Überall standen Säcke voller Gewürze in allen möglichen Farben, die sich in den Saris der anmutig lächelnden Frauen wiederfanden. Aus Blütengirlanden mit Räucherstäbchen versehen stiegen betörende Düfte auf.

Eine Menschenansammlung in einer Ecke zog Elenas Interesse auf sich. Ihre Mutter packte sie am Arm und zog sie weiter, aber aus den Augenwinkeln konnte sie noch einen Korb auf dem Boden erkennen, aus dem eine Schlange kroch. »Schlangen machen mir Angst, ich kann nichts dagegen tun, lass uns bitte weitergehen«, sagte Susanna mit zittriger Stimme.

Elena lächelte und erwiderte: »Ich mag sie auch nicht besonders.«

»Indien ist ein unglaublich großes Land, das mit Riesenschritten auf die Moderne zueilt, aber hinter jeder Ecke findest du noch jahrtausendealte Traditionen.«

Sie waren auf einem Parkplatz angekommen, auf dem Fahrräder und Mopeds standen, aber auch Kamele an Pflöcken angebunden waren. Elena war überrascht und amüsiert zugleich. Als sie in eine Nebenstraße einbogen, die an einem Kanal entlangführte, griff sie nach dem Arm ihrer Mutter.

Der Himmel hatte sich rasend schnell verdüstert, die Nacht brach herein. Die in der Luft liegenden Düfte kamen ihr noch intensiver vor als am Tag.

»Hier riecht alles echter«, sagte Susanna, die ihr witterndes Schnuppern bemerkt hatte.

»Was meinst du damit?«

Susanna dachte einen Moment nach, bevor sie antwortete: »Die Aromaöle werden unverdünnt getragen. Eine einzige Essenz, die sich langsam entfaltet und einem das Gefühl gibt, die Blüte bei sich zu tragen, aus der sie gewonnen wurde. Es gibt auch Duftkombinationen, die Beimischungen ergänzen die Grundsubstanz jedoch nur, verfälschen aber nicht deren Charakter. Gute Begleitessenzen sind Angelika, Kumin, Artemisia und Koriander, aber vor allem Minze. Für lang anhaltende Düfte greift man zu Sandelholz, Weihrauch und Ingwer. Alles natürliche Essenzen, manchmal in Pulverform, manchmal dünnflüssig oder als Öl. Aber niemals wird Alkohol verwendet, das hat religiöse Hintergründe.«

Vor einer Parfümerie blieben sie stehen. Das Schaufenster zierten Schalen, Ampullen und Flakons aus Kristallglas.

»Was da wohl alles drin sein mag?«, fragte Elena.

»Komm, gehen wir rein und erkundigen uns.«

Ein wohlriechender Dunst schlug ihnen entgegen, der Elena an den Dschungel erinnerte. Es roch nach schattigem Laubwald, Sandelholz und Vetiver. Aber auch nach Geranien, Patschuli, Palmarosa und Zimtrinde. Wunderbare *attar*, wie man die reinen Destillate in Indien traditionell nannte.

Der Laden war eine wahre Fundgrube. In den Wandregalen standen dicht aneinandergereiht Flaschen in verschiedenen Formen und Größen. Manche waren sogar mit Goldstaub überzogen. Der Parfümeur begrüßte sie mit einem freundlichen Lächeln und zeigte ihnen seine Schätze. Während Susanna mit dem älteren Herrn sprach und die Duftessenzen auswählte, die sie kaufen wollte, betrachtete Elena seinen weißen Turban und die kunstvoll bestickte Tunika. Welch ein Kontrast zwischen seiner traditionellen indischen Kleidung und seinem perfekten Englisch.

»Wollen Sie gleich hier ein Parfüm kreieren?«

Susanna sah ihn überrascht an. »Ja, gern. Ist das möglich?«

»Natürlich, Madam, folgen Sie mir bitte.«

Das Nebenzimmer war mit einem Teppich ausgelegt,

in der Mitte stand ein marmorner Arbeitstisch. Der Parfümeur stellte eine Präzisionswaage auf, daneben reihte er die Essenzen, die Susanna ausgesucht hatte, aneinander.

»Du fängst an, Elena, such dir einfach etwas aus.«

»Ich verstehe nicht?«

»Doch, du verstehst sehr wohl. Wir mischen gemeinsam ein Parfüm. Das sind Essenzen von höchster Qualität, und wo wäre ein besserer Platz, die Düfte sprechen zu hören, als hier in Kannauj? Vertrau auf dich und dein Gefühl, wähle einfach eine Essenz aus, Elena. Folge deinem Herzen.«

Elena zögerte, hin- und hergerissen zwischen brennender Neugierde und der Angst zu versagen.

Susanna saß im Schneidersitz auf dem Teppich.

»Bevorzugen Sie eine warme oder eine aromafrische Note, Madam?«, wollte der Parfümeur wissen.

Elena schaute zu Susanna, die ein Fläschchen aus einem glänzenden Seidensäckchen gezogen hatte und es in den Händen hielt, als wäre es ein Kleinod.

»Jasmin, Tuberose, Oud.«

»Gute Wahl, ich bringe die Essenzen sofort.«

Susanna hatte währenddessen den Inhalt der kleinen Flasche in einen Messingzylinder gegeben.

»Bist du bereit?«

»Ja.«

»Bleibe im Hier und Jetzt, Elena. Denk an nichts anderes, schweife nicht in die Vergangenheit oder in die Zukunft ab. Die Gegenwart ist, wo wir zusammen sind.

Folge nur deinen Gefühlen, dein Gespür wird dich auf den richtigen Weg führen. Lass sich manifestieren, was in dir ist.«

Plötzlich ging alles ganz leicht von der Hand. Vor Elenas innerem Auge erschien Beas Lächeln, Cails raue Hände, die nach den ihren griffen. Sie sah wogende Felder, eine Iriswiese, eine mit Rosen überwucherte Mauer und eine Reihe in Form und Größe unterschiedlicher Flakons, die jeweils nur einen Duft enthielten. Während ihre Mutter weitersprach, zählte sie nach und nach die Tropfen ab, die sie in den Messzylinder fallen ließ. Der Duft hüllte sie ein, exotisch, raffiniert, flüssige Poesie. Bevor sie das Parfüm richtig wahrnehmen konnte, goss Susanna es in das vergoldete Fläschchen und verschloss es.

»Versprich mir, es eine Woche nicht anzurühren, bevor du es wieder öffnest.« Elena meinte das Fläschchen schon irgendwo gesehen zu haben, irgendetwas Vertrautes ging von ihm aus. Dann erinnerte sie sich plötzlich: Sie hatte es als Kind bei ihrer Mutter gesehen.

»Versprochen.«

Ganz vorsichtig steckte Elena das Fläschchen in ihre Tasche. Beseelt von Glück verließ sie mit ihrer Mutter den Laden. Jetzt war sie sich sicher: Es war ein Hochzeitsgeschenk. Aber von wem?

19.

Rose. Von majestätischer Schönheit und doch zart. Träger des Lebens und Symbol der Mutterschaft. Gibt manchmal mehr, als sie sollte. Sinnbild des Lebensverlaufs, von der Kindheit über das Erwachsensein bis zum Alter.

Elena würde Indien, seine Widersprüchlichkeit und seine Magie niemals vergessen. Und sie war glücklich, gemeinsam mit ihrer Mutter ein Parfüm kreiert zu haben. Hier in Kannauj, als Krönung ihrer Reise zu sich selbst.

Ob ihr gemeinsames Bemühen erfolgreich war?

Noch hatte sie das Fläschchen nicht geöffnet, noch kannte sie das Ergebnis nicht. Aber sie glaubte wieder an sich und ihre olfaktorischen Fähigkeiten. Und das war das Wichtigste.

Auf der Fahrt zum Flughafen bat sie Susanna, mehr über ihre Vergangenheit zu erzählen.

Der Gesichtsausdruck ihrer Mutter veränderte sich. »Erinnerst du dich noch an den jungen Mann, von dem ich dir erzählt habe?«

»Ja?

Und Susanna begann.

Kannauj, Indien, 1986

»Warum hast du mich hierhergebracht, Victor?«

»Nur wer in Kannauj gewesen ist und die natürlichen Attar-Parfümöle gerochen hat, kann von sich behaupten, Indien zu kennen.«

»Warum sollten Essenzen hier anders sein als die in Grasse? Aromaöle sind Aromaöle...«

»Nein, Attar sind anders.«

»Warum?«

Er lächelte geheimnisvoll: »Du wirst schon sehen.«

Um zum Labor von Victors Freunden zu gelangen, durchquerten sie einen Stadtteil von Kannauj, in dem die Wohlhabenden lebten. Dort waren die Häuser nicht aus Holz, sondern aus Stein gemauert und weiß getüncht, ihre Fassaden waren gepflegt und strahlten wie Spiegel, die Gärten hinter hohen Zäunen verborgen, und Eisentore sicherten den Zugang.

Eine solche Blumenpracht hatte Susanna noch nie gesehen, sie wuchsen überall, zwischen den Bäumen und den Hecken, entlang der Straßen. Und die Vielfalt der Düfte: fruchtige, bittere, blumige, pudrige Noten. Es roch nach Erde, nach Zitrusfrüchten, nach Gewürzen. Nach Rosen und nach Weihrauch.

Es war der reinste Aromaparcours, ein Rundgang durch die Welt der Düfte. Diese Komplexität, diese Intensität. Ein magisches Geruchserlebnis, das tiefe Gefühle in ihr weckte. Alles hatte etwas Rohes, Ursprüngliches, aber auch etwas Unbekanntes.

Ihre Mutter wäre entsetzt über ihren Schlafplatz unter

freiem Himmel, weiß gekalkte Wände, die Matratzen lagen auf Stroh. Aber man konnte die Sterne sehen, die nur für sie zu leuchten schienen. Lucia Rossini hätte sie für verrückt erklärt.

Und sie war verrückt. Und verzaubert von Victor.

Der Mann ihrer Träume: charmant und selbstbewusst, er scherzte, lachte und verhandelte über die besten Preise, höflich, aber konsequent.

Es hatte sie Überwindung gekostet, seine Einladung anzunehmen, weil ihre Angst vor Schlangen so groß war. Sie schämte sich fast dafür.

Victor schien hingegen immer zu wissen, was zu tun war.

»Der Attar wird in einem traditionellen Verfahren gewonnen, alles ist aufeinander abgestimmt. Spezielle Gesten und vorgeschriebene Gebete begleiten das Ritual, die innere Einkehr ist die Voraussetzung für das Gelingen.«

Es gefiel ihr, wie er das sagte. Das entsprach auch ihrem Arbeitsethos bei der Herstellung von Parfüm: Nicht nur Kompetenz und handwerkliche Fähigkeiten gaben den Ausschlag für den Erfolg, sondern auch die Seele und ein tieferes Verständnis für die Zusammenhänge mussten dabei beteiligt sein.

In ihrer ersten Nacht in Osaka hatte Victor ihr ein Geständnis gemacht:

»Du bist meine große Liebe, egal, wie du heißt, oder wer du bist. Es ist, als würde ich dich schon immer kennen, deine Seele ist meine Seele, uns eint das Schicksal, unsere Verbindung kennt weder Zeit noch Raum. Sie ist reines Gefühl.«

»Du bist verrückt.«

»Das stimmt. Verrückt vor Liebe zu dir. Ich liebe dich, ohne Begründungen und Rechtfertigungen, ich will dich nur ansehen, dich an meiner Seite haben, in meinen Gedanken und vor meinen Augen. Du bist mein, und ich bin dein, so ist die Liebe. Keine Fragen, keine Sicherheiten, die Überzeugung, alles für den anderen zu sein.«

Victor war nicht ihre erste Beziehung, aber er gab ihr das Gefühl, ununterscheidbar eins mit ihm zu sein, ihm anzugehören. Noch nie hatte sie sich mit einem Menschen so verbunden gefühlt. Sie genoss jeden Moment, kostete ihre Gefühle bis zur Neige aus, dafür traten Vernunft, und was man die Realität nannte, in den Hintergrund. Aber es war es wert. Sie begehrte nichts weiter, als nur mit ihm zusammen zu sein.

Die »Werkstatt«, wie Victor sie genannt hatte, war ein Gebäude, in dem früher eine Werkstatt und der Fuhrpark der reichen Engländer untergebracht waren, die lange Zeit die Geschichte der Stadt geprägt hatten. Geschützt durch ein Ziegeldach standen geschwärzte Kupferkessel in Reih und Glied, unter denen jeweils ein schwaches Feuer brannte.

»Die Qualität der Essenzen hängt vom verwendeten Ausgangsprodukt ab, aber auch von der Qualität des Wassers und des Heizkessels.«

Susanna fragte sich, wie alt dieses Gebäude mit den

rauchgeschwärzten Ziegelwänden sein mochte. Genauso musste auch das Labor im Palazzo Rossini in den ersten Jahren ausgesehen haben. Spärliches Licht fiel durch das schadhafte Ziegeldach, die rundum fensterlosen Mauern ließen die Luft stocken, bei großer Hitze musste es jedem schwergefallen sein zu atmen. Auch heute war es unerträglich heiß. Die Schweißperlen, die ihr über das Gesicht rannen, ignorierte sie und konzentrierte sich stattdessen auf das, was die Führerin ihnen vortrug.

»Warum schaut sie mich nicht an?«, fragte sie. Seit Beginn der Besichtigung waren die Augen der Führerin nur auf Victor gerichtet.

Er nahm ihre Hand. »Das ist eine Form des Respekts.«

»Aha.« Die Antwort stellte sie nicht zufrieden, ganz im Gegenteil, sie war jetzt noch verwirrter. Immerhin sprach der Parfümeur ganz normal mit ihr.

»Wenn ausreichend Dampf im Destillierkolben kondensiert ist, wird der Prozess unterbrochen, man kühlt, bis schlussendlich nur die Essenz zurückbleibt.«

»Und wie stellt man fest, wann der richtige Zeitpunkt gekommen ist?«

»Man weiß es einfach. Die meisten Arbeiter sind mit diesen Prozessen groß geworden, sind Schritt für Schritt hineingewachsen und haben ein Gefühl, welche Temperatur Holz, Wurzeln, Kräuter, Blütenblätter oder Rinde brauchen.«

Wie zur Bestätigung war ein kleiner Junge aus dem Schatten aufgetaucht, sein nackter Oberkörper glänzte vor Schweiß, er lächelte sie schüchtern an.

»Kinder sollten zur Schule gehen.«

»Das tun sie auch. Nach der Arbeit.«

Susanna schüttelte nur den Kopf.

»Nach der Destillation wird das gewonnene Duftöl in Aluminiumbehälter oder Korbflaschen aus geschwärztem Glas gefüllt, da die Qualität sonst durch den Lichteinfall beeinträchtigt wird«, erklärte er weiter.

Neben den Destillierkolben hingen lange Eisenketten von der Decke, an denen eine Metallplattform befestigt war.

»Die Waage«, erklärte Victor, der ihrem Blick gefolgt war. Susanna hatte Beklemmungen, sie wollte raus. Wie schafften es diese Menschen, so viele Stunden unter diesen Umständen zu arbeiten? Besonders die Kinder, die das Feuer bewachten? Bei diesem Anblick wurde ihr bewusst, wie gut sie es doch getroffen hatte.

Als sie endlich wieder draußen waren, atmete sie tief durch, eine Brise kühlte ihr erhitztes Gesicht. Im Hof stapelte sich Holz, das von anderen Kindern zu Spänen zerkleinert wurde. Daneben standen Bottiche mit Pflanzenteilen und Blütenblättern, die beim geringsten Windstoß aufgewirbelt wurden.

»Das sind Oudholzspäne, das hier Vetiverwurzeln und das hier Zyperngras.«

Susanna kannte viele dieser Pflanzen aus der Naturheilkunde. Dass sie auch für Duftessenzen verwendet wurden, hatte sie nicht gewusst. Aber hier war sowieso alles anders.

An der mit Intarsien verzierten Eingangstür war ein

Schild befestigt, auf dem die Jahreszahl 1920 stand, das Gründungsjahr. Hinter den verräucherten Fenstern waren Korbflaschen aus geschwärztem Glas zu erkennen, hier wurden die Essenzen gelagert. Der massive Holztresen war zerkratzt, die alte Waage glänzte im Licht der Kristalllampen. In jeder Ecke stand eine steinerne Skulptur, davor brannten Räucherstäbchen.

Victor probierte einige Essenzen und notierte etwas auf einen Zettel, den er dann dem Parfümeur reichte. Der verschwand hinter einem Regal und kam mit einer Kiste voller Flakons zurück. Die geschliffenen Kristallgläser waren unten mit golden glänzendem Metall umhüllt.

»Ein Flakon für jede Gelegenheit«, sagte Victor.

»Sie sind alle unterschiedlich. Dieser hier ist ein Geschenk, dieser für ein Fest und dieser für ein besonderes Ereignis«, sagte der Parfümeur.

Dann wählte Victor einen Flakon aus. Er war der kleinste. »Der hier ist perfekt.«

Der Parfümeur lächelte breit und erwiderte dann etwas, was Susanna nicht verstand.

»Was hat er gesagt?«

»Er hat uns gratuliert.«

Susanna runzelte die Stirn. Was sollte das bedeuten? Sie würde Victor später fragen. Dann begann der Parfümeur, die von Victor ausgewählten Essenzen zu mischen.

Einen Tropfenzähler hatte er nicht, er machte alles nach Augenmaß.

Nachdem er fertig war und ausgiebig daran gerochen

hatte, reichte er Victor das Parfüm. Victor schnupperte. Er war glücklich, tief bewegt und überreichte Susanna den Flakon: »Für dich, Habibti.«

Meine Geliebte. Er nannte sie schon länger so, und Susanna liebte diese Anrede. Als sie nach dem Flakon griff, zitterten ihre Finger, dann schnupperte auch sie. Der Duft war überwältigend, intensiv, samtweich, körperreich.

»Gefällt es dir?«

Susanna nickte, sie war so bewegt, dass sie nur hauchen konnte: »Woher hast du gewusst, dass es perfekt werden würde?«

»Das weiß man nicht, es passiert einfach.«

Sie lachte. »Meine Mutter würde dich lieben.«

Spätnachts schlenderten sie durch die Straßen. Es hatte kaum abgekühlt, zwischen die Häuser waren bunte Lichterketten gespannt. Der Rauch der flackernden Feuer stieg in den nachtschwarzen Himmel. In einem Straßenlokal fanden sie ein ruhiges Eckchen und aßen einige Samosas, die mit Fleisch und Kartoffeln gefüllt waren.

Von überallher war Musik zu hören. Victor und Susanna mischten sich unter die tanzende Menge und ließen ihre Körper auf den Wellen der rhythmischen Klänge treiben.

Am nächsten Morgen fand Susanna einen Zettel auf Victors Kopfkissen.

»Ich komme bald wieder, Habibti. Bitte bleib immer unter Leuten und verlasse nachts das Haus nicht.«

Sie fuhr sich mit den Fingern durchs Haar. Warum schrieb er nicht, wohin er unterwegs war? Sie machte sich frisch, Victor hatte den Wassereimer auf dem Tisch stehen lassen.

Zum Nachdenken hatte sie jetzt keine Zeit, beschloss sie, es gab noch so vieles, das sie sich anschauen wollte. Während sie durch die Altstadt schlenderte, erkannte sie einige Gesichter wieder und grüßte lächelnd. Wie wäre es, hier zu leben, ohne Perspektiven, ohne Zukunft, einfach in den Tag hinein?

Ein Mädchen blieb vor ihr stehen. »Hello, Miss, ich helfe dir, ja?« Ihr Englisch war kaum zu verstehen.

Ihr Kleid war wenig mehr als ein Fetzen, ihr Gesicht von ebenmäßiger Schönheit. »Bitte.«

Susanna schüttelte den Kopf. »Nein, mein Kind, ich brauche keine Hilfe.«

Das Mädchen strahlte sie aus tiefschwarzen Augen an, nahm ihre Hand und zog sie mit sich. Obwohl sie das Mädchen kaum verstand, konnte sie in ihrem Blick lesen, wohin sie wollte. Zu einem Getränkestand.

»Wollen wir einen Lassi trinken?«, fragte Susanna, die diesen indischen Joghurt-Drink liebte. »Mango oder Safran?«

Das Mädchen riss überrascht die Augen auf und sagte: »Ja, aber ich gehe.«

Susanna gab ihr einige Münzen, und nach kurzer Zeit kam die Kleine mit zwei Bechern zurück. »Für dich.« Sie hielt ihr den einen Becher hin. »Wie heißt du?«, fragte Susanna.

»Ich bin Hamila, Miss, und du bestimmt eine Prinzessin.«

»Oh nein. Warum bist du nicht in der Schule?«

Das Mädchen schüttelte den Kopf. »Mein Bruder geht in die Schule. Er ist sehr klug.«

Man konnte den Stolz in ihrer Stimme hören. Susanna strich ihr über den Kopf. »Du bist ein Schatz, Hamila.«

Das schien ihr zu gefallen. »Komm.«

Sie besichtigten Tempel und Gärten, danach ruhten sie sich im Park aus. Dort genossen sie den Schatten unter hohen Bäumen und steckten ihre Hände in das plätschernde Wasser der kleinen Wasserläufe. Hamila erzählte ihr, dass sie am Fluss wohnten, weil ihre Mutter Wäscherin war. Der Vater war verschwunden, und die ganze Familie musste zum Lebensunterhalt beitragen. Weil Hamila ein wenig Englisch verstand, führte sie Touristen zu den Sehenswürdigkeiten.

»Ich muss jetzt gehen, Hamila.«

»Soll ich morgen kommen?«

Susanna wusste nicht, was sie antworten sollte. »Gut, bis morgen.«

Während sie dem Mädchen hinterhersah, das glücklich über seine neue Bekanntschaft wegrannte, seufzte sie. Die Sonne ging schon langsam unter, und sie hatte noch nicht einmal eine Nachricht für Victor hinterlassen, bestimmt machte er sich Sorgen, dass ihr etwas passiert sein könnte.

Die Tür des Häuschens stand offen. Sie lächelte, sie hatte ihm viel zu erzählen. »Da bin ich wieder!«, rief sie.

Doch als sie über die Schwelle trat, schlug sie vor Schreck die Hand vor den Mund. Die Eindringlinge hatten ganze Arbeit geleistet, die Schranktüren standen offen, die Regalfächer waren leer, ein Stuhl lag auf der Seite, von ihrer Habe war nicht mehr viel übrig geblieben, soweit sie in der Lage war, dies auf die Schnelle zu beurteilen. Sie fragte sich, ob sie zur Polizei gehen und den Diebstahl anzeigen sollte, aber worauf dabei zu achten war und wohin sie sich zu wenden hatte, wusste sie nicht. Sie wusste nicht einmal, wem das Haus gehörte, Victor hatte sich um diese Dinge gekümmert. Sie würde warten müssen, bis er zurückkam.

Unterdessen war die Nacht hereingebrochen. Selbst das Bett war nicht ungeschoren davongekommen, die Matratze war an die Wand gelehnt, Decken und Kissen wahllos auf den Boden geworfen. Als Susanna wieder einigermaßen für Ordnung gesorgt hatte, das Leintuch festgesteckt war und die Decken bereitlagen, sank sie erschöpft darauf. Die Diebe hatten alles mitgenommen, was sich zu Geld machen ließ. Ihren Zeichenblock und die Stifte hatte sie zum Glück bei sich gehabt. »Victor, wo bist du nur?«

Nach diesem letzten flehentlichen Hilferuf fiel sie in einen unruhigen Schlaf.

Am nächsten Morgen schreckte sie hoch, die Nacht

hatte ihren Leib noch nicht wieder freigegeben, ihren Gliedern keine Entspannung geschenkt, doch sie wusste sofort wieder, was sich Tags zuvor ereignet hatte. Sie stand auf, zog sich an und eilte nach draußen, aber außer einigen Frauen in Saris, die sie neugierig musterten, war niemand zu sehen.

In den nächsten Tagen musste sie allein zurechtkommen. Bis auf die kurzen Besuche von Hamila gab es niemanden, mit dem sie sprechen konnte. Victor ließ nichts von sich hören, aber aufgeben? Dagegen rebellierte ihr Stolz. Doch zunehmend bedrängte sie die Einsamkeit.

Stundenlang streifte sie durch den Markt, doch womit sollte sie etwas kaufen? Die wenigen Münzen, die sie noch hatte, reichten gerade noch für eine Schale Reis. Das Geld, das Victor ihr überlassen hatte, hatten die Diebe mitgenommen, und Arbeit würde sie als Ausländerin hier nicht finden.

Wie naiv sie doch gewesen war! Was wusste sie denn über ihn? Sie kannte weder seine Adresse, noch hatte sie seine Telefonnummer.

Nach reiflichem Überlegen entschloss sie sich zur Abreise, sie konnte nicht länger hier auf ihn warten. Das wenige, das ihr geblieben war, packte sie in den Rucksack. Am nächsten Morgen würde sie ihre Goldkette versetzen und mit dem Erlös eine Fahrkarte nach Delhi kaufen, wo sie vielleicht Arbeit finden könnte. Sie hatte Victor vertraut, und er hatte sie bitter enttäuscht.

»Wach auf, du Schlafmütze! Mein Gott, wie du mir gefehlt hast!«

Susanna riss die Augen auf. »Victor«, rief sie, sprang aus dem Bett und warf sich in seine Arme.

»Ich habe jede Sekunde an dich gedacht, Habibti.«

Die Erleichterung machte jetzt Wut Platz. »Wo bist du gewesen?«

Victor lächelte nur und küsste sie auf den Mund. »Komm, wir essen was, und du erzählst mir, was du in den letzten Tagen unternommen hast.«

Er deckte den Tisch, packte das mitgebrachte Essen aus und richtete es auf den Tellern an.

Susanna wusste nicht, was sie davon halten sollte, aber der Duft des gegrillten Gemüses war verführerisch und ließ ihre Wut verpuffen. Sie hatte seit zwei Tagen nichts mehr gegessen, und der Hunger war übermächtig geworden. Sie wusch sich mit kaltem Wasser das Gesicht und beruhigte sich ein wenig.

»Es hat länger gedauert, als ich zunächst dachte«, begann er.

»Wo warst du?«

»Erinnerst du dich an das Labor, in dem ich dein Parfüm gekauft habe?«

»Ja«, antwortete sie zögerlich.

»Dort war ich, denn hier zahlt man mit seiner Arbeitskraft. Ich habe viel gelernt, der Prozess, um Essenzen zu gewinnen ist ähnlich wie der bei uns in Ta'if, aber einige Unterschiede gibt es dann doch. Eines Tages werde ich meine eigene Firma gründen, eigene Felder und ein eigenes Labor besitzen. Und ein Geschäft. Ich werde den ganzen Prozess steuern, vom Anbau der Blüten bis zum fertigen Parfüm, nur so geht es. Und ich muss alles lernen, was mir helfen kann, meinen Traum zu verwirklichen.«

»Deshalb warst du auch in Japan?«

»Ja, das habe ich dir doch gesagt. Ich muss vor Ort lernen, von der Pike auf. Letztes Jahr war ich im Tal der Rosen in Bulgarien. In Kazanlak. Die dortigen Damaszenerrosen haben die gleichen Eigenschaften wie die Rosen in Isparta in der Türkei. Die in Dades in Marokko hingegen nicht, obwohl auch hier die Vermehrung durch Stecklinge geschieht. Die Damaszenerrose in Grasse jedoch ist mit keiner anderen vergleichbar. Es ist ein langer, harter Weg, die ganze Vielfalt der Rosen zu erfassen, ihre Besonderheiten zu erkennen.«

Er erzählte mit einer solchen Hingabe, als existierte sonst nichts auf der Welt.

Susanna hatte im Moment für Damaszenerrosen wenig übrig. Ihre Gedanken kreisten vielmehr um den Parfümflakon, den er ihr geschenkt hatte, bevor er, ohne sie über seine Absichten aufzuklären, einfach verschwunden war. Sie hütete ihn wie einen Schatz. Er musste eine Unsumme gekostet haben, wenn er so lange dafür gearbeitet hatte!

»Warum hast du das nicht gleich gesagt?«

Victor wusste, dass sie nicht einverstanden gewesen wäre, und hatte deshalb geschwiegen.

»Ich bin hier, um zu lernen, Susanna. Das hatte doch

auch für dich Vorteile, du konntest dir in Ruhe alles ansehen. Hat dir die Altstadt gefallen?«

»Ich war nicht da.«

»Warum?«

»Ich hatte kein Geld.«

Victor riss überrascht die Augen auf. »Warum das denn?«

»Weil ich mir etwas zu essen kaufen musste.«

Er stand auf und sah sich suchend um, dann griff er nach dem ramponierten Geldbeutel. Er war leer.

»Sie waren gleich am ersten Abend da und haben alles mitgenommen.«

»Haben sie dir wehgetan?«

Susanna schüttelte den Kopf. »Ich war nicht da.«

Victor kniete neben sie nieder. »Habibti, es tut mir leid. Ich wusste nicht, dass du in Schwierigkeiten warst. Glaub mir.« Er küsste sie.

»Bring das Parfüm zurück und lass dir das Geld wiedergeben. Wir brauchen es, Victor.«

»Nein, Habibti«, erwiderte er mit fester Stimme, seine strahlend grünen Augen blitzten, »das kann ich nicht.«

Sie war hin- und hergerissen, sie brauchte unbedingt Zeit zum Nachdenken und verließ deshalb das Zimmer.

Sie wanderte auf einen nahe gelegenen Hügel, von dem aus sie das Haus sehen konnte, in dem sie ihre gemeinsame Zeit verbracht hatten. Ein Traum, alles, was sie erlebt hatte, war nichts als ein Traum.

Aber alles hatte ein Ende. Selbst der schönste Traum.

»Ich muss nach Hause.« Victors Stimme klang entschlossen, er war ihr gefolgt und stand nun direkt vor ihr.

»Durch dich hat mein Leben eine Wendung genommen, bisher war ich immer allein unterwegs. Und jetzt bin ich am Ende meiner Reise. Ich habe gefunden, was ich gesucht habe. Meine Heimat ruft.«

Susanna senkte den Kopf und dachte: Besser so, oder? Wie oft hatte sie sich verflucht, sich ihm blind anvertraut zu haben? Einem Unbekannten?

Warum sollte sie sich entschuldigen und ihn anflehen, sie nicht zu verlassen?

Irgendwann musste es so kommen. Sie hatte sich darauf vorbereitet, wusste genau, wie sie argumentieren sollte. Aber jetzt, wo es darauf ankam, fiel ihr nichts ein.

»Verstehe.«

Sie hätte stolz auf sich sein müssen, wie gelassen sie antwortete. Kein Zittern, keine Gefühlsregung. Es war ihr gelungen, ihre Verzweiflung zu verbergen. Sie starrte zum Horizont, wo das fahle Licht des heraufdämmernden Morgens am Saum der noch im Dunkel liegenden grünen Landschaft leckte.

»Willst du mich begleiten?«

Victors Frage überraschte sie.

Hatte sie ihn richtig verstanden? Er stand jetzt hinter ihr, schlang die Arme um sie und küsste ihren Nacken, er wusste, wie sie diese Zärtlichkeit liebte.

»Ja, ich... das würde ich gern. Aber wir haben kein Geld.«

»Es ist für alles gesorgt, du musst dir keine Sorgen machen.«

Aber sie machte sich Sorgen. Wessen hatte er sich dieses Mal schuldig gemacht? Besser nicht daran denken.

»Vertrau mir und lass den Dingen ihren Lauf«, fuhr Victor fort.

Wieder so eine geheimnisvolle Andeutung. Sie schlug vor: »Wir könnten per Anhalter fahren.«

Er lachte. »Spannende Idee, aber wir finden etwas Besseres. Vertrau mir einfach.«

Immer noch nicht ganz überzeugt, sagte sie: »Gut, ich begleite dich.«

Victor grinste zufrieden.

»Meine Heimat wird dir gefallen, du wirst sehen. Ta'if ist wunderbar vor allem in dieser Jahreszeit.«

20.

Ylang-Ylang. Lebhaft, mutig, blickt gern hinter die Kulissen. Beschreibt die Bedeutung der Dinge wahrheitsgemäß, ohne sie je zu beschönigen. Erwartet die gleiche Aufmerksamkeit, die sie selbst schenkt.

Als sie auf dem internationalen Flughafen in Jeddah in Saudi-Arabien landeten, wirkte Susanna abwesend, in sich gekehrt.

Schon in Mumbai war Elena eine Veränderung in ihrem Verhalten aufgefallen. Anfangs hatte sie gedacht, ihre Mutter sei einfach müde, aber nach und nach wuchs ihre Sorge. Sie war nicht einfach müde, es musste etwas anderes dahinterstecken. Aber was? Obwohl sie ihre Mutter inzwischen besser kannte, konnte sie nicht erfassen, was mit ihr vorging.

Die Limousine, die sie ins Hotel bringen sollte, wartete schon. Der Fahrer hatte sich ein Tuch um den Kopf geschlungen, das man in der arabischen Welt *Kufiya* nannte.

»Beeindruckend, oder?«, meinte Susanna.

Elena nickte. »Wunderschön.«

In Jeddah würden sie einige Tage verbringen. Die prächtige Stadt lag am Roten Meer, und Elena war sofort von ihren Farben eingenommen: Das Rot und das Goldgelb der Wüste, das Blau des Himmels und des Meeres. Dazu die glitzernden Glas- und Stahlfassaden der Wolkenkratzer. Und wohin man auch blickte, Parks und Plätze mit plätschernden und phantasievollen Wasserspielen, dazu Springbrunnen mit kunstvollen Mosaikmustern.

»Was für eine Pracht!«, schwärmte Elena.

»Ich kann gern noch einen Umweg machen«, schlug der Fahrer vor.

»Oh ja«, sagte Elena begeistert.

Susanna nickte abwesend. »Wenn du möchtest.«

»Geht es dir nicht gut, Mama?«

»Doch, doch, ich habe nur Kopfschmerzen.«

Woher diese plötzliche Melancholie wohl rührte? Elena konnte es sich nicht erklären. Zum Nachdenken hatte sie keine Zeit, zu tief waren die Eindrücke auf der Fahrt: die beeindruckend breite Strandpromenade, die altehrwürdigen Häuser in der Altstadt mit grellbuntem Anstrich, blau, grün und gelb, die Farben der Natur.

»Warum sind die Fenster vergittert?«, fragte Elena.

»Die Holzgitter heißen Mashrabiya, früher hat man mit ihnen die Temperatur in den Häusern reguliert, aber heute sind sie nur noch Zierde«, erklärte der Fahrer.

»Es wirkt, als wolle man sich gegen die Außenwelt abschotten.«

»So ist es auch«, schaltete Susanna sich ein, »dauert es noch lange?«

»Nein, wir sind da.«

Das Hotel präsentierte ein gelungenes Zusammenspiel aus Modernität, Luxus und traditionellem Charme. Nach dem Einchecken begleitete sie eine verschleierte Frau in ihre Suite. Elena fragte sich, wie sie sich unter ihrem Schleier wohl fühlte. Aber das würde ein Rätsel bleiben. Elena schenkte ihr ein freundliches Lächeln, und die junge Frau huschte lautlos davon.

Susanna öffnete die Balkontür und trat hinaus, die Aussicht war atemberaubend. Das Meer mit all seinen Facetten war zum Greifen nahe.

»Geht es dir besser?«, fragte Elena.

»Ja, danke.«

»Ein wunderschöner Ort.«

»Oh ja.«

»Hast du lange Zeit hier verbracht?«

Susanna schaute aufs Meer und ließ ihr Gesicht vom Wind kühlen. »Einige Monate. Und ich versichere dir, es hat für ein ganzes Leben gereicht.«

»Was willst du damit sagen?«

Sie drehte sich zu ihr um. »All das, die ganze Pracht, hat einen Preis, und ich war nicht bereit, ihn zu zahlen.«

»Was für einen Preis?«

»Die Freiheit«, ihre Stimme war nur noch ein Flüstern, »die Freiheit war mir heilig, die hätte ich damals gegen nichts eingetauscht.« Ihr Gesichtsausdruck verdüsterte sich. »Wir sind hier, damit ich dir alles sagen kann. Alles. Nichts war so, wie ich es erwartet hatte.«

»Du wirkst so traurig.«

»Das bin ich auch.«

»Aber warum?«

Susanna fuhr sich mit der Hand übers Gesicht. »Wo hast du das Notizbuch?«

Wie kam sie jetzt auf das Notizbuch? Was hatte das zu bedeuten? Elena zog es aus der Tasche. »Hier.«

»Bitte schlage es auf, die erste Seite.«

»Das Bild.« Elena fiel es wie Schuppen von den Augen. »Seinetwegen sind wir hier.«

Elena wurde schlagartig bewusst, was sie die ganze Zeit schon geahnt hatte.

»Du bist Selvaggia! Du bist die Wilde!«

»Deine Großmutter hat mich immer so genannt, wenn sie besonders wütend auf mich war.«

Elena deutete auf das Foto. »Und das ist der Mann aus deiner Geschichte.«

Susanna wusste, dass das keine Frage war.

»Sein Name war... ist Victor Arslan.« Ihre Stimme zitterte. »Er ist... er ist dein Vater. Ich wollte, dass du die ganze Geschichte kennst, damit du mich besser verstehst.«

Elena starrte ihre Mutter entgeistert an, sie glaubte, sich verhört zu haben.

»Victor Arslan ist mein Vater?«, stammelte sie.

»Ja. Der junge Mann, den ich in Japan kennengelernt hatte und mit dem ich unterwegs war. Auf der gleichen Reise, die wir jetzt machen.«

Arslan. Ihr Vater. Eine Größe unter den Parfümeuren der Welt.

Immer noch überwältigt, versuchte sie, dem Ganzen einen Sinn abzutrotzen. Beim Zuhören hatte sie sich mehr als einmal vorgestellt, wie es sei, wenn er ihr Vater wäre. Aber das war bloß ein Gedankenspiel, reines Wunschdenken. Und jetzt, da sie die Wahrheit kannte, wusste sie nicht, was sie davon halten sollte.

»Warum jetzt? Warum so?«
»Weil es ein Fehler war, es dir zu verheimlichen, weil du das Recht hast, es zu erfahren, weil du ihn kennenlernen sollst, weil... Muss ich weiterreden?«
Elena hatte tausend Fragen und wusste nicht, welche sie zuerst stellen sollte.
»Was ist zwischen euch vorgefallen?«, presste sie heraus.
»Das, was vielen anderen auch passiert. Man erkennt, dass man nicht zusammenpasst, dass man verschiedene Wege gehen will.«
Das war Elena zu einfach. Susanna erklärte sich zwar, sagte im Grunde aber nichts. Sie musste das Ganze erst mal sacken lassen. Sie brauchte dringend Abstand und verließ das Zimmer.
Ihr Mund war staubtrocken, sie brauchte unbedingt etwas zu trinken. Und sie war erbost, nein, sie war wütend. Wie konnte Susanna ihr so etwas antun? Ihre Gefühle fuhren Karussell. Eben noch glücklich darüber, ihrer Mutter während der Reise nähergekommen zu sein, und jetzt dieser Schock. Himmelhoch jauchzend, zu Tode betrübt. Was für ein Wechselbad der Gefühle!

Sie musste allein sein, brauchte Zeit zum Nachdenken, auch wenn es nur wenige Minuten waren. Sie musste eine Haltung zu alldem finden.

Vielleicht wäre sie danach bereit, sich auch den Rest der Geschichte anzuhören.

Es dauerte länger als gedacht, der Schock saß zu tief. Als sie schließlich wieder zu Susanna zurückging, wirkte ihre Mutter immer noch verstört. Sie war leichenblass. Mit leeren Augen starrte sie ins Nichts.

Elena seufzte, sie würde ihr noch etwas Zeit lassen.

Sie setzte sich in einen Sessel und schloss die Augen. Morgen würden sie nach Europa zurückkehren, ihre Mutter nach Florenz und sie nach Paris, wo Bea und Cail auf sie warteten.

»Ich habe ihn geliebt«, hörte sie Susanna sagen.

»Maurice?«

»Nein, bei ihm ... war es etwas anderes. Ich meine deinen Vater.«

Elena war erleichtert, immerhin war sie ein Kind der Liebe.

»Warum hat es nicht funktioniert?«

Sie hörte das Rauschen des Meeres, die kreischenden Möwen und das Wispern der Wellen, die an den Strand rollten. Sie wollte die ganze Geschichte hören, hier und jetzt.

»Dein Vater lässt nicht locker, er hinterfragt Dinge, an die ich nicht mehr denken will. Er reißt alte Wunden wieder auf.«

»Was heißt, er lässt nicht locker und hinterfragt Dinge? Sag mir endlich die Wahrheit!«

»Ich bin gerade dabei, mein Kind.«

Sie sprach immer noch in Rätseln, doch Elenas Geduld war am Ende. »Warum sind wir hier, Mama?«

»Er ist plötzlich wieder in meinem Leben aufgetaucht. Und er wird dir seine Sicht der Dinge darlegen. Aber ich will, dass du zuerst meine Version kennst. Ich will, dass du mich verstehst.«

»Was hast du bloß gemacht?«

»Ich kann nicht länger schweigen, denn er ist nach Florenz gekommen, hat dich gesucht, nachdem er dich in *Scent* gesehen hatte.«

Elena schwieg.

»Warum tauchte er so unvermutet auf?«, wollte Susanna weiter wissen.

»Nach dreißig Jahren! Vorher hat er offenbar keinen einzigen Gedanken an mich verschwendet!«

»Jetzt rede endlich, Mama!«

Susanna schüttelte den Kopf.

»Wem nützt das alles? Ich kann die Vergangenheit doch nicht mehr ändern, mein Fehler ist unverzeihlich.«

»Mama, ich habe mit dir gemeinsam diese Reise gemacht. Wir haben eine wunderbare Zeit miteinander verbracht, und wenn mir das vor einem Jahr jemand erzählt hätte, hätte ich ihn für verrückt erklärt. Ich bin immer noch da, trotz allem, was zwischen uns vorgefallen ist. Bei der Abreise wusste ich nicht, was mich erwarten würde, vermutlich würden wir uns mehr schlecht als recht arrangieren, dachte ich. Tatsächlich habe ich begonnen, dich zu verstehen. Wirklich zu verstehen. Und das hat Erinnerungen geweckt, an meine frühe Kindheit, an die Zeit vor Maurice. An die Zeit, in der wir nur zu zweit waren.«

Elena wehrte ab, als ihre Mutter zu sprechen ansetzte.

»Bitte, lass mich ausreden, es fällt mir schwer genug. Du warst für mich immer ganz weit weg, ich hatte das Gefühl, eine Last für dich zu sein, als stimmte etwas nicht mit mir, und ich sei nicht interessant genug für dich. Aber deine Geschichte zu hören hat mir die Augen geöffnet, mir geholfen, mich selbst in einem anderen Licht zu sehen. Jetzt weiß ich, wie nahe du mir auch damals schon gewesen und wie wichtig du jetzt für mich bist. Ich liebe dich, Mama.«

Sie war beim letzten Satz lauter geworden.

Susanna vergrub ihr Gesicht in den Händen, dann flüsterte sie: »Ich habe ihm nie von dir erzählt.«

Elenas Magen zog sich zusammen. »Was? Aber er ist doch nach Florenz gekommen, um nach mir zu suchen?«

»Die Welt der Parfümeure ist klein. Er hat den Artikel im *Scent*-Magazin gelesen und das Foto von dir gesehen... Da hat er verstanden.«

Susannas Stimme brach.

»Sprich weiter«, drängte Elena, die alte Wut loderte wieder auf. Wie hatte sie ihr das nur antun können?

»Er hatte dein Foto dabei und wollte wissen, ob du seine Tochter bist.«

»Was hast du ihm gesagt?«

»Ich habe ihn belogen, und er ist gegangen.«

»Warum?«

Susanna fuhr sich mit der Zunge über die Lippen. »Er hätte bestimmt Ansprüche angemeldet und unser Leben auf den Kopf gestellt. Das konnte ich nicht zulassen.«

Elena zwang sich, ruhig zu bleiben und nicht spontan zu reagieren. Am liebsten hätte sie ihre Mutter geschüttelt.

»Warum hast du mir das verschwiegen?«

»Du hättest mich gehasst, das hätte ich nicht ertragen. Ich hatte Angst, dich für immer zu verlieren.« Sie hielt inne. »Und jetzt, wo sich alles zum Guten wendet, wo du meine Geschichte kennst, will ich nicht noch einmal auf dich verzichten.«

»Verzichten?«

Susanna senkte den Blick. »Ich habe dich nicht wegen Maurice bei Lucia gelassen, sondern weil ich befürchtete, überfordert zu sein.«

Nach kurzem Zögern sprach sie weiter: »Ich war davon überzeugt, dass du bei ihr in guten Händen bist, in besseren als den meinen. Als ›Ersatzmutter‹ und als Lehrmeisterin. Und sie hat es gut gemacht, trotz allem. Sie hat für dich das getan, was ich hätte tun wollen, aber nicht konnte. Und dann habe ich noch einen schlimmen Fehler gemacht und dich zu Maurice und mir geholt in der Hoffnung, dass er dich wie ein eigenes Kind aufnimmt. Aber er konnte dich nicht ertragen, war voller Eifersucht und Hass. Ich hätte ihn damals verlassen sollen, habe es aber nicht geschafft. Ich wollte der Wahrheit einfach nicht ins Gesicht sehen.«

Elena schwieg, aber ihr Blick sagte mehr als tausend Worte.

»Ich bin gescheitert«, fuhr Susanna fort, »und ich war und bin eine schlechte Mutter, unfähig für das zu kämpfen, was wirklich wichtig ist. Für mich und für mein Kind.«

Elena war fassungslos, das Bild, das sie sich von ihrer Mutter gemacht hatte, fiel wie ein Kartenhaus in sich zusammen. Wut und Enttäuschung verwandelten sich in Verständnis. Susanna sagte die Wahrheit, das konnte sie spüren. Sie begegneten sich auf Augenhöhe: als Frau und als Mutter.

Ihr fehlten die Worte, was sollte sie auch darauf sagen? Wie sollte sie diesem unermesslichen Schmerz begegnen? Deshalb schwieg sie und ließ ihren Tränen freien Lauf.

Nach einer Weile stand sie auf, umarmte ihre Mutter, streichelte ihr über den Kopf und sagte leise: »Es tut mir leid, Mama.«

»Es tut mir auch leid, mein Schatz.« Susannas Stimme war kaum mehr als ein Flüstern.

Elena war wie betäubt, niedergedrückt von Leere und einem Gefühl des Verlusts.

»Es gibt nichts, was man nicht wiedergutmachen kann.« Elena zwang sich, das Chaos in sich zu ordnen und ihre Gedanken in Worte zu fassen. »Es ist schön, dass mein Vater mich kennenlernen will. Das ist schön.«

Sie schaute zu ihrer Mutter. »Es wird alles gut, hör auf, dir unnötig Sorgen zu machen.«

Susanna schüttelte den Kopf. »Du verstehst nicht, Elena. Unsere Reise hätte hier enden sollen, er hätte dich empfangen und dir von damals erzählen sollen. Aber ich habe es nicht einmal geschafft, ihn anzurufen. Ich kann es einfach nicht, der Schritt ist zu groß.«

»Willst du damit sagen, dass er hier lebt?«

»Nein, aber in der Nähe. Dein Vater besitzt eine Fabrik für Essenzen in Ta'if, auf der Hochebene. Dort wird hochkonzentriertes Rosenöl produziert.«

Ta'if-Damaszenerrosen und Victor Arslan, davon hatte Elena schon voller Bewunderung gelesen. Seine Produkte waren einzigartig und hatten einen weltweiten Ruf. Dass dieser Mann ihr Vater war, daran hätte sie nicht einmal im Traum gedacht.

Ihre ganze Familie hatte mit Parfüm zu tun, Elena musste lächeln. Ihr Vater hatte sie weder verlassen, noch hatte er sie nicht anerkannt. Eine heilsame, eine wohltuende Erkenntnis. Ihr Gesicht hellte sich auf. Nicht nur die Rossini-Frauen hatten mit Parfüm zu tun, sondern auch ihr Vater. Hoffnung keimte in ihr auf. Ihre Narben würden heilen.

»Kintsugi«, flüsterte sie.

»Alles Beschädigte kann repariert werden«, davon hatte ihr Kirin in Japan erzählt. Mithilfe einer Kittmasse, der Pulvergold untergemischt wird, werden Bruchstücke wieder zusammengefügt. Der Gegenstand ist zwar nicht mehr derselbe, er wird aber in neuem Gewand wiedergeboren. Das so neu Entstandene ist für die Japaner von höherem Wert als das ursprünglich Unbeschädigte. Erst diese »Narben« verleihen ihm seinen wahren Wert.

»Danke, Mama. Ich weiß nicht, wie ich dir danken soll.«

»Sag so was nicht, solange du nicht sicher bist.«

»Jeder kann Fehler machen, wichtig ist der Wille, sie wiedergutzumachen.«

Gerührt umarmte Susanna ihre Tochter, dann löste sie sich und hielt ihr eine Karte hin.

»Geh zu ihm, allein. Ich kann dich nicht begleiten.«

»Ist das dein Ernst?«

»Dein Vater wird dir das Ende der Geschichte erzählen. Es tut mir leid, aber ich bin am Ende meiner Kräfte.«

Elena betrachtete die bronzefarbene Visitenkarte. Victor Arslan. Sie fuhr mit der Spitze ihres Zeigefingers über die erhabenen Buchstaben. Dann roch sie daran und meinte, einen hauchfeinen Rosenduft wahrzunehmen.

»Als er in Florenz nach dir gesucht hat, habe ich abgestritten, dass du seine Tochter bist, und ihm indirekt zu verstehen gegeben, Maurice sei dein Vater«, sprach Susanna weiter.

»Warum hast du das getan?«

Susanna brauchte einen Moment, um zu antworten. »Aus Fürsorge für dich, ich wollte dich schützen, dir Zeit geben. Du musst ja selbst erst mal damit klarkommen. War es bei dir mit Matteo und Bea etwa anders?«

Elena schwankte, ihre Mutter hatte einen wunden

Punkt getroffen. Aber die Dinge hatten sich verändert. Sie hatte sich verändert.

»Stimmt, Matteo. Die Geschichte wiederholt sich.«

Susanna nickte versonnen: »Als du mir davon erzählt hast, ist mir klar geworden, was ich dir angetan habe. Dir, Victor, uns allen. Wenn ich damals anders entschieden hätte, wäre unser Leben nicht so verlaufen. Vielleicht besser. Und du hättest ein geregeltes Leben gehabt. Ich will nicht, dass es dir genauso ergeht wie mir.«

»Wie ist es dir denn ergangen?«

»Ich habe mich verachtet, mir schwere Vorwürfe gemacht. Auch wenn ich mir bewusst bin, dass es nicht wiedergutzumachen ist, so hat unsere gemeinsame Reise vielleicht doch geholfen, dass du mich besser verstehen kannst. Ich wollte, dass du mit eigenen Augen siehst, was ich damals gesehen habe. Und jetzt geh zu ihm, aber bitte ohne mich.«

»Geh das letzte Stück des Weges gemeinsam mit mir, ich brauche dich, Mama.«

Susanna schüttelte den Kopf. »Es tut mir leid, ich wäre dir bestimmt keine Hilfe. Im Gegenteil. Und jetzt entschuldige mich, ich bin sehr müde.«

Elena insistierte nicht weiter und senkte den Kopf. Ihre Mutter sollte nicht sehen, dass sie weinte.

Das war alles so kompliziert, so absurd, sie drohte im Strudel widerstreitender Gefühle zu ertrinken.

Hatte sie sich Matteo gegenüber etwa anders verhalten, als es um Bea ging? Hatte sie nicht die gleiche Schuld auf sich geladen wie ihre Mutter?

21.

Linde. Umhüllend, mitreißend, überschwänglich. Ihrer eigenen Stärke bewusst, liebt sie die Herausforderung. Probleme schrecken sie nicht, im Gegenteil, sie scheint sie zu suchen, zu stolz, um von anderen etwas zu erbitten.

Sie hatte ihren Vater gefunden.

Ein Vater, der sogar nach Florenz gekommen war, um nach ihr zu suchen. Ein Vater, der im Reich der Rosen lebte.

Das war das Letzte, was sie für möglich gehalten hätte.

»Wir sind fast da, Miss.«

»Danke.«

Sie hatte am Flughafen in Ta'if ein Auto mit Fahrer gemietet, um zu Victor Arslan zu fahren, dem Besitzer der Arslan Roses Inc., der Firma, die das kostbarste Rosenöl der Welt herstellte.

Schon bald ließen sie die Stadt hinter sich. Die Straße wand sich die Berge hinauf, rechts und links üppig grüne Bäume, wohltuende Farbtupfer in der öden Felslandschaft.

»Sind Sie wegen des Rosenöls hier?«, fragte der Fahrer und betrachtete sie im Rückspiegel. Er hatte schon die ganze Fahrt mit ihr geplaudert, und sie war ihm dankbar dafür. Es hatte sie von dem abgelenkt, was ihr bevorstand.

»Nein, Familienangelegenheiten, könnte man sagen.«

»Sie wissen es nicht genau?«, fragte er überrascht.

»Ich will meinen Vater besuchen.«

»Ach, also doch eine Familienangelegenheit.«

»Er weiß nichts davon.«

»Ein Überraschungsbesuch? Da wird er sich bestimmt freuen.«

»Da bin ich mir nicht sicher«, erwiderte sie. Eine Überraschung würde es aber auf jeden Fall werden.

»Haben Sie sich gestritten?«

»Nein.«

»Dann ist doch alles in Ordnung.«

Für ihn schien alles einfach, und sie beneidete ihn um diese optimistische Lebenseinstellung. Er erinnerte sie an Cail. Wer weiß, was ihr Freund im Augenblick gerade machte? Er fehlte ihr so sehr, und sie konnte es kaum erwarten, ihm alles haarklein zu erzählen.

Die ganze Situation war vollkommen unbegreiflich, geradezu unwirklich. Sie kam einem Traum oder einem Wunder gleich: Elena Rossini, allein, mitten in Saudi-Arabien, auf der Fahrt zu ihrem Vater. Einem Mann, von dessen Existenz sie bis vor kurzem gar nichts wusste. Leider war Susanna nicht an ihrer Seite.

»Meine Mutter hätte mich begleiten sollen.«

»Ja, allein zu reisen ist keine gute Idee.«
»Vielleicht ist sie jetzt schon zu Hause in Florenz.«
»Zu Hause ist es am sichersten, besonders für Frauen.«
Ein merkwürdiger Satz. Was wollte er damit sagen?

Gerade als sie nachfragen wollte, tauchten wie aus dem Nichts üppige Felder in der gelbbraunen Wüste auf.

Das Licht der Abenddämmerung wenige Stunden vor Sonnenuntergang fiel auf ein wogendes Meer aus grünen Blättern und rosa Blüten. Darüber waberte ein hauchfeiner opaleszierender Schleier, den tiefhängende Wolken über das Land spannen.

»Mein Gott, wie wunderschön!«, rief Elena.

»Dort sind die Rosenplantagen«, erklärte der Fahrer nicht ohne Stolz, es klang, als wäre er selbst der Besitzer.

Der ganze Berg leuchtete in Grün und Rosa, hin und wieder stach kahler Fels aus dem endlosen Blumenmeer, das sich über Hänge, Mulden und Senken ausbreitete. Ein unvergesslicher Anblick. Elena konnte sich nicht sattsehen an diesem Schauspiel.

Sie bogen in eine asphaltierte Nebenstraße ein, die auf beiden Seiten von Straßenlaternen beleuchtet wurde.

Nach einigen Minuten erreichten sie das schmiedeeiserne Tor. Der Fahrer sagte etwas in die Gegensprechanlage, und das Tor öffnete sich. Flankiert von Rosenfeldern fuhren sie weiter, bis sie eine breite Auffahrt erreichten, die von einer stattlichen Villa mit Spitzbogenfenstern und auf Säulen gestützten Balkonen beherrscht wurde. Vor dem Eingang spie ein Springbrunnen niedrige Fontänen in ein flaches weitläufiges Becken. Auch hier diese Mischung aus moderner Architektur und traditionellem Baustil, dem sie bereits in Jeddah begegnet war. Ein solch herrschaftliches Haus, abgelegen inmitten dieses Meeres aus Rosen, hatte sie noch nie gesehen. Ob ihr Vater wohl dort lebte?

»Wir sind da.«

»Danke.« Elena nahm all ihren Mut zusammen, stieg aus und ging auf das Portal zu. Es war so weit, bald würde sie ihrem Vater von Angesicht zu Angesicht gegenübertreten. Vorfreude rang mit banger Erwartung. Zuerst war er zu ihr nach Florenz gekommen, jetzt kam sie zu ihm.

Die Tür öffnete sich, und sie betrat einen großzügigen Verkaufsraum, dessen Vitrinen an den Wänden mit Flakons in mannigfaltiger Gestaltung gefüllt waren. Eine freundlich lächelnde Frau, etwa im Alter ihrer Mutter, kam auf sie zu.

»Kann ich Ihnen helfen?«

»Ich suche Victor Arslan.«

»Wen darf ich melden?«

Gute Frage. Was sollte sie sagen?

»Elena Rossini, er weiß, wer ich bin.«

»Mister Arslan ist gerade nicht im Haus«, sagte die Frau kühl, das Lächeln auf ihrem Gesicht wie weggewischt.

»Verstehe«, murmelte Elena. Dass sie hier nicht willkommen sein könnte, auf die Idee war sie gar nicht gekommen. Aber abwegig war das natürlich nicht.

War das vielleicht Victor Arslans Frau? Hatte er womöglich weitere Kinder? Und nun?

So hatte sie sich das nicht vorgestellt, auch die Möglichkeit, dass ihr Vater nicht da sein könnte, hatte sie nicht in Betracht gezogen. Aber jetzt gab es kein Zurück mehr.

»Danke, dann warte ich.«

»Das hat wenig Sinn. Es wird bestimmt spät, bis er zurückkommt.«

Warum hatte sie nicht vorher angerufen? »Dann komme ich morgen noch mal. Oder übermorgen, irgendwann wird er wohl da sein.«

Sie wusste auch nicht, warum sie so aggressiv reagierte. Aber sie wollte der Frau zeigen, dass sie nicht kampflos das Feld räumen würde. Sie ignorierte die neugierigen Blicke der anderen Kunden und verließ den Raum.

Draußen geriet ein Mann in ihren Blick, der mit gesenktem Kopf an einer Rose roch, die er aus einem Strauß in seiner Hand scheinbar wahllos herausgepflückt hatte. Elena blieb wie versteinert stehen.

Der Mann hob den Kopf.

Ihre Blicken trafen sich.

Und dann schien die Zeit stillzustehen.

Diese Augen würde Elena überall auf der Welt erkennen, denn sie blickten ihr jeden Morgen entgegen, wenn sie in den Spiegel sah.

»Ich kenne Sie, Sie sind Elena Rossini, die Tochter von Susanna!«, sagte der Mann. Elena stockte der Atem, so unvorhergesehen mit ihrem Namen angesprochen zu werden, damit hatte sie nicht gerechnet.

»Ich ... ja«, stotterte sie.

»Was für eine wunderbare Überraschung!«

Jetzt gab es keinen Zweifel mehr. Sie hatte zwar schon viel über ihn gelesen, aber eine Vorstellung von ihm hatte sich daraus nicht ergeben, und an eine Fotografie konnte sie sich nicht erinnern. Der geheimnisvolle Victor Arslan oder der »Meister der Rosen«, wie man ihn in der Branche nannte.

»Sie müssen mein brüskes Verhalten entschuldigen, aber ich bin wirklich sehr überrascht. Ich nehme an, Sie wollen Rosenöl kaufen? Ich denke, wir finden das richtige für Sie. Der Artikel über Sie und Ihre subtile Parfümphilosophie haben mir übrigens sehr gefallen. Bitte folgen Sie mir.«

Ihr Beine schienen von einer plötzlichen Lähmung befallen, sie reagierte nicht. Er lächelte sie aufmunternd an. »Kommen Sie, Elena.«

Mit verhaltenen Schritten folgte sie ihm.

Ein junger Mann nahm Victor die Rosen ab, die beiden unterhielten sich kurz. Es waren noch andere Kunden da, die auf ein Gespräch mit ihm warteten, auch die Frau, die Elena empfangen hatte, wollte mit ihm sprechen, aber er hatte nur Augen für Elena.

»Hier entlang, bitte.«

Elena war immer noch verunsichert. Die Situation wurde immer grotesker, erst hatte er sie völlig unvermittelt beim Namen genannt, sich dann für seine Direktheit entschuldigt und war überdies davon ausgegangen, dass ihrem Besuch hier ein geschäftliches Interesse zugrunde lag. Sie entschied, seinem Beispiel zu folgen, und sagte: »Sie waren in Florenz und haben nach mir gesucht.«

Victor wandte sich überrascht um. »Haben Sie mit Susanna gesprochen?«

»Ja. Deshalb bin ich hier.«

Er öffnete eine Tür. »Bitte kommen Sie herein, hier haben wir unsere Ruhe.«

Der große helle Raum war mit wenigen, aber erlesenen Möbeln eingerichtet, ein massiver Tisch aus weißem Marmor und einige kostbare Sessel, mehr nicht. Auf dem Boden lag ein blau-goldfarbener Teppich, an den Wänden hingen kunstvoll gewebte Gobelins.

»Ich kann Ihnen gar nicht sagen, wie sehr ich mich über Ihren Besuch freue. Ich habe Susanna gefragt, ob... Aber lassen wir das, reden wir über Ihre Arbeit.«

Victor deutete auf einen Sessel.

»Danke.«

Er nahm ihr gegenüber Platz. Was für ein außergewöhnlich attraktiver Mann, dachte Elena. Er sah gut aus, aber was sie am meisten faszinierte, war ein inneres Leuchten, das aus seinen Augen strahlte.

Sie dachte an die Worte ihrer Mutter. Wie wäre ihr Leben wohl verlaufen, wenn ihr Vater da gewesen wäre?

Elena hatte das Gefühl, um einen Teil ihrer Kindheit betrogen worden zu sein. Aber sie schob diesen Gedanken rasch wieder beiseite, sie wollte nicht daran denken, was man ihr vorenthalten hatte. Was vergangen ist, war nicht mehr zu ändern, jetzt galt es, nach vorn zu blicken.

»Wie geht es Ihrer Mutter?«, fragte er.

»Das weiß ich nicht. Das letzte Mal, als ich sie gesehen habe, hat sie geweint und von Ihnen ... erzählt.« Elena tat ihre schnippische Antwort im selben Moment leid, in dem sie sie ausgesprochen hatte – der Groll, den sie im Augenblick gegen ihre Mutter hegte, war wohl nicht niederzuhalten.

Victor erbleichte, und das Lächeln erlosch.

Durch das offene Fenster wehte eine Brise sanften Rosenduft herein, und Elena hatte das Gefühl, von ihm umhüllt und gewiegt zu werden. Das Parfüm, das so lange geschwiegen und sich ihr verweigert hatte, wählte ausgerechnet diesen Moment, um wieder mit ihr zu sprechen. Sie schloss die Augen und sah einen Mann und eine Frau vor einem Rosenfeld am Rand der Wüste, bewässert von einer Quelle, die nie versiegte. Neben den beiden standen Körbe, im Hintergrund machte sie Blütenblätter, Pipetten, Destillierkolben aus, die der Verwendung harrten. Mann und Frau waren bereit, mit der Arbeit zu beginnen. Gemeinsam.

»Dann stimmt es also. Ich hatte recht«, flüsterte er, »du bist meine Tochter.« Das letzte Wort sagte er so leise, dass es noch auf seinen Lippen erstarb.

»Ja ... und deshalb bin ich hier.«

Sie konnte die Tränen nicht länger zurückhalten und suchte in ihrer Tasche nach einem Taschentuch. Dabei tippten ihre Finger an den goldüberzogenen Flakon, den ihre Mutter ihr geschenkt hatte. Ihr Parfüm. Sie umklammerte es und wischte sich die Tränen mit dem

Rücken der anderen Hand aus dem Gesicht. »Ich wollte dich unbedingt kennenlernen.«

Er schwieg, sein Blick ging ins Leere.

Er war überwältigt.

Ihr Anwesenheit hatte ihn überwältigt.

Sie hätte ihn vorher informieren sollen, ihn nicht einfach vor vollendete Tatsachen stellen dürfen. Wieder konnte sie ihre Tränen nicht zurückhalten. Innerlich wand sie sich vor Scham. »Ich gehe jetzt, entschuldige«, flüsterte sie. Sie stand hastig auf, ihre Knie zitterten, aber er kam ihr zuvor.

»Warte, Elena.«

Er legte ihr die Hand auf den Arm. »Bitte bleib, ich glaube, ich muss dir etwas erklären.«

In diesem Augenblick klopfte es.

»Ja?«

Die Frau aus dem Laden brachte ein Tablett, auf dem ein Krug, zwei Gläser und ein silberner Behälter mit Eiswürfeln standen.

»Lass mich das machen, Sara. Und ich möchte nicht mehr gestört werden.«

Die Frau erwiderte nichts darauf, warf Elena einen misstrauischen Blick zu und verließ das Zimmer.

»Mandelmilch, möchtest du ein Glas?«

»Ja, gern.«

»Wir machen sie selbst, sie ist sehr gut.«

Elena nahm einen Schluck und genoss die wohltuende Süße des Getränks. Als sie wieder aufblickte, starrte Victor sie an.

»Maurice Vidal?« Mehr musste er nicht sagen.

»Er war mein Stiefvater, sie haben geheiratet, als ich sechs Jahre alt war.«

»Warum?«

»Wenn du wissen willst, warum meine Mutter dich verlassen und ihn geheiratet hat, musst du nicht mich, sondern besser dich selbst fragen.«

Victor streckte die Hand nach ihr aus. »Du hast die Augen deiner Mutter, deiner Großmutter. Als ich den Artikel über dich gelesen und das Foto gesehen habe, hatte ich inständig gehofft, dass du meine Tochter bist. Unsere Tochter. Ich habe nach dir gesucht, um dich um Verzeihung zu bitten.«

Victors Stimme brach, seine Gefühle überwältigten ihn, Tränen der Rührung traten in seine Augen.

Elena wollte nicht, dass ihr Vater weinte, sie wollte sein Lächeln zurück. Obwohl sie nichts von ihm wusste, ihn überhaupt nicht kannte, spürte sie in ihrem Herzen tiefes Leid und überschäumende Freude. Seine Hilflosigkeit quälte Elena. Sie konnte nicht mehr sitzen bleiben, während sie weitersprach, stand sie auf.

»Ich habe eine Tochter«, sagte sie, »sie heißt Beatrice und ist sechs. Sie hat die gleichen Augen wie du, dabei dachte ich immer, sie sehe mir ähnlich. Das hat meine Mutter jedenfalls behauptet.«

Auch Victor hielt es nicht mehr in dem Sessel. Während er ihr zuhörte, trat er einen Schritt vor. Ihre letzte Bemerkung ließ Victor lachen, jetzt zog er sie an sich und drückte sie mit solchem Ungestüm, umarmte sie mit einer solchen Inbrunst, dass Elena dachte, er würde sie nie wieder loslassen.

»Wenn ich das nur gewusst, wenn ich es wenigstens geahnt hätte...«

Elena wusste, was es bedeutete, geliebt zu werden. Cail liebte sie mit jeder Faser seines Herzens. Und Bea liebte sie, rückhaltlos, wie es Kindern zu eigen ist, unschuldig, instinktiv und mit grenzenlosem Vertrauen. Auch Monique, ihre Schwester im Geiste, liebte sie. Ja, sogar Susanna ließ sie jetzt ihre tiefe Verbundenheit spüren, wenn auch auf ihre Weise. Aber so unvorbereitet wie bei der Umarmung ihres Vaters hatte sie die Liebe noch nie getroffen.

Sie fühlte sich zu Hause, beschützt, endlich ganz angekommen. Die Erinnerung an die Leere ihrer Kindertage verlor ihre niederdrückende Last, der Schmerz verebbte. Und endlich konnte sie das Wort aussprechen, das ihr noch nie über die Lippen gekommen war: »Papa...«

Victor nahm ihr Gesicht in beide Hände. »Ich habe eine Tochter und eine Enkelin. Ich bin gesegnet.«

22.

Sonnenblume. Heiter, warm und die Sorgen vertreibend, wie die Sonne selbst. Sie sorgt mit ihrer Tatkraft und ihrer positiven Energie für Harmonie und Wohlgefühl.

Sie war zwar erst wenige Tage in Ta'if, aber sie fühlte sich schon ganz wie zu Hause.

Sie liebte die endlose Weite der sonnenüberfluteten Hochebene, wo es am Tag glühend heiß und nachts eiskalt wurde. Sie liebte die Stille der sternenklaren Nächte.

Aber über alles liebte sie das Lächeln ihres Vaters, wenn er sie ansah, das Leuchten in seinen Augen.

Sie hatten unvergessliche Momente miteinander erlebt. All diese Tage würden für immer in ihren Herzen bleiben. Als Victor sie gebeten hatte, noch einige Tage länger zu bleiben, hatte Elena die Einladung voller Freude angenommen.

Er hatte alles andere zurückgestellt und ihr seine ungeteilte Aufmerksamkeit geschenkt, morgens hatten sie gemeinsam auf der Terrasse seiner Villa gefrühstückt, die einen wunderbaren Namen trug: Bayt Zahri, der Palast der Rosen.

»Kann ich dir noch etwas bringen?«

»Nein danke, Papa.«

Victor sah sie kritisch an. »Isst du immer so wenig?«

Elena lächelte, eine typische Vaterfrage. Schließlich war sie eine erwachsene Frau, die selbst für sich verantwortlich war. Wenn er wüsste, dass sie sonst noch weniger aß! Aber im Augenblick hatte sie einen größeren Appetit entwickelt als üblich, wie sie verwundert feststellte.

»Alles ist gut, ich danke dir.«

Er schüttelte den Kopf. »Es ist nicht an dir, mir zu danken. Dass du mit mir hier sitzt, ist ein unverdientes Glück, das mir deine Anwesenheit bereitet. Ich stehe in deiner Schuld.«

Victor Arslan strahlte etwas aus, was mit Worten nicht zu beschreiben war. Kein Wunder, dass sich Susanna in ihn verliebt hatte. Auch sie konnte sich seiner strahlenden Aura nicht entziehen. Sie würde diesem Mann blind vertrauen, obwohl sie ihn eben erst kennengelernt hatte.

Mit Vernunft hatte das nichts zu tun, Gefühle wägen kein Für und Wider gegeneinander ab.

Victors Blicke waren so liebevoll und sein Verhalten so fürsorglich, als gäbe es nichts Wichtigeres auf dieser Welt als seine Tochter. Elena war tief berührt.

Ihr Vater wollte alles über sie wissen, vor allem über ihre Kindheit, über Beatrice und Cail. Als er hörte, dass Cail Rosenzüchter war, ließ ihn das aufhorchen. Denn natürlich hatten Rosen für ihn eine besondere Bedeutung, sie gaben seinem Leben einen Sinn, er hatte sich ihnen ganz und gar verschrieben.

Er hatte aber auch viel von sich erzählt. Von seiner glücklichen Kindheit, die jäh zu Ende ging, als der Krieg die Golanhöhen heimsuchte, dorthin war seine Familie geflohen, als sie ihre tscherkessische Heimat verlassen musste. Ohne Zukunftsperspektive waren sie erneut aufgebrochen und hatten nach einem Ort gesucht, an dem sie bleiben konnten. Er war damals noch ein kleines Kind gewesen. Schließlich hatten sie in Saudi-Arabien eine Zuflucht gefunden und hier in Ta'if einen Neuanfang gewagt.

»Ich habe noch nie verstanden, was Glück wirklich bedeutet. Aber jetzt, wo ich dich gefunden habe, weiß ich es, kann ich es spüren. Das Glück beantwortet die Frage, die zu stellen, es eigentlich verhindert. Plötzlich ergibt alles einen Sinn.«

Wieder einer dieser Sätze, bei dem ihr warm ums Herz wurde. »An dir ist ein Poet verloren gegangen, Papa.«

Victor erwiderte lächelnd: »Sind nicht alle Männer, die keine Angst vor Gefühlen haben, Poeten? Die, die keine Angst haben, sich zu offenbaren, indem sie aussprechen, was in ihrem Innersten vorgeht. Besonders, wenn es um Liebe geht.«

Über Liebe zu sprechen fiel vielen Menschen schwer, manche schämten sich sogar. Auch sie hatte Probleme damit. Lange Jahre hatte sie nur das Nötigste über sich preisgegeben. Und das galt für viele Bereiche in ihrem Leben, nicht nur was Cail betraf. Und ihre Mutter hatte sich genauso verhalten.

Aber jetzt fühlte sie sich frei. Sie hatte sogar das Bedürfnis, ihr Herz auf der Zunge zu tragen. Weil sie immer mehr von sich zeigte, konnte sie sich selbst besser verstehen.

Ihr Vater lächelte sie liebevoll an, aber ein Hauch Melancholie schwang in dieser Zuneigung mit wegen des Versäumten, das nicht mehr nachzuholen war. Er konnte sein Verlangen, ihr mehr zu zeigen, mehr mit ihr zu teilen, nur schwer im Zaum halten – die unwiederbringlichen Momente, die einem jungen Vater mit seiner heranwachsenden Tochter vergönnt waren, blieben uneinholbar.

Elena hingegen genoss ihr Glück in vollen Zügen, jetzt würde alles gut werden. Ihr Vater war ein wunderbarer Mensch. Ganz anders als der missgünstige und egoistische Maurice.

»Hast du etwas, um deinen Kopf zu schützen? Es ist zwar noch früh, aber ich möchte nicht, dass du einen Sonnenbrand bekommst. Du hast eine besonders empfindliche Haut. Bei der Gelegenheit... Was ich dich die ganze Zeit schon fragen wollte: Ähnelt Bea dir eigentlich? Ich meine, nicht nur äußerlich.«

»Das wird sich noch zeigen. Aber ich glaube, sie kommt eher nach Susanna. Die beiden sind ein Herz und eine Seele.«

Das war das erste Mal, dass der Name »Susanna« fiel.

Victor ließ sich gegen die Stuhllehne sinken, er seufzte, doch dann hoben sich seine Mundwinkel zu einem fast beschämten Grinsen.

»Susanna hat das Schlimmste getan, was man einem Mann antun kann, aber dann hat sie sich besonnen und mich zu dir geführt. Das war mutig und ist ihr sicher sehr schwergefallen. Mutig war sie schon immer.«

Zuerst hatte Elena den Impuls gehabt, Susanna zu kritisieren. Aber dann hatte sie zu ihrem Erstaunen festgestellt, dass sie ihre Mutter verteidigen wollte. Auch Victor sprach liebevoll von ihr. Wenn er ihr gegenüber Wut empfand, dann ließ er sich das nicht anmerken. Was war der eigentliche Grund für ihre Trennung gewesen? Ihre Mutter hatte auf diese Frage immer nur ausweichend geantwortet.

Elena griff nach einem rosaroten Seidenschal und drapierte ihn über ihre Haare.

»Die Farbe erinnert mich an den ersten Ort, den ich mit Susanna auf unserer Reise besucht habe, dort, wo ihr euch kennengelernt habt.«

»Ihr wart in Osaka?«

»Ja, während des Kirschblütenfestes, dort hat sie mir von dir erzählt.«

Elena konnte spüren, wie ihn diese Bemerkung innerlich aufrührte.

»Man konnte sie nicht übersehen.«

»Die Kirschblüten regneten auf uns herab, die Luft war erfüllt von einem betörenden Duft. Sie hat mir erklärt, dass dieses Ereignis für die Japaner ein Höhepunkt des Jahres ist. Die fallenden Kirschblüten symbolisieren die Vergänglichkeit allen Lebens«, fügte Elena hinzu.

»Stimmt, aber für mich ist da noch mehr. Ich glaube nicht, dass es nur um die Vergänglichkeit geht. Für mich ist die Kirschblüte das Symbol der Veränderung, der Transformation, für das Werden und Vergehen, das wieder ein neues Werden in Gang setzt«, entgegnete Victor.

Schweigend gingen sie zum Auto.

Victor fuhr langsam, Elena schaute aus dem Fenster und bemerkte die langsame Veränderung der Landschaft. Hatten eben noch Felsen, Sträucher und Gebüsch dominiert, wurde es immer grüner, umso höher sie kamen. Auf dem höchsten Punkt der Straße hielt Victor an und deutete ins ferne Tal, wo die Rosenfelder rosa leuchteten. Die Aussicht benahm ihr den Atem.

»In ein paar Tagen beginnt die Ernte, ich möchte, dass du dabei bist.«

Elena lächelte und nickte. »Das mache ich gern.«

Victor legte ihr den Arm um die Schultern.

»Das sind alles Damaszenerrosen. Der Legende nach gehörten alle Rosen in Ta'if den Prinzessinnen der Königsfamilie. Sie allein durften darüber entscheiden, wer sie pflegen durfte. Und eine von ihnen hat die Essenz entdeckt.«

Elena hatte schon oft von dieser einzigartigen Rose gehört, deren Blüten aus dreißig gleichmäßig angeordneten Blättern bestanden. Sie wächst in den Bergen, auf fast zweitausend Metern Höhe, und ist mit keiner anderen Rose auf der Welt vergleichbar. Während ihr Vater weitererzählte, stellte sie sich die Prinzessinnen vor, mit ihren geheimnisvollen schwarzen Augen, die entscheiden durften, wer dieses magischen Duftes würdig war. »Und wie?«

»Sie haben immer Rosenblütenblätter ins Badewasser gestreut. Eines Morgens bemerkten sie auf der Wasseroberfläche einen öligen Film, der anziehend duftete und tagelang auf der Haut haftete. Alle am Königshof verlangten nach diesem Duft, denn wenn man ihn trug, fühlte man sich der Rose gleich.«

Elena hörte fasziniert zu, Selvaggias Notizbuch kam ihr wieder in den Sinn. Das Notizbuch ihrer Mutter. Sie fragte sich, ob die Formeln, die sie dort notiert hatte, von dieser Geschichte inspiriert worden waren.

»Kannte meine Mutter diese Geschichte?«

»Warum fragst du?«

»Wusstest du, dass sie Tagebuch geschrieben hat?«

»Ja, sie zeichnete auch, sie war sehr talentiert.«

»Sie hat mir das Notizbuch geschenkt. Weißt du auch, dass sie dich porträtiert hat?«

Er antwortete nicht direkt, aber sie wusste auch so Bescheid, sein Gesichtsausdruck verriet ihn. Dann begann er zögerlich zu erzählen.

»Sie war so stark und mutig, so unbeschreiblich schön. Susanna ging ihren Weg, war durch nichts und niemanden aufzuhalten. Sie ist sich und ihren Prinzipien treu geblieben, auch gegenüber meiner Familie und unserer Tradition, die für einen Europäer, vor allem für eine Frau, nur schwer zu verstehen ist. Aber sie hat einen Weg gefunden.«

Elena verstand und erwiderte: »Es gibt immer einen

Weg, man muss nur bereit sein, ihn auch zu gehen, man muss es wollen.«

»Komm, es wird zu heiß, wir fahren zurück.«

Während der Fahrt dachte Elena an Paris und an Cail, wie er mit Bea frühstückte und sie dann in die Schule brachte. Danach würde er mit John Gassi gehen und einige Stunden auf der Dachterrasse an seinen Stecklingen arbeiten. Ob er zurechtkam ohne sie? Wie würde ihre Tochter auf Victor reagieren, wenn er vor ihr stand?

Victor war sichtlich bewegt, als sie ihm ein Foto seiner Enkelin gezeigt hatte. Bei einem Videoanruf hatten sie sogar miteinander gesprochen. Elena konnte nur mit Mühe ihre Tränen zurückhalten.

An Großeltern herrschte für Bea weiß Gott kein Mangel, dachte sie belustigt.

Das Gespräch mit Bea hatte einen entspannten, fast heiteren Verlauf genommen, Cail gegenüber war Victor eher reserviert, besonders, nachdem er erfahren hatte, dass sie nicht verheiratet waren. Seine kulturellen Wurzeln waren fest in ihm verankert, ihr Beziehungskonzept konnte er einfach nicht verstehen. Aber wenn sie sich kennenlernen würden, würde sich sicher etwas verändern, sie hatten so viele Gemeinsamkeiten.

»Jetzt dauert es nicht mehr lange, bis ich wieder nach Paris zurückkehre. Ich freue mich, mein Familie wiederzusehen. Und irgendwie freue ich mich auch auf meinen Alltag, auf die Routine, all das Geregelte und Vertraute.«

Victor wirkte jetzt angespannt. »Das verstehe ich,

aber denk bitte über meinen Vorschlag nach. Wir haben so viel nachzuholen. Und ich würde auch gern Cail kennenlernen. Und natürlich Beatrice. Ich wünsche mir, in diesem Haus Kinderlachen zu hören. Habe ich dir schon erzählt, dass ich für meine Enkelin ein Pony gekauft habe?« Er unterbrach sich, dachte kurz nach und fuhr dann fort: »Jetzt bin ich mir nicht mehr sicher, meinst du, es wäre vielleicht besser, ich käme zu euch? Dann müssten wir aber die Ernte abwarten.«

Elena dachte an die beengten Verhältnisse in ihrer Wohnung im Marais.

»Ich glaube, es ist besser, wenn ich zu dir komme.«

»Das wollte ich hören.«

Den restlichen Morgen verbrachten sie auf den Rosenfeldern.

»Die Ernte steht vor der Tür, es ist Ende April, und die Knospen beginnen, sich zu öffnen. Wann der richtige Zeitpunkt für das Pflücken der Blütenblätter gekommen ist, entscheidet die Sonne. Es ist also die Natur, die den Ablauf bestimmt, nicht der Mensch.«

Wie in vielen anderen Dingen, dachte Elena.

»Wir brauchen rund 4 bis 5 Tonnen Blüten für einen Liter Rosenöl die Gesamtproduktion in der Region um Ta'if beträgt in einem guten Jahr knapp zwanzig Liter, davon geht ein Teil an den König.«

Reines Rosenöl wird nur zur Herstellung der kostbarsten Parfüms verwendet, während Rosenwasser auch in der Küche und als Basis für andere Produkte zum Einsatz kommt.

»Die Rosenzüchtung dehnte sich vom Orient über Afrika bis nach Europa aus. Es gibt sie in den verschiedensten Arten, Formen und Farben. Die Rose ist die Königin der Blumen, aber aus olfaktorischer Sicht ist sie ein besonders wertvoller Grundstoff bei der Parfümherstellung.«

Elena wusste das natürlich, Lucia hatte ihr das bereits als Kind beigebracht, aber sie hörte Victor gern noch einmal zu, wie er voller Enthusiasmus davon schwärmte.

»Glaubst du, dass die Rose auch die Persönlichkeit eines Menschen widerspiegeln kann?«

Victor schaute sie überrascht an. »Aber natürlich! Ihr wahres Geheimnis liegt in der Fähigkeit, die Gefühle derer zu wecken, die sie betrachten. Die Beziehung zwischen der Rose und den Menschen währt Jahrtausende. Poeten, Sänger und Maler huldigen ihr und lassen sich von ihr inspirieren. Eine einzige Blüte kann alle Sinne beglücken mit ihrer Schönheit und ihrem Duft. Wenn man sich ihrer Einzigartigkeit bewusst wird, schärft sie die Achtsamkeit, aktiviert den Instinkt und hilft bei der Selbsterkenntnis.«

Elena war fasziniert von der Art, wie sich ihr Vater auszudrücken verstand. Dann flüsterte sie: »Ich habe immer an das Perfekte Parfüm geglaubt.«

Er schwieg einen Moment. »Deine Mutter hat mir davon erzählt, das ist eine Familientradition, oder?«

Sie nickte. »Das stimmt, aber daraus ist eine regelrechte Obsession geworden. Von Kindesbeinen an war es mein Lebensinhalt, Düfte zu erkennen und neue zu kreieren, Formeln zu lernen und anzuwenden. Das Parfüm spricht mit mir, und ich höre seinen Geschichten zu. Deshalb wusste ich, dass die Antworten auf all seine Fragen in mir zu finden waren. Ich musste nur gut genug zuhören, es lange genug versuchen. Mein ganzes Streben galt diesem einen Ziel: das Perfekte Parfüm zu finden.«

»Wer hat dir das nur angetan?«

Sie hätte sich denken können, dass er jemanden suchte, den er für ihre Krise verantwortlich machen konnte. Elena schüttelte sofort den Kopf. Nein, sie machte Lucia keine Vorwürfe. Sie hatte sie über alles geliebt, auf ihre Weise. Mit strenger Hand, aber immer fürsorglich und beschützend. Und sie hatte sie zu einer kompetenten Parfümeurin gemacht.

»Das spielt keine Rolle. Ich habe dort weitergemacht, wo meine Vorfahren aufgehört haben, immer auf der Suche nach meinem Perfekten Parfüm. Im Sinne der Familientradition.«

»Aber du warst nicht glücklich«, sagte Victor leise.

Glück? Elena fragte sich, ob das das Problem war oder doch etwas Komplexeres dahintersteckte. »Ich war viele Jahre zufrieden. Aber dann hat sich etwas verändert.«

»Erzähl mir davon, Elena. Ich will alles wissen.«

Und sie wollte, dass er es erfuhr. »Anfangs war ich mit meinen individuellen Duftkreationen sehr erfolgreich, aber nach und nach ging es bergab. Technisch waren die Parfüms immer noch perfekt, aber es fehlte das gewisse Etwas, das Persönliche, was sie zuvor ausgezeichnet hatten. Ich war verzweifelt. Und dann hat

Mama angerufen und mich gebeten, mit ihr eine Reise in die Vergangenheit zu machen. Auf der Reise hat sie mir von euch erzählt, und ich habe viel gesehen. Und ich habe verstanden. Ich bin das Problem, nicht das Parfüm. Es ist nur ein Vehikel.«

Victor nickte. »Aber das Parfüm weiß, wer du bist, es wohnt in jedem von uns, es spricht zu uns, und wir verstehen, was es sagen will, weil seine Sprache die Gefühle sind. Worte lassen sich interpretieren, Gefühle nicht. Das Parfüm zeigt uns den Weg, den wir gehen sollen.«

Nach einer Weile nachdenklichen Schweigens sagte Elena: »Ich brauche etwas, was nur mir gehört.«

Er lächelte. »In uns selbst zu suchen, um den Sinn des Lebens zu ergründen, kostet viel Mühe. Es braucht großen Mut, sich in Frage zu stellen. Du hast gesagt, dass dein Gespür für das Parfüm dich im Stich gelassen hat. Ich denke eher, dass es dich gezwungen hat, nach dem zu suchen, was für dich wirklich wichtig ist. Hast du es gefunden?«

Hatte sie es gefunden? Elena überlegte, dann schüttelte sie den Kopf.

»Nein, noch nicht. Aber ich bin auf einem guten Weg, weil ich mir dessen bewusst bin.«

»Wie meinst du das?«

Elena deutete auf die Rosen. »Unser Leben ist wie das der Rosen. Sie bilden Knospen, die erblühen, aus den Blüten wird die Essenz gewonnen. Dies zu verinnerlichen ist der Weg zur Selbsterkenntnis, und diese führt zu Versöhnung mit sich selbst.«

Auf Victors Gesicht erschien ein breites Lächeln. »Die Poesie liegt anscheinend in der Familie...«

Während Elena im Notizbuch ihrer Mutter blätterte, erinnerte sie sich an das Parfüm, das sie gemeinsam gemischt hatten. Sie saß neben dem Springbrunnen im Innenhof, ein sanfter Wind wehte von den Bergen und sorgte für angenehme Kühle. Umgeben von Pflanzkübeln hatte sie das Gefühl, mitten im Garten zu sitzen. Sie nahm den Flakon aus dem seidenen Säckchen und stellte ihn vor sich auf den Tisch. Im Geiste zählte sie die Tage, die seit dem Mischen vergangen waren.

»Kann ich dich kurz stören?«, fragte Victor.

»Ja, bitte.«

»Ich wollte dich fragen, ob es dir recht ist, wenn ich heute Abend einige Gäste einlade. Im Grunde sind das ja deine Verwandten...« Er verstummte.

»Ist alles in Ordnung, Papa?«, fragte Elena beunruhigt.

Victor starrte auf den Flakon. »Das ist...«

»Ein Geschenk von Mama, ein Parfüm. Wir haben es gemeinsam gemischt. Ich muss noch bis morgen warten, bis ich den Flakon öffne, dann ist die Entwicklung abgeschlossen.«

Er nickte. »Entschuldige, wir sehen uns später.«

Was war nur mit ihm los? Gedankenverloren griff sie nach dem Handy und wählte eine Nummer. Als sie Cails Stimme hörte, machte ihr Herz Sprünge.

»Ciao.«

»Endlich, ich wollte dich auch gerade anrufen.«
»Ist alles in Ordnung?«
»Ja, alles gut. Aber wenn du wieder da bist, wird es noch besser.«
»Du fehlst mir.«
»Das zu hören macht Hoffnung.«
Elena lachte. »Es gibt Neuigkeiten.«
»Ich will nur eins wissen.«
Elena schwieg, ihr war klar, worauf er anspielte, dann sagte sie: »Nur noch ein paar Tage, schaffst du es noch so lange?«
»Ich werde es versuchen.«

23.

Tagetes. Verspielt, ein wenig leichtfertig. Verträumt, aber in der Lage, ihre Ziele umzusetzen. Schönheit ist ihr wichtig, sie experimentiert gern und ist sehr kreativ.

Das Gefühl des Gekränktseins war Elenas Gesicht deutlich anzusehen gewesen, und ihre traurigen Worte gingen Susanna bis heute nach. Sie konnte sie nicht vergessen. Aber sie hätte beim besten Willen nicht mit nach Ta'if kommen können, sie hatte nicht den Mut, Victor dort gegenüberzutreten, nach allem, was sie ihm angetan hatte.

Sie ließ sich auf einen Stuhl sinken, und von Scham überwältigt bedeckte sie das Gesicht mit ihren Händen. Die Erinnerungen übermannten sie.

Ta'if, Saudi-Arabien, 1986
Wie hatte sie sich in diese Situation bringen können?
Sie saß auf einem Berg weicher Kissen hinter einem Erkerfenster und beobachtete die Straße. Sie konnte es kaum erwarten, bis Victor wieder zurückkam. Seitdem sie in diesem arabischen Palast wohnte, hatte sie das Gefühl, in einem Käfig gefangen zu sein.

»Das Mittagessen ist fertig, Shana.«

»Danke, Sara, ich komme gleich.« Sie bedachte die junge Frau mit ausgesuchter Höflichkeit und fragte sich einmal mehr, warum sie ihr gegenüber so feindselig gesinnt war.

»Victor?«

»Der Herr wird bei Sonnenuntergang zurück sein.«

Als sie vor einigen Wochen nach Ta'if gekommen war, hatte sie den Eindruck gehabt, dass hier alle Menschen glücklich waren. Die Kinder hatten sie mit strahlenden Augen angelächelt, als sie aus dem Auto gestiegen waren. Victor hatte nach ihrer Hand gegriffen und sie gestreichelt.

»Das Gebäude mit dem grünen Kuppeldach ist die Moschee, der schmale Turm ist das Minarett.«

»Wunderschön.«

»Ich freue mich, dass es dir gefällt. Komm.« Sie waren einem schmalen Weg gefolgt, bis sie zu einer Holztür kamen, die mit Metallsternen verziert war. »Lass uns reingehen.«

Das Erste, was Susanna auffiel, war die Stille, nichts war zu hören, keine Gespräche, kein Autolärm, kein Kinderlachen. Der Innenhof war von Bäumen gesäumt, überall Blumen, wohin man auch blickte. Oleander, Geranien und herrlich duftende Rosen. In der Mitte sprudelte ein Brunnen, von dem in alle Richtungen kleine Kanäle abzweigten.

»Wie herrlich!«

Victor hatte sie angelächelt. »Bist du noch wütend?«

Susanna hatte den Schal abgenommen, den er ihr bei der Ankunft in Saudi-Arabien gegeben hatte, um ihre Haare zu bedecken. »Mit einem Kopftuch fühle ich mich nicht wohl.«

»Es ist nur eine Formalität, Habibti. Denk einfach, es wäre so was wie eine Krawatte.«

Susanna hatte ihm einen flammenden Blick zugeworfen. »Ich hoffe, es warten nicht noch weitere Überraschungen auf mich.«

»Kommt darauf an.«

»Auf was?«

Er hatte keine Zeit zu antworten, denn ein großgewachsener Mann kam auf sie zu. »Victor, mein Sohn, willkommen.«

»Vater, danke, dass du mich empfängst. Das ist Susanna, eine Freundin.«

Der Mann schaute sie freundlich an und wechselte ins Englische. »Ich bin Karim al-Fayed. Ich hoffe, Sie werden sich bei uns wohlfühlen.«

Trotz aller Liebenswürdigkeit hatte sie daran ihre Zweifel. Sie fühlte sich unbehaglich. Und das nicht nur seiner stechenden Augen wegen.

»Ich habe ein leichtes Mittagessen vorbereiten lassen und kann es kaum erwarten, dass du mir von deinen Reisen erzählst.« Dann wandte er sich an Susanna: »Machen Sie sich ein wenig frisch und gehen Sie dann zu den Frauen. Man erwartet Sie schon.«

Bevor seine Worte richtig zu ihr durchgedrungen waren, waren die beiden Männer weitergegangen. Sie blickte zur Seite und erkannte eine junge Frau, die offenbar auf sie gewartet hatte. Auf ihr Zeichen folgte sie ihr. Sie hieß Sara.

Ihr Zimmer war geräumig und prunkvoll eingerichtet. Sie hatte sich ein ausgiebiges Bad gegönnt und danach allein zu Mittag gegessen. Keine Menschenseele weit und breit, alles war still. Danach war sie in den Garten gegangen und später wieder in ihr Zimmer zurückgekehrt und hatte ein wenig geschlafen. Inzwischen war es später Nachmittag, und sie hielt es im Zimmer nicht mehr aus. Sie verließ die Villa und ging aufs Geratewohl in Richtung Altstadt.

Die Straße quoll von kleinen Läden und Werkstätten geradezu über, Männer in Tuniken beherrschten das Bild.

Sie mischte sich unter die Menge, wie berauscht von der Musik, die von überallher zu kommen schien. Sie glaubte sich in eine Märchenwelt versetzt: aufgetürmte farbenprächtige Seidenballen, handgeknüpfte Teppiche, edles Geschirr, das im Licht der Lampen golden und silbern glänzte, mit Intarsien verzierte Möbel und Berge exotischer Früchte. In der Luft eine Mixtur von Gerüchen, die von gegrilltem Fleisch und Fisch über verführerische Düfte süßer Backwaren bis zu Gewürzen vielfältigster Art reichte. Susanna schwanden die Sinne. Über dem Gewirr aus Buden und Marktständen leuchtete das Kuppeldach der Moschee. Susanna kam aus dem Staunen nicht heraus.

Plötzlich spürte sie eine kräftige Hand auf ihrer Schulter.

»Du darfst allein das Haus nicht verlassen!«

Sie drehte sich um und sah Victors zorniges Gesicht. Auch wenn er nach und nach sein Lächeln wiedergefunden hatte: Diesen Blick würde Susanna nie vergessen.

»Wir sind nicht in Europa, hier liegen die Dinge anders. Frauen dürfen ohne männliche Begleitung das Haus nicht verlassen, das ist verboten. Gehen wir weiter, man starrt uns schon an.«

Susanna war konsterniert. Als sie begriffen hatte, wurde aus ihrer Unruhe panische Angst. Wie sollte das weitergehen?

Danach waren sie in die Villa zurückgekehrt, die dem Mann gehörte, der Victor als Jungen in der Wüste aufgelesen und sich seitdem liebevoll um ihn gekümmert hatte.

Er hatte sie auf ihr Zimmer gebracht und sich nach einem langen Kuss von ihr verabschiedet. Wie jeden Abend. Sie hatte das Gefühl, in einer Zwischenwelt zu leben, fasziniert und bedroht zugleich. Die Gitter des goldenen Käfigs wurden immer enger, und sie begann, sich Fragen zu stellen. Und die Antworten gefielen ihr gar nicht, auch wenn Victor sich große Mühe gab, ihr das Leben so angenehm wie möglich zu gestalten.

»Bist du bereit, Shana?«

Sie hatte Victor einige Tage nicht gesehen, hatte sich vernachlässigt gefühlt, trotzdem war sie seiner Umarmung nicht ausgewichen.

»Du hast mir gefehlt, Habibti.«

»Wo bist du gewesen? Ich fühle mich im Stich gelassen und wäre am liebsten geflüchtet.«

Er lachte. »Das hättest du gar nicht geschafft, das habe ich dir doch gesagt. Jemand hätte dich zurückgebracht.«

»Haha. Sehr witzig.« Die Alarmglocken in ihrem Kopf wurden lauter. Als Sara erschien, löste er sich von ihr.

»Komm, wir haben noch einen weiten Weg.«

Nachdem sie die Stadt verlassen hatten, veränderte sich die Landschaft dramatisch, die Vegetation wurde immer spärlicher. Irgendwann war da nur noch Wüste. Sand, Dünen, Dünen, Sand bis zum Horizont, die Luft flirrte vor Hitze. Bisweilen einsame Hütten, vereinzelt Ziegen und ganze Herden, von Kopf bis Fuß verschleierte Frauen und Männer auf Kamelen.

»Wohin fahren wir?«

»Zu mir nach Hause.«

»Ich dachte, da waren wir die ganze Zeit.«

»Nein, zu dem Ort, an dem ich leben möchte.«

»Und wovon wollen wir leben?«

»Was ist schon Geld? Ich bin immer noch derselbe, glaub mir.«

Fast unbemerkt war die Wüste in eine felsige Hügellandschaft übergegangen. Der Anblick war atemberaubend.

Das Zuhause, wie Victor es genannt hatte, war ein in den Felsen gehauenes Gebäude: Bayt Zahri. Es musste dringend renoviert werden, aber der traumhaft schöne

Garten entschädigte für alles. Nachdem sie etwas gegessen hatten, setzten sie sich vor das Haus und blickten auf jahrhundertealte Granatapfelbäume.

»Die Wüste ist nachts am schönsten, in der Finsternis genießt man die Stille besonders.«

»Das glaube ich gern, ihr liebt ja die Dunkelheit und die Abgeschiedenheit und zieht euch gern zurück.«

»Warum sagst du das, Habibti?«

Sie antwortete nicht, sondern starrte staunend in den Himmel, der sich fast übergangslos von Feuerrot bis Dunkelblau zu Tiefschwarz färbte. Unzählige Sterne funkelten. So nahe war ihr der Himmel noch nie gekommen. Und doch war jeder für sich.

Genau wie sie.

»Ich wusste, dass es dir hier gefallen würde.«

Seine Hand war warm wie seine Küsse. »Und das ist noch nicht alles, komm, ich habe eine Überraschung für dich.«

Im Inneren war das Haus in erstaunlich gutem Zustand. Eine Steintreppe im Innenhof führte nach unten. Die Luft war mit einem Mal frisch und weitete die Brust. Susanna vernahm ein leises Plätschern, das lauter wurde, je weiter sie hinabstiegen. Dann offenbarte sich das Wunder. Aus einem Rohr in der Wand strömte Wasser in ein Bassin. Sie konnte nicht glauben, was ihre Augen sahen: eine unterirdische Badewanne. »Wie ist das möglich?«

Susanna beugte sich hinunter und tauchte ungläubig ihre Hand in das kühle Nass.

»Es ist Süßwasser! Beim Bau des Hauses ist man völlig unerwartet auf eine Quelle gestoßen. Dass ich es gekauft habe, war der reinste Glücksfall, Wasser ist hier, wie du dir denken kannst, ein kostbares Gut.«

Victor begann sich auszuziehen, dann reichte er ihr die Hand und blickte ihr tief in die Augen.

Auch sie entledigte sich ihrer Kleider. Später erzählte er ihr von seinen Projekten. Auf einem Feld in der Nähe pflanzte er Rosen an, aus den Blütenblättern gewann er mithilfe traditioneller Techniken hochwertiges Rosenöl.

»Um die Damaszenerrose und das Rosenöl ranken sich zahlreiche Mythen und Legenden. Manche behaupten, sie stamme aus dem Tal von Kazanlak in Bulgarien und sei von dort über die Türkei nach Saudi-Arabien gekommen. Deshalb wird sie auch »arabische Rose« genannt. Ta'if ist die einzige Region, in der ihre Ursprungsform mit ihrem charakteristischen Duftbouquet erhalten geblieben ist: Ihre Note gemahnt an fruchtige Zitronenbäume und eine aufkommende frische Meeresbrise, ein leiser Hauch würziger Süße macht sie unnachahmlich.«

Susanna streckte sich. »Als ich klein war, hat mir meine Mutter von einem Parfüm erzählt, das eine Urahnin unserer Familie für die Braut eines sehr mächtigen Mannes gemischt hatte. Es war außergewöhnlich, so voller Ausdruckskraft, dass es jeder haben wollte.«

»Und was ist passiert?«

»Sie kehrte reich und berühmt nach Florenz zurück. Aber glücklich war sie nicht. Denn ihr Geliebter blieb in Frankreich zurück.«

»Und wie ging es weiter?«

»Die Rossini-Frauen haben über Generationen hinweg nach diesem Duft gesucht, aber vergebens.«

»Du auch?«

Susanna schüttelte den Kopf. »Nein, ich habe nie an diese Geschichte geglaubt. Sie war nach Hause zurückgekehrt, reich, aber mit gebrochenem Herzen, sie schien um diesen Mann zu trauern, der sich für eine andere entschieden hatte. Dem Vernehmen nach soll sie danach nie wieder gelächelt haben. Aber für mich hat das keine Bedeutung. Glück hängt nicht von anderen ab.«

»Nicht? Von was denn?«

Er strich ihr zärtlich über das Gesicht und bedeckte es mit Küssen.

Am liebsten hätte sie geantwortet, dass er es sei, der sie glücklich mache, aber das tat sie nicht. »Frei sein, das ist für mich Glück, jederzeit und überall.«

Sie verbrachten wunderbare Tage in Bayt Zahri. Die Ernte der Rosenblütenblätter begann im Morgengrauen. Die randvoll gefüllten Körbe wurden gewogen und dann in riesige Destillierkolben geschüttet, ganz ähnlich wie sie es in Indien gesehen hatte. Aber in Victors Labor herrschten Ordnung und Sauberkeit, er arbeitete Hand in Hand mit seinen Arbeitern. Susanna war beeindruckt.

Nach der Ernte waren sie nach Ta'if zurückgefahren. Bayt Zahri war für einen längeren Aufenthalt nicht der geeignete Ort.

Susanna hatte sich dennoch trotz aller Entbehrungen dort wohlgefühlt. Was würde sie in der Enge der Stadt erwarten? Besser nicht daran denken. Sie wusste, dass ihr die Aussichten auf Dauer nicht gefallen würden.

»Du wirst sehen, alles wird gut«, versuchte Victor, sie aufzumuntern, »du musst dich nur daran gewöhnen.«

»Sicher.« Mehr erwiderte sie nicht.

Sara empfing sie mit der üblichen Reserviertheit, aber Susanna war das egal. Ihr vornehmliches Interesse galt der attraktiven jungen Frau, die Victor bei ihrer Ankunft herzlich umarmt hatte.

»Wann bist du angekommen, Noor, mein Engel?«, fragte Victor.

»Gestern, man hat mir gesagt, dass du auf der Plantage bist, ich hätte dich gern dort überrascht. Aber du weißt ja, wie mein Vater ist. Er bestand darauf, hier zu warten.«

Seine Schwester konnte sie nicht sein, dachte Susanna und musterte sie kritisch. Und sie wartete. Wartete darauf, dass Victor sie vorstellte. Was er schließlich auch tat.

»Noor, das ist Susanna, eine liebe Freundin.«

Die Frau lächelte und sagte: »Ciao, ich freue mich, dich kennenzulernen.«

In den nächsten Tagen verbrachte Susanna mehr Zeit mit Noor als mit Victor. Sie fühlte sich in der Gesellschaft dieser heiteren jungen Frau mit den großen schwarzen Augen wohl. Sie führte sie in eine Welt ein, zu der nur Frauen Zutritt hatten. Luxuriös eingerichtete Räume, in denen Noor sich mit ihren reichen Freundinnen traf. Susanna wurde herzlich willkommen geheißen. Wenn der Niqab abgenommen war und die Frauen in das Wohlfühlambiente eingetaucht waren, herrschte Solidarität. Frauen unter sich, die miteinander lachten und ihre Träume und Sorgen teilen.

Schon bald gewöhnte sich Susanna an die Welt der Frauen. Sie bildeten eine eingeschworene Gemeinschaft und empfanden sich als Schwestern. Am liebsten mochte sie Jasmine. Die junge Frau stammte eigentlich aus Marokko und war bei der Familie ihrer Mutter zu Besuch.

Susanna und Jasmine verbrachten viel Zeit miteinander.

»Wann werdet ihr heiraten?«, fragte Jasmine.

Noor zuckte mit den Schultern. »Ich denke, wenn ich das Studium abgeschlossen habe.«

»Ich hoffe, er ist nett und sieht gut aus.«

»Der beste Mann der Welt! Mein Vater hat eine gute Wahl getroffen, ich bin glücklich.«

»Wer ist es?«, fragte eine der anderen Frauen.

Noor schaute zu Susanna, die etwas abwesend wirkte und nur mit halbem Ohr zugehört hatte. Die Hochzeiten wurden hier noch nach uraltem Brauch arrangiert, der Vater bestimmte den Bräutigam, für Susanna unvorstellbar und abstoßend, während ihre neuen Freundinnen das ganz normal fanden und sich dem Schicksal fügten.

»Victor Arslan, der Adoptivsohn meines Vaters«, antwortete Noor und ließ Susanna nicht aus den Augen, »wir sind uns seit Kindertagen versprochen.«

Susanna rutschte das Buch aus der Hand.

»Er hat kein Wort gesagt, ich wusste es nicht, das schwöre ich dir«, stammelte sie. Das musste ein Irrtum sein.

Susanna wäre am liebsten im Erdboden versunken, während Noor lächelte.

»Am Anfang war ich eifersüchtig, das kann ich nicht leugnen, aber du gefällst mir, Shana. Wir werden uns gut verstehen. Die Frauen meines Vaters hassen sich untereinander, aber wir werden wie Schwestern sein.«

Susanna hatte das Gefühl, ersticken zu müssen, sprang auf und stürmte aus dem Zimmer. »Entschuldigt mich, mir geht es nicht gut.«

Sie schaffte es gerade noch in ihr Zimmer, bevor sie ohnmächtig niedersank.

Als sie die Augen wieder öffnete, kniete Jasmine neben ihr und tupfte mit einem feuchten Tuch ihre Stirn ab. Susanna versuchte, sich aufzurichten, schaffte es aber nicht.

»Ganz ruhig, es muss die Hitze sein, an die du nicht gewöhnt bist. Trink einen Schluck.«

Susanna packte sie am Arm. »Hast du es gewusst?«

Jasmine lächelte. »Wir haben es fast alle gewusst, das ist normal hier. Die Reichen bleiben untereinander. Da gewöhnst du dich schon dran. Zwischen Victor und dir wird das nichts ändern. Dass er eine andere Frau heiratet, ändert nichts daran, dass er dich liebt. Glaube mir.«

Nein, daran würde sie sich niemals gewöhnen.

»Ich muss hier weg«, flüsterte sie. Sie war aufgeschlossen und konnte vieles verstehen, aber das war zu viel. Sie würde es nicht ertragen, ihn mit Noor zu sehen. Etwas in ihr zerbrach.

Jasmine griff nach ihrer Hand. »Triff keine übereilte Entscheidung. Victor liebt dich, das wissen alle.«

»Aber er wird Noor heiraten.«

»Aber das wird zwischen euch nichts ändern.«

»Für mich schon.«

»Was habe ich nur getan?«, fragte sich Susanna. Wie hatte sie sich hinreißen lassen können, sich einer Liebe hinzugeben, die es nur in ihrem Kopf gab?

Als Victor sie an diesem Abend abholte und sie anlächelte, fiel es ihr wie Schuppen von den Augen: Er hatte ihr etwas vorgemacht, seine Welt bestand aus schönen Worten und Sternenhimmel. Und Lächeln.

»Ich habe gehört, dass du bald heiraten wirst.«

Er riss überrascht die Augen auf und errötete.

»Immerhin scheinst du ein schlechtes Gewissen zu haben.«

»Es ist nicht, wie du denkst. Diese Dinge werden in der Familie entschieden, das hat nichts zu bedeuten, Habibti.«

»Nenn mich nicht so. Nie wieder.«

»Lass es mich erklären. Noors Vater Karim al-Fayed hat mich adoptiert und zu dem gemacht, der ich heute bin. Ich verdanke ihm alles. Als diese Ehe beschlossen wurde, waren wir noch Kinder, es war eine Ehre für mich. So funktioniert das hier. Aber ich kann mit ihm sprechen und die Situation erklären. Es wird nicht leicht werden, aber wir finden sicher eine Lösung.«

Wovon sprach er?

»Du hast recht. Ich verstehe das nicht, und ich will es auch nicht verstehen.«

»Du bist wütend und kannst nicht klar danken, das verstehe ich. Denk noch mal über alles nach und lass uns morgen darüber sprechen. Wir werden eine Lösung finden, das verspreche ich dir. Du bist mein Ein und Alles, dir gehören mein Herz und meine Seele. Zwischen uns ändert das gar nichts. Nur das ist wichtig, Susanna, alle anderen Probleme lassen sich lösen.«

Nein, sie würde nicht mehr darüber nachdenken, die Wunde war zu tief. All das, was ihr gestern noch erstrebenswert und faszinierend vorgekommen war, hatte jede Attraktivität verloren. Jetzt wollte sie nur noch weg und alles vergessen.

Ab diesem Zeitpunkt ging sie Victor aus dem Weg, sie wollte ihn nicht sehen, nicht mehr mit ihm sprechen. Als er nach Bayt Zahri fuhr, handelte Susanna und nutzte die Gelegenheit zur Flucht.

Jasmine brachte sie mit dem Auto zum Flughafen Jeddah. Auf dem Weg mussten sie mehrere Male anhalten, weil Susanna sich übergeben musste.

Noor und ihre Freundinnen hatten ihr das Ticket bezahlt. Als sie auf ihrem Platz im Flugzeug saß, atmete Susanna tief durch und schwor sich, sich nie wieder zu verlieben.

Sie würde sich von Träumern, Idealisten und Poeten fernhalten.

Sie hatte sich in Victor getäuscht, sich von seinen

Komplimenten blenden lassen. Sie war bitter enttäuscht, von Victor und von sich selbst.

Die Liebe ihres Lebens war wie eine Seifenblase zerplatzt. Nie wieder würde sie auf die Leidenschaft setzen und sich ab jetzt nur noch von der Vernunft leiten lassen.

Wenn jemals wieder ein Mann für sie in Frage käme, müsste er ehrlich und verlässlich sein. Als Partner und als Vater für das Kind, das sie unter dem Herzen trug.

Aber jetzt sehnte sie sich nach ihrem Zuhause, nach dem Palazzo Rossini, um wieder Kraft zu schöpfen. Alles andere hatte Zeit.

Sie strich über ihren Bauch und dachte an das Kind.

Nichts war jetzt wichtiger als dieses kleine Wesen, das in ihr heranwuchs.

24.

Veilchen. Unauffällig, bescheiden und reserviert, scheut Konflikte. Überkritisch mit sich selbst, anderen gegenüber tolerant. Hochsensibel, vergisst nichts, kann aber verzeihen.

Im Morgengrauen lag feuchter Nebel über Ta'if. Aber die Luft war mit Rosenduft erfüllt. Elena war glücklich, endlich ihren Vater gefunden zu haben.

Victor Arslan war ein außergewöhnlicher Mann, faszinierend und von schillernder Persönlichkeit.

Als er sie vor einigen Tagen gebeten hatte, bis zur Rosenernte zu bleiben, hatte sie angenommen, beim Pflücken der Blütenblätter mitzuhelfen.

»Aber nein, das machen die Bauern. Du bist eine Frau. Und meine Tochter«, hatte Victor Arslan entsetzt geantwortet, als sie danach gefragt hatte.

Damit war die Sache geklärt. Elena stand am Rand der Felder, in einen warmen Schal gehüllt, neben sich die rätselhafte Sara, die ihr jedes Mal folgte, wenn sie das Haus verließ.

Sie hatte eine sich gerade öffnende Rose berührt, ein fast sinnliches Erlebnis: Die hauchzarten Blütenblätter und der lange an den Fingern haftende fast hypnotische Duft.

Sie fühlte sich wie in einer anderen Welt, in einer Welt der Düfte und Aromen.

Die Sonne stand schon hoch am Himmel, als die letzten Blüten gepflückt waren, die Ernte war beendet. Victor bedankte sich bei den Helfern, die wieder in ihre Heimatdörfer zurückkehrten.

Auch für Elena war dies der letzte Tag in Ta'if, morgen würde sie nach Paris fliegen.

Ihr Vater hatte die Fahrt zum Flugplatz organisiert. Aber warum wich Sara ihr nicht von der Seite? Würde sie sie etwa begleiten? »Das ist wirklich nicht nötig, ich bin eine erwachsene Frau und kann auf mich selbst aufpassen.«

»Daran zweifle ich nicht. Aber wir sind hier nicht in Paris oder Florenz. Und du bist eine Arslan, daran solltest du dich gewöhnen. Du hast viel Gepäck und brauchst Hilfe. Ich würde mich selbst darum kümmern, aber direkt nach der Ernte kann ich hier nicht weg.«

»Viel Gepäck?«, fragte Elena erstaunt, sie hatte nur einen Trolley dabei.

»Ja, die Geschenke für Beatrice und Caillen.«

»Das heißt, das alles hier?« Sie deutete auf die Koffer, die in der Halle standen.

»Ja, das ist dein Gepäck.«

Normalerweise hätte Elena darüber gelacht, aber hier war alles anders. Was sie bei ihrem Vater in Ta'if erlebt hatte, war eine andere Realität, märchenhaft schön und alptraumhaft erdrückend zugleich.

»Und wo sollen wir all diese Geschenke unterbringen, Papa? Unsere Wohnung ist winzig klein.«

»Dann werde ich dir eine größere kaufen, wo alles Platz finden wird. Auch die Dinge, die ich dir in den vergangenen Jahren nicht schenken konnte.«

Elena ging auf ihn zu und umarmte ihn, bevor er weitersprechen konnte. »Bis bald, Papa. Pass auf dich auf.«

»Du wirst wiederkommen, oder?«

»Ja, ich werde meine Tochter und den Mann mitbringen, den ich liebe. Er wird dir gefallen, ihr habt so vieles gemeinsam.«

»Ich kann es kaum erwarten, aber ich verstehe nicht, warum er dich nicht geheiratet hat.«

»Warum sollte er?«

»Weil sich das so gehört. Die Ehe ist ein hohes Gut, ein heiliges Versprechen vor der Welt.«

»Wir haben das, was für uns wichtig ist, alles andere ist egal.«

Victors Gesicht verdunkelte sich, aber er schwieg und drückte sie fest an sich.

Sie hielten sich lange in den Armen, dann ließ er sie los.

Auf der Fahrt zum Flughafen dachte sie über die gemeinsame Zeit in Ta'if nach. Sie konnte es sich nicht erklären, aber dieser Mann, den sie erst seit kurzem kannte, hatte schon jetzt einen festen Platz in ihrem Herzen. Und in ihrer Seele.

Sie rief zu Hause an, sprach erst mit Bea und dann mit Cail. Sie war voller Ungeduld, konnte es kaum erwarten, die beiden wieder in die Arme zu schließen.

Beim Abflug war es bereits tiefe Nacht. Während die anderen Passagiere schliefen, zog Elena das goldüberzogene Parfümfläschchen aus ihrer Tasche. Am nächsten Morgen würde sie Susanna anrufen.

Im schwachen Licht der Notlampe glänzte der kostbare Flakon, er funkelte wie ein Juwel.

Als Susanna ihn ihr überreicht hatte, war sie sprachlos gewesen. Es war das erste Geschenk ihres Vaters an ihre Mutter, damals in Kannauj.

»Dieser Duft symbolisiert unsere gemeinsame Zeit, den Beginn unseres gemeinsamen Lebens«, hatte er gesagt.

Und er symbolisierte auch die Frucht ihrer Liebe, Elena, die damals schon unterwegs war.

»Die sieben Tage sind vorbei«, flüsterte Elena und schraubte vorsichtig den Verschluss auf. Dann gab sie einen Tropfen auf ihre Fingerspitze und verrieb ihn auf dem Puls, wo die Körperwärme die Aromen entfalten würde.

Und schnupperte.

Sie schloss die Augen und wartete. Es gab nur noch sie und das Parfüm. Ihre Phantasiereise begann: Es war Mittagszeit, die Sonne brannte, der Jasmin blühte und verbreitete seinen intensiven Duft, ein Springbrunnen plätscherte. Dann erschienen Geranien, Rosen und Sandelholz. Es wurde dunkel, Lichter und Versprechen leuchteten auf. Im Hintergrund war ein Mann zu sehen, eine Frau entfernte sich von ihm. Das Parfüm war von überreicher Fülle, voller Leidenschaft, Liebe, Verzweiflung. Und Vergebung.

Elena seufzte tief, ihre Gabe war zurückgekehrt. Das Parfüm sprach wieder mit ihr. Sicher hatte auch das lange Gespräch mit ihrem Vater dazu beigetragen. Jetzt kannte sie den Weg, sie musste ihn nur noch gehen.

Und dann sank sie in den lang ersehnten Schlaf.

25.

Neroli. Tatkräftig, gefühlsbetont und einladend. Arbeitet selbstlos und verzichtet auf persönliche Vorteile zu Gunsten des Gemeinwohls.

»Jasmine, danke, dass du zurückgerufen hast.«

»Schneller ging es leider nicht. Ist alles in Ordnung, Susanna?«

Susanna schaute in den sternenlosen nachtschwarzen Himmel.

»Danke«, hauchte sie.

»Wofür?«

»Dafür, dass du danach fragst. Ja, es geht mir gut. Ich möchte mit dir über Elena sprechen.«

»Was ist passiert?«

Susanna brauchte eine Freundin, der sie sich anvertrauen, eine Schulter, an die sie sich anlehnen konnte. Dafür war Jasmine die richtige Ansprechpartnerin.

»Elena ist bei Victor.«

»Und warum bist du nicht auch dort?«

Sie ließ die Frage auf sich wirken, bevor sie antwortete: »Es geht einzig und allein um sie, ich würde da nur stören.«

»Erwartest du, dass ich dir zustimme? Das kann ich nicht. Was steckt wirklich dahinter?«

»Ich kann ihm nicht gegenübertreten. Ich kann es nicht.«

»Natürlich kannst du, du kannst alles, wenn du es willst. Und das weißt du auch.«

War es wirklich so? Sie dachte an die Veröffentlichung in *Scent*.

Elena hatte Absolue gegründet, als Parfümeurin war sie etwas ganz Besonderes. Victor war fasziniert gewesen, hatte sie treffen und wissen wollen, ob sie seine Tochter war.

Sie hatte das Gefühl, dass der Kreis sich schloss. Dieser Artikel und das Foto hatten Elena zu ihrem Vater geführt. Und er war am Ziel seiner Träume: Er hatte ein Kind, eine Tochter.

Und sie war allein.

Sie hatte gewusst, dass es irgendwann passieren würde, auch wenn sie so lange versucht hatte, es zu verhindern.

Sie hatte ihn belogen, aber sich selbst konnte sie nicht belügen. Sie hatte etwas Schreckliches, etwas Unverzeihliches getan. Die gemeinsame Reise in die Vergangenheit war der erste Schritt auf dem langem Weg der Wiedergutmachung. Ein Kind brauchte eine Mutter und einen Vater. Ein Kind hatte Fragen, auf die es Antworten verlangte. Von der Mutter und dem Vater.

»Danke, dass du mir zuhörst, dass du für mich da bist.«

»Dafür sind Freundinnen da.«

Susanna seufzte. Es gab noch etwas, was sie Jasmine fragen wollte. »Wusstest du, dass Victor und Noor geschieden sind?«

»Ja, seit einigen Jahren. Sie hat ein neues Leben begonnen, entwirft Stoffe, und das sehr erfolgreich. Sie lebt mit ihrem zweiten Mann in New York.«

»Ich freue mich für sie.«

»Das ehrt dich. Pass auf dich auf, Shana.«

Susanna lächelte traurig und legte auf. Noor hatte jedes Recht, glücklich zu sein. Es war kühl geworden, sie zitterte, und sie hatte Hunger. Ich muss mir etwas zu essen machen, dachte sie, als das Handy klingelte. Wahrscheinlich Elena.

»Ja?«

»Susanna.«

Diese Stimme... Sie sank auf einen Stuhl.

»Victor.«

»Ich muss dich etwas fragen und bitte dich, mir aufrichtig zu antworten. Warum hast du all diese Jahre den Parfümflakon aufgehoben, den ich dir geschenkt habe?«

Susanna musste schlucken.

»Weil ich eine dumme sentimentale Frau bin?«

»Du bist nicht dumm, Habibti. Das warst du nie.«

Statt etwas darauf zu erwidern, fragte sie: »Elena?«

Er seufzte. »Sie ist gerade abgereist.«

»Wie geht es ihr?«

»Gut. Sie hat mir erzählt, dass ihr in Kannauj wart und gemeinsam ein Parfüm kreiert habt. Dass ich dabei auch eine Rolle spielte, hat mich sehr glücklich gemacht, danke.«

Susanna schloss die Augen. »Hör auf, dich zu bedanken. Sag nichts mehr, ich lege jetzt auf.«

Sie hatte genug gehört. Ihre Tochter sollte glücklich sein, nur das war wichtig. Es war alles so schwierig, so schmerzhaft. Jetzt, da Elena die Wahrheit wusste, hing alles von ihr ab.

Würde sie ihr vergeben?

Würde sie für Bea die richtige Entscheidung treffen?

Nach einer schlaflosen Nacht voller quälender Gedanken traf sie eine Entscheidung. Sie musste die Sache mit Victor ein für alle Mal klären, die Ungewissheit war unerträglich.

»Das tue ich nur für dich, Elena«, flüsterte sie. Aber das war nicht die Wahrheit. »Das tue ich auch für mich.«

Das klang schon besser.

Während der Fahrt durch die Berge lebte die Vergangenheit wieder auf. Dass sie noch mal hierherkommen würde, kam ihr selbst unglaublich vor, denn sie hatte sich geschworen, nie wieder einen Fuß nach Ta'if zu setzen.

Aber jetzt war sie da. Das Leben steckte voller Überraschungen.

Niemand hatte sie gedrängt, sie tat es aus freien Stücken, zum Wohle ihrer Tochter. Dafür war kein Preis zu hoch.

Der Wind fegte zwischen die Felsen, zauste das Gestrüpp und trieb Staub vor sich her. Sie kannte diese Landschaft und ihre vielen Gesichter. Die Erinnerungen kehrten zurück, die Sehnsucht, die Wut und die Verzweiflung. Sie hatte diesen Ort geliebt, trotz allem, das ihr widerfahren war. Sie hatte Victor aus ganzem Herzen und ganzer Seele geliebt. Und sie hatten eine gemeinsame Tochter. Elena, der Mensch, den sie am meisten liebte. Elenas Nachricht kam ihr in den Sinn. »Danke, Mama.«

In diesen zwei Worten zeigten sich die herausragenden Eigenschaften der Persönlichkeit ihrer Tochter: großzügig und feinfühlig. Das Leben würde sie noch oft enttäuschen.

Aber gerade ihre Sensibilität war Elenas größte Stärke. Sie konnte selbstlos lieben, und sie konnte vergeben. Sie sah stets das Beste in den Menschen, selbst in ihr. Ein Charakterzug, den Susanna an ihrer Tochter sehr bewunderte.

Und deshalb war sie hier, sie musste diese Geschichte zu Ende bringen. Sie durfte ihre Tochter nicht noch einmal enttäuschen.

»Wir sind fast da, Madam«, sagte der Fahrer.

»Danke.«

Die Landschaft hatte sich erneut verändert, trotzdem blieb sie ihr vertraut. Obwohl sie sich dagegen wehrte, kamen fast heimatliche Gefühle in ihr auf: diese zauberhaften Gärten, dieses unvergleichliche Blau des Himmels.

Aber sie durfte sich davon nicht gefangen nehmen lassen, noch ein paar Stunden, und alles würde vorbei sein.

Noch dieser letzte Schritt, dann würde sie nach Florenz zurückkehren können – die Dämonen der Vergangenheit wären gebannt.

Trotz aller Bemühungen hatte sie sich nie ganz von Victor lösen können, zu vieles war zwischen ihnen ungesagt geblieben. Aber jetzt, da Elena die Wahrheit wusste, konnte sie dieses Kapitel endgültig schließen.

Und von einer schweren Last befreit ihr Leben weiterleben.

»Können Sie mich heute Nachmittag wieder zum Flughafen fahren?«

»Selbstverständlich.«

»Danke.«

Ihr Gepäck war sicher in der Hotelsuite verwahrt. Sie hatte sich zwar nicht dazu überwinden können, Elena zu begleiten, aber sie war vor Ort geblieben, um über sie zu wachen. Wenn etwas schiefgegangen wäre, hätte sie eingreifen können.

Aber das war nicht nötig gewesen.

Das Eingangstor stand weit offen, eine Geste des Vertrauens, etwas, das Victor auszeichnete.

Als sich der Wagen die Auffahrt hochbewegte und die Villa in Sichtweite geriet, blieb Susanna fast das Herz stehen. Das den Hang überragende Gebäude war modernisiert worden, ohne seinen altehrwürdigen Charme zu verlieren. Von den großzügigen Terrassen konnte man an klaren Tagen bis in die ferne Wüste blicken. Als der Wagen anhielt, sah sie ihn. Victor stand am Portal.

Sie wartete nicht, bis der Fahrer ihr die Tür öffnete, sondern stieg aus und ging zielstrebig auf ihn zu. Der Kreis schloss sich, nach dreißig Jahren, einst war sie gegangen, und jetzt war sie zurückgekehrt.

»Willkommen, Susanna. Ich habe mich schon gefragt, wie lange es dauern würde, bis du wiederkommst.«

»Du hast es immer gewusst, oder?«

Die Antwort war ein Lächeln.

»Komm, gehen wir ein Stück«, schlug er vor.

Sie folgte ihm, die frische Luft tat ihr gut, beim Gehen würde es leichterfallen, ihm zu sagen, was zu sagen war.

»Ich weiß nicht, wo ich anfangen soll, Victor. Es tut mir leid. Mir ist klar, dass ich selbst mit vielen Worten das Geschehene nicht wiedergutmachen kann. Aber besser spät darüber sprechen als nie. Als ich das mit Noor erfuhr, war ich außer mir und bin geflüchtet. Und dann war es zu spät. Du hast geheiratet, und ich habe mein eigenes Leben gelebt, selbstbestimmt, wie ich es mir vorgenommen hatte.«

Nach langem Zögern erwiderte er: »Die Vergangenheit hat uns zu dem gemacht, was wir sind. Schauen wir nach vorn. Denken wir an die Zukunft. An Elena, an Beatrice.«

Susanna nickte. »Ich wünsche dir das Allerbeste, Victor.«

»Bleib bei mir, Habibti.«

Susanna schloss die Augen. Sie war frei. Endlich. Aber was bedeutet das – *frei* zu sein?

Victor hielt ihr die Hand hin, sie griff danach.

Im Profil fielen die Fältchen in den Augenwinkeln und rund um seinen Mund stärker auf. Susanna lächelte, legte ihm die andere Hand auf die Wange, näherte sich seinem Gesicht und sog seinen Duft ein.

Victor küsste sie sanft.

»Bleib bei mir, meine Liebe«, flüsterte er.

Susanna wurde von einer Welle intensiver Gefühle überrollt. Sie gab sich ihnen hin, wollte sie mit jeder Faser ihres Herzens spüren und ergründen.

Dann passierte es. Was sie lange tief in sich verborgen hatte, bahnte sich seinen Weg und brach mit Macht aus ihr heraus.

Sie küsste ihn innig und streichelte voller Zärtlichkeit über sein Gesicht.

»Ich werde heute Abend fliegen.«

Victor wirkte wie zu Stein erstarrt.

»Es gibt noch so viel zu sehen und so viel zu tun. Adieu, Victor, pass auf dich auf.«

Sie drehte sich um und ging zurück zum Wagen.

»Fahren wir, Madam?«

»Ja, wir fahren.«

Es war unendlich schwer, ihn noch einmal zu verlassen. Aber sie musste so handeln, ihr blieb keine Wahl, damals nicht und nicht jetzt. Und sie hatte nicht gezögert, die Vergangenheit war abgeschlossen, jetzt. Das Leben ging weiter, in eine einzige Richtung.

»Nach vorn«, sagte sie sich, »ich schaue nur nach vorn.«

Und die Perspektive war gar nicht so schlecht. Es brauchte sicher noch Zeit und Geduld, um ihre Beziehung mit ihrer Tochter zu festigen, aber sie waren auf einem guten Weg. Natürlich waren nicht alle Wunden verheilt, sie musste sich Elenas Vertrauen verdienen, und dazu war sie bereit.

Und Victor? Ihn würde sie immer lieben. Aber die Liebe war eine Sache, das Leben eine andere. Wenn beides zusammenkam, wurde die Liebe zu einer Quelle des Glücks. Aber es passte eben nicht immer.

Sie hatte ihre Chance nicht genutzt, immerhin blieb die Erinnerung. Aber ob ihr das reichen würde? Sie wusste die Antwort, aber sie konnte nicht anders.

Es wäre so einfach gewesen, ihren Gefühlen nachzugeben und bei ihm zu bleiben, ein erfüllter Traum. Aber sie war zu realistisch, um noch an Träume zu glauben, zu oft waren sie wie Seifenblasen zerplatzt.

»Bitte schnallen Sie sich an, das Boarding ist beendet, wir starten gleich«, sagte die Stewardess.

»Natürlich.«

Sie schaltete das Handy aus und schaute nach draußen, dann schloss sie die Augen. Plötzlich überkam sie das Bedürfnis zu weinen. Wie sehr hatte sie sich ein anderes Ende gewünscht! Aber auf Kompromisse würde sie sich nicht mehr einlassen. Es gab nur diesen Weg.

Sie würde ihr Leben neu beginnen.

Mit neuen Zielen, gemeinsam mit ihrer Tochter und ihrer Enkelin. Und wer weiß, vielleicht würde sie Victor irgendwann wiedertreffen. Irgendwann und irgendwo.

Sie blickte hoch. Und traute ihren Augen nicht.

»Das kann nicht sein«, stammelte sie.

Victor kam ihr durch den Gang entgegen.

Sie umklammerte die Lehnen ihres Sitzes. Was hatte das zu bedeuten?

»Ich hatte schon befürchtet, ich schaffe es nicht mehr«, keuchte er völlig außer Atem.

»Was machst du hier?«, fragte sie.

»Ich habe nachgedacht: Man kann die Zeit nicht zurückdrehen, das Leben geht seinen Weg. Du hast recht.«

Das Flugzeug setzte sich in Bewegung.

»Victor, um mir das zu sagen, bist du hier? Das ist doch verrückt!«

»Natürlich, aber ich habe dir das schon einmal gesagt. Alles stehen und liegen zu lassen, nur um einen Traum zu leben, ist in der Tat verrückt.«

Er ließ sie nicht aus den Augen.

»Ich will diesen Kuss zurück, den du mir gegeben hast, Habibti. Was passiert ist, interessiert mich nicht mehr. Ich will nicht auf dich verzichten.«

Susanna konnte es immer noch nicht glauben. »Aber ich werde die bleiben, die ich bin.«

»Genau so will ich dich.«

»Ich will reisen.«

Victor zuckte mit den Schultern. »Kein Problem. Ich habe schon lange keinen Urlaub mehr gehabt. Ich habe viel Zeit, so viel wie nötig ist.«

»Nötig wofür?«

»Um dich in mein Leben zurückzuholen.«

Er hielt ihr die Hand hin.

Konnte sie das akzeptieren? Sie hatte sich schon einmal darauf eingelassen, und das Ergebnis war eine Katastrophe gewesen. Nein, es so zu formulieren entsprach nicht den Tatsachen, ganz und gar nicht. Elena war keine Katastrophe, sie war ein Wunder. Sie war jede Träne, jedes erlittene Leid wert.

Und seitdem hatten sich viele Dinge geändert. Sie hatte sich verändert.

So sehr, dass sie es mit diesem Mann noch einmal versuchen könnte?

»Du denkst zu viel, Habibti, wir haben so viel Zeit vergeudet.«

Nach kurzem Zögern nahm sie seine Hand.

»Es wird nicht einfach.«

»Das ist das Leben nie. Probleme muss man lösen, wenn sie sich stellen. Ich bin zuversichtlich und habe Vertrauen.«

»Ist das so? Und was schenkt dir diese Zuversicht, dieses Vertrauen?«

»Der Kuss. Ich will ihn wieder und wieder. Diese Quelle des Glücks darf nicht versiegen.«

Er lächelte, und dieses Lächeln konnte Susanna bis in ihr Herz spüren.

Sie zögerte kurz und erwiderte es dann.

26.

Frangipani. Treu, loyal und feinfühlig. Eher introvertiert und zurückhaltend, neigt zur Melancholie. Wenn sie jemanden ins Herz geschlossen hat, ist sie eine verlässliche Freundin.

Elena schaute unruhig auf die Schiebetüren. Ihre Reise war lang gewesen, sie hatte in Jeddah umsteigen und auf ihren Anschlussflug nach Paris warten müssen. Die Zeit wollte einfach nicht vergehen. Sie hatte mehrmals versucht, ihre Mutter anzurufen, aber das Handy war ausgeschaltet, war unruhig auf und ab gegangen. Sie musste Geduld haben, dieses für sie so wichtige Gespräch würde sie erst später führen können.

Sie sehnte sich danach, Cail und Bea wiederzusehen, so sehr, dass sie vor Aufregung fast ihr Gepäck vergessen hätte. Im letzten Moment fiel es ihr wieder ein, sie holte es vom Gepäckband, stapelte es auf einen Gepäckwagen und schob es vor sich her.

Cail würde der Schlag treffen.

Sie war erschöpft, aber überglücklich.

Dann machte sie die beiden in einer großen Schar Wartender aus, ließ den Gepäckwagen stehen und rannte auf sie zu. Cail hielt Bea an der Hand, sie standen da wie Vater und Tochter. Sie waren Vater und Tochter.

Dass Cail nicht ihr biologischer Vater war, spielte keine Rolle, er liebte sie, und die Liebe überstrahlte alles. Nur sie zählte.

»Hier bin ich«, rief Elena und winkte.

Sie wusste, dass sie es mit den beiden an ihrer Seite mit allem aufnehmen konnte. Sie hatte keine Angst mehr. Die gemeinsame Reise mit ihrer Mutter hatte ihr gezeigt, wie reich das Leben sein konnte, wunderbar und voller Überraschungen. Alles, was passierte, hatte eine Bedeutung, es war wichtig, jeden Moment zu genießen.

»Mama, Mama!«

Elena umarmte Bea, dann richtete sich auf und ließ sich in Cails Arme sinken. Sie küssten sich innig.

»Du hast mir gefehlt.«

»Ich weiß.«

Sie hielten sich fest in den Armen, dann nahm Elena Bea an die Hand, und sie gingen zum Auto. Nachdem sie alles verstaut und Bea angeschnallt hatten, küsste Cail sie erneut und sagte: »Du bist wunderschön.«

Sie erschauderte.

»Ich habe eine Überraschung für dich.« Cail würde nie daraufkommen, sie hatte es selbst gerade erst bemerkt.

»Ein Geschenk?«

»So könnte man es nennen«, antwortete sie geheimnisvoll.

Sie küsste ihn leidenschaftlich, und er flüsterte ihr etwas ins Ohr. Jetzt wusste sie genau, was sie wollte, für sich, für ihr gemeinsames Leben mit ihm und für Beatrice.

»Wenn dein Vater uns weiter mit Geschenken überhäuft, brauchen wir eine größere Wohnung«, scherzte Cail und trug die Koffer die Treppe hoch. Der für Bea war schon oben, sie hatte ihn bereits geöffnet und saß staunend vor den Spielsachen und den Büchern, die sie bekommen hatte.

»Du hast recht, Liebling, wir brauchen eine größere Wohnung.«

Cail sah sie fragend an. »Kommt noch mehr?«

Sie nickte. »Ja, aber lass uns später darüber sprechen. Ich habe einen Bärenhunger, was gibt's zum Abendessen?«

Es war unmöglich, all die wunderbaren Erlebnisse zu erzählen, die sie auf der Reise gehabt hatte, deshalb beschränkte sich Elena auf die beeindruckendsten. Die Kirschblüte und die Cha-no-you-Zeremonie, das traditionelle japanische Teeritual. Sie erzählte von Victor und wie wichtig es für sie war, die Liebe ihres Vaters zu spüren.

Cail hörte aufmerksam zu, fragte ab und zu nach, aber Elena spürte, dass etwas anders war. Es war seine Art, sie anzusehen, als sähe er sie zum ersten Mal. Der sehnsuchtsvolle Blick, seine fürsorglichen Gesten, seine Hingabe. Er warb um sie. Ein Gefühl, das sie erregte und gleichzeitig glücklich machte. Sie erinnerte sich an ihre Abreise und an den Schatten, der damals über ihrer Beziehung gelegen hatte. Aber den gab es jetzt nicht mehr.

»Ich stelle das Teleskop auf, beeil dich.«

»Ich brauche nicht lange.«

Sie blickte ihm nach und nahm etwas ganz Neues an sich wahr. Sie war dieselbe und doch anders. Mutiger, selbstsicherer, selbstbewusster. Und klarer.

Sie wollte ihn. Mit ihm zusammen sein.

Auf ihre Weise.

Nicht als Zuschauerin, sondern als aktiv Beteiligte: in ihrem zukünftigen Leben, in ihrer Beziehung, in ihrem neuen Projekt.

»Mama, kommst du auch Sterne gucken?«

»Ja, mein Schatz.«

Sie wischte sich die Hände ab und griff nach ihrer Jacke. Als sie nach draußen auf die Terrasse ging, dachte sie an Ta'if, an die zauberhafte Atmosphäre. Sie konnte es kaum erwarten, dorthin zurückzukehren, mit Cail und Beatrice natürlich. Bis es so weit war, musste allerdings noch einiges geklärt werden.

»Macht mir ein bisschen Platz.«

Sie streichelte ihrer Tochter über den Kopf und setzte sich neben sie, während Cail das Teleskop einstellte.

Dann beobachteten sie das glitzernde Himmelszelt. Nach einer Weile brachte sie Bea ins Bett, danach kam sie auf die Terrasse zurück.

»Komm her, Elena.«

Sie ging langsam auf ihn zu, ohne Zögern, ohne Scheu, sie wusste, was sie wollte.

»Wann hast du mir das erste Mal die Sterne gezeigt?«

»Das ist lange her.«

In der letzten Zeit waren sie beide mit anderen Dingen beschäftigt, das Teleskop war eingestaubt. Keine Sterne, keine gemeinsamen Nächte auf dem Dach.

Cail küsste ihren Nacken.

»Du wirkst verändert.«

»Zum Positiven oder zum Negativen?«

Er strich ihr übers Gesicht. »Das kann man nicht so leicht erklären. Du strahlst eine neue Klarheit aus, das Licht hüllt dich ganz ein.«

Ja, das konnte sie auch spüren. Es war das Selbstbewusstsein, die Sicherheit, die aus der inneren Ruhe kam. Sie hatte Entscheidungen getroffen und Verantwortung übernommen. Sie wusste, was sie wollte, und hatte keine Angst vor dem, was auf sie wartete. Sie würde ihren eigenen Weg gehen.

»Ich habe mich noch nie so lebendig gefühlt, so leicht und klar ausgerichtet. Cail, ich werde bei Absolue aussteigen und die Parfümerie Monique überlassen.«

»Warum?«

»Weil ich mich in der Geschäftsphilosophie nicht mehr wiederfinde.«

»Bist du sicher?«

»Ja, mit der neuen Absolue verwirklicht Monique ihren Traum, aber das ist nicht der meine. Und das ist auch völlig in Ordnung so. Ich möchte nach Florenz zurückkehren.«

»Und was möchtest du dort machen?«

Sie dachte an die Parfümwerkstatt ihrer Großmutter, an den auf die Wand gemalten Stammbaum, wo alle Rossini-Generationen dokumentiert sind, und an ihre Lebensaufgabe.

»Ich möchte ein Atelier eröffnen. Kein Labor im herkömmlichen Sinn, sondern etwas ganz Besonderes, eine Kreativwerkstatt der individuellen Düfte.«

Im Mittelpunkt sollte der Kunde stehen, seine Wünsche und seine Persönlichkeit, sie würde ihn bei der Suche nach dem optimalen Parfüm nur diskret als Begleiterin zur Seite stehen.

»Hast du das nicht schon immer gemacht?«

»Ja und nein. Ich habe Gefühle in Düfte verwandelt, so wie es meine Großmutter mir beigebracht hat, und versucht, für jeden Kunden das Perfekte Parfüm zu kreieren. Aber das Perfekte Parfüm gibt es nicht. Es gibt nur Essenzen, die bestimmten Persönlichkeiten entsprechen.«

»Das verstehe ich nicht, ich dachte, du hättest es gefunden.«

»Für mich, ja, meine eigene Version. Es verbindet meine Gefühle mit den Gerüchen meines Umfelds, mit dir, Bea, den unserer Wohnung. Aber mir geht es um etwas anderes.«

»Und zwar?«

»Um das Wesen, den Charakter und das Selbstverständnis. Jeder von uns muss in sich hineinblicken, verstehen, was er fühlt. Ich weiß jetzt, was das Essenzielle des Parfüms ist.«

Sie hatte es in den Texten und den Zeichnungen in

Selvaggias Notizbuch gefunden. Wie sie die einzelnen Pflanzenarten beschrieben hatte und wie man sich in ihnen wiederfinden konnte, was zusammenpasst und was nicht. Elena hatte es in dem Moment verstanden, als Kirin ihr das Konzept der Harmonie erklärt hatte, während der Cha-no-you-Zeremonie. Ihr Aufenthalt in Kannauj, diese bunte Vielfalt dort taten ein Übriges. Sie hatte es erst verstanden, als sie alle ihre Glaubenssätze losgelassen hatte. Und in Ta'if, als der Wind den Duft der Damaszenerrosen zu ihr geweht und ihr Vater sich ihr rückhaltlos geöffnet hatte.

»Ich will mit dir in dem Haus auf dem Hügel leben. Ich will deine Rose wachsen und blühen sehen, ich will an deiner Seite sein, Caillen McLean.«

Und sie wollte noch viel mehr.

Cail zog sie an sich und küsste sie, wie Elena es sich schon den ganzen Abend gewünscht hatte. Dann trug er sie ins Schlafzimmer und legte sie auf das Bett. Dort, wo sie sich geliebt, gestritten und wieder vertragen hatten.

Elena konnte nicht einschlafen und lauschte Cails Atemzügen. Als sie merkte, dass auch er wach war, begann sie zu sprechen.

»Ich muss dir etwas sagen.«

»Ja?«

Elena setzte sich auf.

»Das scheint eine ernste Sache zu sein.«

»Ist es auch.«

»Dann mache ich lieber das Licht an.«

»Ja, das wäre gut.«

»Meine ganze Aufmerksamkeit gehört dir.«

»Mal sehen, ob du danach auch noch zu Scherzen aufgelegt bist.«

»Wonach?«

Sie hätte es ihm erklären, schonend beibringen können. Aber sie entschied sich für die Flucht nach vorn, griff nach seiner Hand und legte sie auf ihren Bauch.

»Wir brauchen eine größere Wohnung, und das liegt nicht nur an den Geschenken. Wir müssen auch noch einiges neu anschaffen, eine Wiege, einen Hochstuhl, aber nicht...«

Weiter kam sie nicht. Cail nahm sie in den Arm und hielt sie so fest, als hinge sein Leben davon ab. Dann küsste er sie innig, Elena spürte, wie glücklich er war. Die Schwangerschaft, insgeheim herbeigesehnt, aber immer wieder aufgeschoben und im Vagen gelassen, war plötzlich Realität. Sie würden ein Kind bekommen, auch wenn sie eigentlich noch hatten warten wollen. Aber Kinder scherten sich nicht um die Pläne der Eltern. Und letztendlich war das auch egal.

Die kleine Wohnung im Marais war ein Spiegelbild von Cails Lebensstil, bescheiden, klar strukturiert, minimalistisch, auf das Wesentliche reduziert, nichts Überflüssiges.

Nach Beas Geburt war Elena hierher zurückgekehrt, mit dem Kind waren Farbe und Fröhlichkeit eingezogen. Zu Schwarz, Grau und Kobaltblau gesellten sich Grün,

Orange und Rosa. Neben Cails botanischen Fachbüchern hatten Kinderbücher ihren Platz gefunden, *Die kleine Meerjungfrau* und *Die Kinder- und Hausmärchen der Brüder Grimm* standen neben dem Rosenlexikon. Rapunzel hatte es Bea besonders angetan, jetzt war Dornröschen ihr neuer Favorit.

Elena hatte die Wohnung von Anfang an gefallen, ihr Geruch, ihre Atmosphäre, die große Terrasse.

Doch bald würden sie umziehen ... Eine neue Herausforderung erwartete sie.

Ein paarmal war sie mit Cail schon in Florenz gewesen, um alles zu organisieren, es würde nicht leicht werden und einige Zeit in Anspruch nehmen. Aber Adeline und Geneviève würden ihr bestimmt helfen. Noch ganz in Gedanken hörte sie es klingeln. John spitzte die Ohren und wedelte mit dem Schwanz.

»Ja?«, fragte sie durch die Gegensprechanlage.

»Ich bin's, Monique. Machst du auf?«

Sie hätte wissen müssen, dass Monique nach ihrem gestrigen Anruf sofort auf der Matte stehen würde.

»Komm hoch, ich warte auf der Terrasse.«

Sie hatte ihr noch nichts von ihrer Schwangerschaft erzählt, sondern nur, dass sie vorerst nicht in die Parfümerie zurückkommen werde. Sie würde Monique nicht im Stich lassen, aber ihre Wege würden sich trennen. Aurore hatte sich gut eingearbeitet, Absolue würde auch ohne sie laufen, daran hatte sie überhaupt keinen Zweifel.

Als Monique die Terrasse betrat, rannte John ihr entgegen, sie beugte sich hinunter, um ihn zu streicheln. Er war außer sich vor Freude und sprang an ihr hoch, aber das störte sie nicht.

»Du Süßer, *mon petit chéri*.«

»Na ja, wirklich klein ist er nicht, er ist fast größer als Bea...«

»Ach was, das kommt dir nur so vor, weil du Angst vor Hunden hast. Hat sich das eigentlich gelegt?«

»Nur bei ihm. Komm, John, ich gebe dir was zu fressen.«

Später saßen sie im Wohnzimmer und tranken Tee, Elena hielt Monique eine Schachtel Pralinen hin, die ihr Monsieur Lagose aus Wien mitgebracht hatte. »Greif zu.«

»Das wäre dann die vierte«, sagte Monique.

»Schokolade macht glücklich, das ist bewiesen.«

»Na gut, wenn du meinst, auf die eine kommt es jetzt auch nicht mehr an.«

»In der Tat.«

»Schluss mit dem Smalltalk, leg die Karten auf den Tisch. Ich will alles wissen, Elena. Erzähl mir von diesem Victor Arslan.« Sie lächelte.

»Der Herr der Rosen ist mein Vater, es ist kaum zu glauben.« Elena lachte. »Du hast mir gefehlt, Monique.«

»Ich weiß. Übrigens, du siehst gut aus. Die Bräune steht dir, deine Augen strahlen. Aber da steckt mehr dahinter, oder? Außer deinen Vater zu finden, meine ich.«

»Ta'if ist märchenhaft schön«, versuchte Elena abzulenken.

»Das glaube ich gern. Wie ist dein Vater so?«

Elenas Augen wurden feucht.

»Es ist unglaublich, wir haben uns vom ersten Augenblick an zueinander hingezogen gefühlt.«

»Er ist dein Vater, du bist seine Tochter, vergiss das nicht. Ach übrigens, wann kommst du zurück zu Absolue?«

»Gar nicht, Monique. Wir werden Paris verlassen und nach Florenz ziehen.«

Moniques Gesichtsausdruck verdüsterte sich. »Das ist sehr schade, aber ehrlich gesagt, ich habe es erwartet. Ich hatte gehofft, dass dir die Auszeit deine Dynamik und deine anfängliche Begeisterung zurückbringen würde. Du warst die Seele und der Motor von Absolue, und die Kunden kamen vor allem deinetwegen. Weil du authentisch geblieben bist. Erinnerst du dich noch an das alte Sofa?«

Natürlich erinnerte sie sich. Jedes Mal, wenn Monique nach Paris kam, wollte sie es ausrangieren, aber sie hatte sich ihrem Ansinnen beharrlich verweigert. Auf diesem Sofa hatten die Kunden gesessen und sich ihr anvertraut. Und sie hatte ihre Träume und Wünsche in Duft verwandelt. Das war ihre Parfümphilosophie. Mit Moniques Innovationsbestrebungen hatte sie sich nie identifizieren können. Das war nicht sie.

»Ich hoffe, dass deine Reaktion nichts mit mir und meinen Modernisierungsplänen zu tun hat.«

Elena schüttelte den Kopf. »Der Umzug von Absolue hat meine innere Zerrissenheit nur aufgedeckt, meinen

Elan und meine Kreativität hatte ich schon vorher verloren. Das hat mich traurig gemacht, und ich habe mich geschämt, ich hatte doch alles, um glücklich zu sein. Aber das war nur Fassade. Nicht das, was wir haben, macht uns glücklich, sondern dass wir mit uns selbst im Reinen sind.«

Monique seufzte. »Ich kann nicht glauben, dass du die Parfümerie aufgeben willst. Was für eine Verschwendung deines Talents!«

»Das werde ich auch nicht«, erwiderte Elena. Das Parfüm war ihre Berufung, es war für immer in ihrem Herzen. »Ich habe viel gesehen, Monique, das Parfüm und ich gehören einfach zusammen.« In Selvaggias Notizbuch hatte sie ihren Weg gefunden. Den Weg zu sich selbst.

»Ich habe Pläne«, fuhr sie fort. »Noch weiß ich nicht, wie ich sie umsetzen werde, aber das bereitet mir keine Sorgen. Ich werde alle Herausforderungen meistern und meine Ziele erreichen. Ich bin mit mir im Reinen, zum einen, weil ich mit meiner Mutter Frieden geschlossen habe, zum anderen, weil ich meinen Vater kennengelernt habe. Aber ich weiß, dass der Weg weit ist, ich habe noch viele Schritte zu gehen.«

»Wie ist so was möglich? Verrat mir das Rezept.«

Monique war einzigartig, sie verlor nie ihren Humor. Sie liebte sie wie eine Schwester. »Ich habe begonnen, auf mich selbst zu hören, habe verstanden, was ich will, und habe keine Angst mehr, mich zu hinterfragen.«

»Das ist alles?« Monique runzelte die Stirn.

Elena lachte. »Es ist viel einfacher, als man es sich

vorstellt. Man muss sich nur dessen bewusst werden. Aber jetzt erzähl mir von dir, gibt es etwas Neues?«

»Mehr oder weniger.«

Elena wartete. Sie wusste genau, dass sie ihr alles erzählen würde, wenn die Zeit reif war. Aber gespannt war sie doch.

»Es hat keinen Sinn, dass du hier brav sitzt und wartest. Ich werde es dir nicht sagen.«

»Und warum nicht?«

»Ich habe Angst.«

»Dann ist es etwas Ernstes.«

»Ja, sehr ernst.« Sie zögerte, trug offensichtlich Bedenken, ob sie darüber sprechen sollte.

»Gut, ich sage es dir. Es geht um Le Notre.«

Elena hatte schon immer gewusst, dass Moniques früherer Chef von ihr fasziniert war, mit ihm an der Seite würde ihr bestimmt nicht langweilig werden, zumal er ein durchaus attraktiver Mann war. Und Monique war stark genug, ihm die Stirn zu bieten.

»Das wundert mich nicht, offensichtlich bist du die Einzige, die bis jetzt noch nicht gemerkt hat, was für ein tolles Paar ihr abgeben würdet. Aber wie sagt deine Mutter immer? Besser spät als nie.«

»So einfach ist das nicht. Da ist einerseits der Altersunterschied, und andererseits hat er erwachsene Kinder aus erster Ehe.«

»Aber er ist doch schon ewig geschieden.«

»Komm mir nicht mit Fakten. Nach Jacques wollte ich eigentlich andere Schwerpunkte in meinem Leben setzen.«

Elena lachte. »So kann man sich täuschen. Macht dich Le Notre glücklich?«

Monique wandte den Blick ab. »Ja, schon...«

»Und ist das nicht der beste Grund?«

»Mit dir zu diskutieren hat keinen Sinn, du hast immer das letzte Wort und säst Zweifel.«

»Nein, ich sorge dafür, dass du vernünftig bist.«

»Wir werden immer Freundinnen bleiben, oder?«

»Du bist meine Herzensschwester, Monique, ich werde immer an deiner Seite sein, egal, was passiert. Und wo wir gerade dabei sind, du wirst wieder Tante.«

»Was?«

»Du hast es gerade gehört.«

»Gut, dass du nach Florenz ziehst. Wenn du schwanger bist, bist du unausstehlich.«

»Warum weinst du dann?«

»Ich liebe dich.«

»Ich liebe dich auch.«

27.

Strohblume. Gebildet und klug, eine aufmerksame Beobachterin. Kann andere motivieren und sucht nach Harmonie und Frieden.

Die Ecke hinten im Garten, der Standort der Banksiae-Rose, hatte sie schon immer besonders gemocht. Der Strauch war buchstäblich über sich hinausgewachsen und die Mauer nach oben geklettert.

Elena hoffte, dass sich die neuen Mieter gut um sie kümmern würden. Cail hatte sie damals als Steckling gepflanzt und hingebungsvoll hochgepäppelt.

»Bist du fertig?«

Sie hatte Cail gar nicht kommen hören. Sie lächelte ihn an. »Ja, du auch?«

Cail seufzte. »Dieser Ort wird mir fehlen.«

»Es ist schwer, sich von etwas zu trennen, was einem reiches Glück beschert hat, und das für eine lange Zeit.«

Er nickte. »Ja, das stimmt. Trotzdem kann ich es nicht erwarten, den nächsten Schritt mit dir zu gehen.«

Das konnte Elena gut verstehen. Auch sie fieberte dem Umzug nach Florenz entgegen, erst würde sie allein hinfahren, dann kämen Cail und Bea nach.

»Hast du mit deiner Mutter gesprochen?«

»Noch nicht, ich wollte sie aber gleich anrufen.«

Sie hatte schon eine Weile nichts mehr von ihr gehört. Dass sie Florenz verlassen hatte, wusste sie seit ihrem letzten Telefonat, wohin sie es zog, hatte Susanna nicht verraten. Auch zu ihren Beweggründen hatte sie sich nur vage geäußert.

»Ich warte drinnen auf dich«, sagte Cail und verließ die Terrasse.

Sie sah ihm nach. An diesem Abend würden sie sich mit ihrer »Ersatzfamilie« treffen, mit Monsieur Lagose, Adeline und Geneviève. Aurore und Monique wollten später dazustoßen. Elena würde ihre Neuigkeiten kundtun, den Umzug nach Florenz und ihre Schwangerschaft. Sie wusste, dass Letzteres sie freuen würde, Ersteres weniger. Aber sie würden bestimmt viele gute Gründe finden, sie in Italien zu besuchen, das Band zwischen ihnen war so fest geknüpft, dass es trotz der Entfernung nicht reißen würde.

Elena zögerte kurz, dann griff sie nach dem Handy und wählte eine Nummer.

»Elena, ciao.«

Sie war froh, ihre Stimme zu hören. »Wie geht es dir, Mama?«

»Gut. Hängt davon ab.«

»Wovon?«

»Von dir«, antwortete Susanna nach kurzem Schweigen. »Danke, dass du angerufen hast.«

»Ich habe lange über unser letztes Gespräch nachgedacht.«

»Bist du noch wütend auf mich?«

Ja, das war sie, das konnte Elena nicht leugnen.

»So einfach ist das nicht, Mama. Ich möchte verstehen, warum du so lange gewartet hast, mir alles zu erzählen. Meinst du nicht, dass ich ein Recht habe, meine ganze Geschichte zu kennen?«

Sie musste sich zurücknehmen, ihre Gefühle zügeln. Sie hatte ihre Mutter angerufen, weil sie ihr fehlte.

Susanna wartete einige Sekunden, bevor sie antwortete.

»Jedes Mal, wenn ich mich dir offenbaren wollte, habe ich wieder eine Entschuldigung gefunden, es doch nicht zu tun. Es klingt vielleicht lächerlich, aber so war es. Es ging ja nicht nur um dich, sondern auch um alles andere. Und das machte mir furchtbare Angst.«

Elena war von ihrer Offenheit gerührt, denn sie verstand sie nur zu gut. So war es ihr jedes Mal ergangen, wenn sie mit Beatrice über Cail und Matteo sprechen wollte. Auch sie hatte immer wieder gezögert, auf den richtigen Zeitpunkt gewartet, der sich nie finden lassen wollte. Aber das Leben ging weiter.

»Ich bin schwanger, Mama.«

»Was?« Sie hielt kurz inne. »Und... freust du dich?«

»Mehr, als ich dir mit Worten sagen kann. Ich habe es mir schon lange gewünscht.«

»Dann freue ich mich auch.«

Elena war tief bewegt, ihr wurde warm ums Herz,

als sie die Empathie in der Stimme ihrer Mutter spürte. »Danke, das ist mir wichtig.«

»Ich werde von jetzt an immer an deiner Seite sein, das verspreche ich dir, Elena.«

Mehr musste Elena nicht wissen. »Ich bin bei Absolue ausgestiegen, wir ziehen nach Florenz.«

»Bist du dir sicher?«

»Ja.«

»Ich bin sehr stolz auf dich, mein Kind.«

Elena schluckte. »Danke, Mama.«

»Ich muss es deinem Vater sagen.«

»Ist er bei dir?«

»Ja, Victor ist hier bei mir.«

»Ich verstehe nicht…«

Susanna kicherte leise, und Elena spürte, dass sie verlegen war.

»Ich habe ihn besucht, um mit ihm zu sprechen… und wir sprechen immer noch. Zwischen uns ist so viel ungesagt geblieben. Wir nehmen uns alle Zeit der Welt, und dann werden wir weitersehen. Aber das ist jetzt nicht wichtig. Du bist glücklich, das ist das Einzige, was zählt.«

»Das bin ich.«

»Ich kann es nicht erwarten, dich wieder in die Arme zu schließen.«

»Geht mir genauso.«

Sie beendete das Telefonat und blieb noch eine Weile auf der Terrasse sitzen. Eine Idylle. Inmitten von Rosen schaute sie Pomodoro zu, der John beäugte, der schlief. Die beiden waren unzertrennlich. Ihre Gedanken wanderten zu Susanna. Ihre Eltern hatten sich wiedergefunden, wenngleich sie das nicht gesagt hatte. Auf alle Fälle ein weiterer Schritt in die richtige Richtung. Elena fühlte sich bestätigt. Sie wusste, was zu tun war, sie musste nur die Kraft und den Mut finden, wirklich ans Ziel kommen zu wollen.

Als Elena einige Tage später nach Florenz zurückkehrte, klappte sie als Erstes die Fensterläden auf.

Sie wollte, dass die Aromen der Stadt in jeden Winkel des Palazzo Rossini strömten. Genau wie das Sonnenlicht, dieses besondere gleißende Strahlen, das sie so sehr vermisst hatte.

Das Haus war wie ein Spiegelbild ihrer Seele, es schien mit ihr gelitten zu haben, so traurig hatte es bei ihrer Ankunft gewirkt.

Aber jetzt war alles anders.

Sie wusste, wie sehr ihre Mutter sie immer geliebt hatte, trotz aller Irrungen und Wirrungen. Jetzt fehlte nur noch, dass ihre Eltern einen Neuanfang wagten, das hoffte sie von ganzem Herzen.

Sie strich mit den Fingerspitzen verträumt über die Tischplatte und lächelte. Bald würde in diesem Haus wieder Kinderlachen zu hören sein, eine Vorstellung, die sie glücklich machte.

Nachdem sie das Haus gründlich geputzt und gewienert hatte, fühlte Elena sich ruhiger. Wie abhängig die eigene Laune von anderen Menschen sein konnte, die einem wichtig sind. Oder ging es nur ihr so? Seit sie wusste, wer ihr Vater ist, sah sie die Vergangenheit in einem anderen Licht. Maurice und das erlittene Leid und Unrecht traten in den Hintergrund. Die Zukunft gehörte ihr und ihrer Familie.

Ihr Koffer stand noch im Flur, aber das hatte Zeit, sie würde später auspacken. Morgen würden Cail und Bea kommen und John und Pomodoro mitbringen. Sie war einen Tag früher gefahren, weil sie noch etwas zu erledigen hatte. Allein.

Sie duschte und zog sich um, dann sperrte sie den Laden auf, öffnete die Fenster, um durchzulüften. Sie griff nach dem Handy und wählte eine Nummer.

»Ciao, kannst du kommen? Ich bin in Florenz.«

»Sicher, ich bin sofort da. Danke, Elena.«

Sie beendete das Gespräch. Der Anruf war ihr nicht leichtgefallen, sie wusste auch nicht, ob sie das Richtige tat. Aber es musste sein. Sie hatte am eigenen Leib erfahren, wie wichtig das Band zwischen Vater und Tochter ist.

Während sie wartete, betrachtete sie den auf die Wand gemalten Stammbaum der Familie Rossini. Sie fuhr mit der Spitze ihres Zeigefingers über den Ast, auf dem Susanna stand, und fand darunter ihren eigenen Namen. Damit hatte sie nicht gerechnet.

Wie konnte das sein? Das letzte Mal hatte er noch nicht dagestanden, das wusste sie genau. Sie würde ihre Mutter danach fragen. Oder auch nicht, im Grunde spielte es keine Rolle.

»Und ich muss Bea noch hinzufügen«, murmelte sie.
»Darf ich reinkommen?«

Sie drehte sich langsam um, diese Stimme würde sie nie vergessen. Vor langer Zeit waren sie einmal Freundinnen gewesen.

»Alessia, bitte komm rein.«

»Danke, dass du angerufen hast, ich hatte nicht den Mut dazu. Es tut mir leid.«

Sie war tatsächlich gekommen, Alessia, Matteos Frau, Lucas Mutter. Elena konnte ihr aufgesetztes Lächeln nicht erwidern. »Es tut auch mir leid«, antwortete sie. Aber nicht zu sehr. Dazu war zu viel passiert. Wegen Alessia hatte sie Florenz verlassen und war nach Paris gegangen. Aber diese Flucht hatte durchaus ihr Gutes: Sonst hätte sie Cail nie kennengelernt und ... Sie wollte nicht weiterdenken. »Was gewesen war, interessiert mich nicht, ich habe dich nur angerufen, um zu hören, wie du zu Beatrice stehst, offen und aufrichtig. Ich möchte meiner Tochter das Trauma ersparen, das ich in meiner Kindheit erlebt habe. Mein Stiefvater hat mich abgelehnt, ja sogar gehasst.«

»Elena, mach dir keine Sorgen«, erwiderte Alessia spontan, »ich mag Bea sehr, sie ist ein so liebenswertes Kind. Ich möchte nicht schlecht über Tote sprechen, aber du kennst meine Meinung zu Maurice.« Sie hielt inne. »Ich möchte dir von Frau zu Frau erklären, wie meine Sicht der Dinge ist. Ich habe Matteo geliebt, er war alles für mich ... und ist es heute noch. Gut, dass es so gekommen ist. Auch für dich, wenn du ehrlich bist.«

Elena spürte, dass sie ehrlich war, sie konnte es in ihren Augen lesen. »Zum Glück sieht Luca dir ähnlich«, sagte sie mit ironischem Unterton.

Alessia lachte: »Als Säugling war er Matteo wie aus dem Gesicht geschnitten!«

»Nicht zu glauben, zum Glück hat sich das verwachsen. Luca ist heute ein richtig hübscher Junge. Und nett ist er auch.«

Jetzt mussten beide lachen, die Stimmung entkrampfte sich, aber Elena war immer noch skeptisch.

»Bitte, Elena«, drängte Alessia, »lass Beatrice Teil von Matteos Leben sein. Er hat sich verändert, seitdem er weiß, dass er eine Tochter hat. Es fällt ihm schwer, Gefühle zu zeigen, aber ich spüre, wie gut es ihm tut, endlich Gewissheit zu haben.«

Sie waren in den Garten gegangen, angenehme Wärme umfing sie, die Iris, die Pfingstrosen und die Veilchen blühten.

»Traumhaft«, schwärmte Alessia.

»Ja, meine Mutter hat einen grünen Daumen.«

»Jeder hat ein Talent. Deine Mutter für Blumen, du für Parfüms und ich für Desserts.«

»Stimmt, ich erinnere mich, deine Schokoladentorte war die beste, die ich je in meinem Leben gegessen habe.«

Elena stöhnte leise auf, und ihr Blick schweifte in die Ferne, dann fuhr sie fort: »Das Leben hält viele Überraschungen für uns bereit. Wer hätte gedacht, dass wir einmal hier stehen und so miteinander sprechen würden.«

»Umso mehr freut es mich, gehofft habe ich es immer.«

»Was meinst du damit?«

Alessia sah ihr fest in die Augen. »Ich habe natürlich gewusst, dass Susanna deine Mutter ist. Wer sonst hätte in die Villa Rossini einziehen sollen?«

Dann war es also kein Wink des Schicksals und auch kein Zufall, dass die beiden Kinder sich kennengelernt hatten.

»Und daraus hast du geschlossen, dass Bea meine Tochter ist.«

»Ja, ich habe es längst geahnt. Und ich habe beschlossen, Schicksal zu spielen, und ein Zusammentreffen zwischen Bea und Luca arrangiert. Die beiden haben sich auf Anhieb verstanden. Nachdem mir Matteo von eurem Gespräch erzählt hat, wusste ich endgültig Bescheid.«

»Es hätte mich auch gewundert, wenn es anders gewesen wäre«, erwiderte Elena, »die beiden sind unzertrennlich.«

»Glaubst du an das Schicksal?«

Elena hörte in sich hinein, dann schüttelte sie den Kopf. »Nein, es liegt an uns selbst. Hängt ab von dem, was wir wollen. Das Herz und der Mut sind entscheidende Faktoren. Ich glaube, ›Schicksal‹ ist nur ein anderes Wort für Willen.«

Ihre Mutter war der lebende Beweis dafür. Sie hatte ihr viel genommen und ihr einiges vorenthalten, aber das Wichtigste hatte sie ihr zurückgegeben, aufgrund des eigenen, freien Willens.

Alessia war ganz still geworden, versonnen strich sie über eine Irisblüte.

»Nach Lucas Geburt brauchte ich eine Chemotherapie.«

Elena riss erschrocken die Augen auf. »Davon wusste ich nichts, das tut mir sehr leid.«

»Danke.«

Sie unterhielten sich noch eine Weile und verabredeten, gemeinsam darüber nachzudenken, wie es weitergehen sollte. Dann würden sie sich erneut treffen. Doch als Alessia gegangen war, kroch die Angst trotzdem wieder in ihr hoch. Die Angst, ihre Tochter zu verlieren. Warum? Eine rationale Erklärung gab es nicht.

Sie erinnerte sich an Susannas Worte. *Ich hatte Angst, dich zu verlieren, das konnte ich nicht zulassen.*

Aus Angst hatte ihre Mutter vor vielen Jahren eine falsche Entscheidung getroffen, mit fatalen Folgen. Und fast wäre es ihr ebenso ergangen.

»Es reicht jetzt«, murmelte sie. Sie würde die Geschichte nicht noch einmal wiederholen.

Lauer Wind streichelte ihr Gesicht und bewegte ihre Haare.

Woher kam er? Die Fenster waren geschlossen. Aber sie hatte keine Zeit, der Sache auf den Grund zu gehen. »Großmutter, bist du das?«, flüsterte sie mit einem leisen Lächeln auf den Lippen. Eine irrationale Vorstellung, aber der Gedanke, ihre Großmutter würde über sie wachen, gefiel ihr. Lucia hätte sich bestimmt gefreut, dass auch ihre Urenkelin das Talent der Duftkreation geerbt hatte. Aber Elena würde Bea nicht in dieser Richtung beeinflussen, sie sollte selbst entscheiden und ihren eigenen Weg gehen.

In den Palazzo Rossini würde ein neuer Geist einziehen, geprägt von Liebe und Toleranz. An diesem Ort ist alles möglich.

28.

Orangenblüte. Optimistisch, romantisch, träumt von der idealen Welt. Ihr Glaube ist unerschütterlich, genau wie ihre Solidarität. Ihre Uneigennützigkeit macht sie zur idealen Verbündeten.

Der Tag, an dem sie Beatrice eröffnen wollte, wer ihr Vater ist, nahte. Elena war hin- und hergerissen. Wie würde sie reagieren?

»Ich wünsche mir etwas von deiner Ruhe«, sagte sie zu Cail, der sie sanft küsste.

»Du machst dir zu viele Sorgen.«

»Wundert dich das? Es ist alles so kompliziert.«

Cail löste ihre Haare. »So siehst du besser aus.«

»Du nimmst mich nicht ernst.«

»Doch, ich nehme dich ernst. Ich höre dir zu, ich liebe dich, und ich bin stolz auf dich.«

Elena wurde stutzig.

»Warum sagst du das?«

»Weil es stimmt.«

Elena war nicht überzeugt. Sie beugte sich zu ihm und richtete seinen Krawattenknoten. »Du siehst richtig elegant aus.«

»Und du wunderschön.«

»Ich werde dich in einigen Monaten wieder daran erinnern.«

Er griff nach ihren Händen. »Bevor wir zu Alessia und Matteo gehen, möchte ich dich um etwas bitten.«

Jetzt machte sich Elena wirklich Sorgen. »Was ist los?«

Er küsste sie wieder. »Es ist etwas sehr Wichtiges. Etwas, was ich schon lange tun wollte, aber ich war unsicher, wie du reagieren würdest.«

»Cail, ich bin schwanger, komm zur Sache, spann mich nicht auf die Folter, meine Geduld ist nicht grenzenlos.«

Er lachte, griff in die Tasche und zog ein Samtkästchen heraus.

Elena begriff noch immer nicht. Er öffnete es.

»Ich habe es schon eine Weile, habe aber auf den richtigen Zeitpunkt gewartet.«

Ein schlichter goldener Ring, in der Mitte glitzerte ein herzförmiger Diamant.

»Willst du mich heiraten?«

Elena war überwältigt. Von Ehe hatten sie nie gesprochen.

»Warum?«, fragte sie mit zitternder Stimme.

Cail seufzte. »Ich wusste, dass es nicht einfach sein würde.«

»Warum jetzt?« Sie schaute ihm tief in die Augen, dort musste die Antwort zu lesen sein.

»Weil du die Frau bist, neben der ich abends einschlafen will, neben der ich morgens aufwachen, mit der ich Kinder haben und mit der ich meine Träume verwirklichen will, und...«

»Ja, Cail«, fiel sie ihm ins Wort. »Ja. Ja!«

Er wischte sich die Tränen aus den Augen und küsste sie.

»Ich liebe dich.«

»Ich weiß.«

Und da war sie sich sicher, nicht der Hauch eines Zweifels regte sich. Sie sog tief den Duft ein, der ihn umfing. Es war wie früher, aber da war noch mehr. Etwas ganz Besonderes, ein Versprechen, ein Neuanfang.

Zusammen würden sie alles schaffen. Alles.

Die Wohnung der Ferrari war hell und geräumig, auf der Terrasse standen Blumenkübel, hier konnten die Kinder spielen. Sie hatten dieses Treffen sorgfältig vorbereitet, aber niemand wusste, wie Bea die neue Situation aufnehmen würde.

»Bitte kommt rein.« Alessia lächelte, aber es war ein flackerndes Lächeln.

»Danke.«

Sie hatten beschlossen, dass Elena das Gespräch führen würde. Matteo würde auf Beas Fragen antworten.

»Mein Schatz, wir sind hier, um dir etwas Wichtiges zu sagen.«

»Was denn, Mama?«

Elena zögerte, sie wollte es ihr so schonend wie möglich beibringen, sich auf das Wesentliche beschränken.

»Mein Schatz, Lucas Papa ist auch dein Papa.«

Bea schaute von Elena zu Cail, dann zu Matteo, der auf dem Sessel gegenüber saß.

»Ich habe zwei Papas?«, fragte sie überrascht.

»Ich dann aber auch«, mischte sich Luca ein und blickte zu Cail, seine Stimme klang trotzig, »dann sollst du auch mein Papa sein.« Sein Kinn bebte, die Lippen zuckten.

»Na gut, wenn du unbedingt willst. Dann machen wir es so. Wir beide haben jetzt zwei Papas, okay?«, sagte Bea großzügig.

Lucas Augen strahlten. »Ja.«

Bea ging zu Matteo und sagte: »Hallo, neuer Papa.«

»Hallo, mein Schatz«, antwortete er stockend.

Dann breitete sich tiefes Schweigen aus.

Elena war sich bewusst, dass es Krisen geben würde und noch viele Hürden zu überwinden waren. Und dass es Zeit und Geduld und Liebe bedurfte. Aber es würde sich lohnen, vor allem für Bea. Und das war das Einzige, was wirklich zählte.

Die Junihitze war gewichen, es hatte abgekühlt, und sie waren auf die Terrasse gegangen.

»Danke«, sagte Matteo.

»Ich möchte nicht deine Dankbarkeit, ich möchte, dass du für sie da bist, wenn es darauf ankommt. Dein Leben lang.«

»Das verspreche ich, du kannst dich auf mich verlassen.«

Elenas Hals war wie zugeschnürt.

»Sorg dafür, dass ich das nicht bereue.«

»Ich schwöre es dir.«

Die Kinder spielten mit Lucias Katze, für sie war die Welt wieder in Ordnung. Elena betrachtete die beiden und seufzte.

»Alles gut?«, fragte Cail.

»Ja, jetzt, ja.«

Die Angst war weg, jetzt wusste sie, dass sie für die Zukunft gewappnet war. Und sie wusste, wie stark sie war, sie wusste, was sie vom Leben wollte, für sich und für ihre Kinder.

Natürlich würden neue Hindernisse zu überwinden sein, das Leben verlangte einen hohen Preis, aber sie war bereit, ihn zu zahlen. Sie war stark, die Liebe machte sie noch stärker, die Liebe zu ihrer Familie und die wieder aufgeflammte Liebe zum Parfüm.

Wie Susanna hatte Elena aus Liebe gehandelt und auf die vermeintliche Sicherheit verzichtet.

Das Parfüm war ihr Werkzeug gewesen, der Weg, der Katalysator – aber die Liebe hatte ihr die Kraft gegeben, sich zu wandeln.

Epilog

»Bist du bereit?«

»Noch einen Augenblick«, antwortete Elena, die einen bernsteinfarbenen Tropfen betrachtete, der sich auf dem Duft-Teststreifen ausbreitete. Sie schloss die Augen, zählte bis zehn und schnupperte.

Vor ihrem inneren Auge erschien die Sonne. Gleißend hell wie in der Wüste, in die ihr Vater sie mitgenommen hatte. Dann breitete sich Veilchenduft aus, sie fühlte sich auf den Hügel versetzt, wo ihr neues Zuhause entstand, umgeben von violett blühenden Veilchenpflanzen.

Sie würden gegen Ende des Jahres einziehen. Cails Traum wurde wahr, er hatte die umliegenden Felder gekauft, und Victor hatte ihm bei der Auswahl standortgerechter alter Sorten geholfen. Anfangs verlief ihre Zusammenarbeit etwas holprig, aber nach einer Weile hatten sie festgestellt, wie gut sie harmonierten.

Außer Veilchen und Rosen sollten auch Lavendel, Iris und Strohblumen angebaut werden mit dem Ziel, daraus Essenzen für Elenas Parfümkreationen zu gewinnen. Natürlich nach Vorgaben des biologischen Anbaus, ganz ohne chemische Düngemittel und Pestizide.

Sie spürte einen heftigen Tritt innen gegen ihre Bauchdecke, die Geburt stand unmittelbar bevor. Sie lächelte. Ob es ein Junge oder ein Mädchen werden würde?

In ein paar Tagen würden ihre Eltern kommen, um sie zu unterstützen. Victor war Feuer und Flamme für sein neues Enkelkind, während Susanna zurückhaltender war. Elena verstand das.

Susanna war eine selbstbewusste Frau, die ihre Unabhängigkeit behalten wollte, sich aber zunehmend wieder zu Victor hingezogen fühlte. Die beiden verbrachten immer mehr Zeit miteinander und hatten sich sogar eine Wohnung in der Stadt gekauft. Saudi-Arabien war für Susanna allerdings tabu, dazu war die Wunde noch zu tief. Sie brauchte Zeit.

»Und?«

»Fertig! Alessia wird sich freuen, das Parfüm drückt ihren Charakter, ihre Essenz aus. Sie ist eine Veilchen-Frau, findest du nicht?«

»Woher weißt du das?«

»Jede Blume strahlt etwas Besonderes aus, in Form, Farbe und Duft. Es gibt für jeden von uns eine Blüte, mit der wir uns identifizieren können. Alessia ist willensstark, sie kämpft für das, an das sie glaubt. Diese Attribute bringt ihr Parfüm zum Ausdruck, das von Veilchenduft dominiert wird.«

Elena hielt inne. »Blumen, Pflanzen, Menschen, wir alle bestehen aus dem gleichen Stoff, räsonieren miteinander. Das ist das ganze Geheimnis.«

»Und wie ist das bei dir, Elena? Welche Blume repräsentiert dich?«

»Das weißt du, wir haben sie gemeinsam entdeckt.«

Mehr musste sie nicht sagen. Cail lächelte sie an, ihr Komplize, ihr Gefährte, ihr Geliebter.

»Ich habe den Duft der Iris immer geliebt.«

»Ich auch.«

Iris hatte es ihr immer schon angetan, ihre Schönheit, ihr fruchtig-frischer Duft. Eine filigrane Blume in zarten Farben, gleichzeitig aber zäh und hartnäckig, so verletzlich sie manchmal wirkt, blüht sie Jahr für Jahr.

Sie war eine Iris-Frau.

Endgültig bewusst geworden war ihr das vor einigen Monaten. Als sie auf den wogenden Irisfeldern der Rossini gestanden und den betörenden Duft in sich eingesogen hatte. Selvaggias Notizbuch kam ihr wieder in den Sinn. Iris dürfte auch die Basis des Parfüms gewesen sein, das eine ihrer Urahninnen vor Jahrhunderten für Caterina de' Medici gemischt hatte. Auch sie konnte sich ganz in diesem Duft wiederfinden.

Es hatte Zeit gebraucht, bis ihre besondere Fähigkeit als Parfümeurin zurückgekehrt war. Es war ein Weg ins Zentrum ihres Bewusstseins gewesen, eine Rückkehr zu ihren Wurzeln und ihrer Persönlichkeit. Sie musste zurückschauen, um nach vorn blicken zu können.

Sie war dieselbe geblieben und doch eine andere geworden.

Cail küsste sie aufs Haar.

»Ich liebe dich.«

»Ich weiß.«

Sie verschloss den Flakon und stellte ihn zurück. Dass sie jemals für Alessia ein Parfüm kreieren würde, schwer vorstellbar und befreiend zugleich.

»Ich glaube, es wird ihr gefallen.«

Cail löste das Band, ihr Haar fiel ihr über die Schultern. »Lass sie frei, sie sind so schön.«

Genau so fühlte sie sich auch, befreit und glücklich und vor allem dankbar.

Während sie neben Cail die Treppe nach oben ging, sinnierte sie über das Perfekte Parfüm, nach dem die Rossini-Frauen über Generationen hinweg gesucht hatten. Sie erinnerte sich an das Parfüm, das sie als Kind für ihre Mutter gemischt hatte, die es aufbewahrt und um eine neue Duftnote ergänzt hatte und es ihr dann zu Beas Geburt geschenkt hatte. Das war das Perfekte Parfüm, da gab es keinen Zweifel.

Es war der Duft nach Veränderung. Manche Dinge endeten, andere begannen.

Es war der Duft der Liebe. Und des Lebens, das sich in seiner ganzen schrecklichen Schönheit zeigte. Es ging um die Fähigkeit, sich das Beste herauszupicken.

Elena wusste das jetzt.

Sie lächelte Cail zu und sah sich um. Auf dem Tisch stand eine Reihe kleiner Fläschchen, gefüllt mit Duftessenzen. Eine Essenz für jede Frau, eine Essenz für jeden Mann. Wer zu ihr kam, würde sich in den alten Sessel setzen und zu erzählen beginnen.

Das war der Anfang der Reise in Elenas Duftreich. Gemeinsam mit ihren jeweiligen Kunden machte sie sich auf den Weg, präsentierte passende Düfte und hörte sich an, welche Gefühle sie dabei hatten. Welche Erinnerungen sie damit verbanden, welche Träume und welche geheimen Wünsche. Sobald die richtigen Essenzen gefunden waren, begann der zweite Schritt. Jetzt war die Kreativität der Parfümeurin gefragt.

Ihr Einfühlungsvermögen, ihr olfaktorisches Gespür. Dazu brauchte Elena kein aufwändiges Labor, ein geschützter Raum genügte, wo sie mit den Essenzen sprechen und erspüren konnte, ob sie im Einklang stehen und gewillt sind, sich miteinander zu verbinden.

Bald würde sie den Palazzo Rossini verlassen und zu einem neuen Abenteuer aufbrechen. Aber sie hatte den Grundstein gelegt, damit auch die nächsten Rossini-Generationen den eingeschlagenen Weg weitergehen konnten. Der Tradition verpflichtet, aber selbstbestimmt und frei. Sie würde die Namen ihrer Kinder in den Stammbaum schreiben, so wie sie es später mit dem Namen ihrer Kinder tun würden.

Sie war am Ziel. Sie hatte das Perfekte Parfüm gefunden. Endlich.

Anmerkung der Autorin

Die Rosenfrauen war der Roman, der mich wirklich zu einer Schriftstellerin gemacht und mir die Türen zu einer Welt geöffnet hat, von der ich zuvor nur träumen konnte.

Damit war die Geschichte jedoch noch nicht zu Ende.

Aber warum wollte sie noch eine Fortsetzung schreiben?, fragen Sie sich jetzt vielleicht. Hier folgt die Antwort.

In all den Jahren hat mich der Gedanke an Elena Rossini nie losgelassen. Ich fragte mich, was aus ihr geworden war, ob sie sich mit Susanna versöhnt hatte, ob es das Leben gut mit ihr und ihrer Tochter gemeint hatte. Was war aus dem Palazzo Rossini in Florenz geworden? Hatte Caillen McLean seine besondere Rose gefunden?

Und dann wehte mir eines schönen Sommerabends ein Duft in die Nase, und die Fortsetzung nahm Gestalt in mir an.

Das Versprechen der Rosenfrauen ist eine Geschichte über die Liebe zwischen Eltern und Kindern, zwischen Männern und Frauen, eine Geschichte über die Liebe zu sich selbst, zum Leben und zur Natur, eine Geschichte des Verzeihens und der Wiedergeburt. Schlussendlich hängt alles immer von uns und unseren Entscheidungen ab. Was ist uns wichtig?

Die Geschichte erzählt auch von meiner Freundschaft zu Caterina Roncati und Marika Vecchiattini. Die beiden sind Parfümeurinnen und haben darauf geachtet, dass in den *Rosenfrauen* auch fachlich alles richtig war. Auch dieses Mal haben sie mich beraten und mit mir die Frage geklärt, inwieweit ein Parfüm ein Mittel zur Selbsterkenntnis sein kann.

Caterina und Marika haben ein eigenes Parfüm für Elena Rossini gestaltet. Sie ist eine Irisfrau. Der Duft ist einfach wunderbar. Ich wünsche mir, dass auch Sie ihn eines Tages entdecken können, Sie werden ihn sicher ebenso mitreißend finden wie ich.

Caterina Roncati ist eine Art Hexenmeisterin, sie empfängt ihre Kundinnen in ihren Boutiquen in Genua und Mailand in der gleichen Weise wie Elena Rossini. Marika Vecchiattini schreibt den Blog *Bergamotto e Benzoino* und ist nicht nur eine Expertin für Parfüm, sondern auch für Gefühle. Diesen beiden Frauen, die ein wenig so sind wie Elena und Monique, gehört meine ganze Dankbarkeit. Danke, dass ihr Teil meines Lebens seid und mich während der Entstehung auch dieses Romans begleitet habt. Danke, dass ihr mich in die Geheimnisse des Parfüms eingeweiht habt.

Dieser Roman ist Fiktion, einige Schauplätze sind real, ich habe sie allerdings hin und wieder den Bedürfnissen der Handlung angepasst. Die Familie Rossini, Elena, Beatrice, Susanna und alle anderen Personen wie

Caillen McLean, Victor Arslan, seine Firma sowie Monique entspringen meiner Phantasie.

Auch die Zeitschrift *Scent* und Selvaggias Notizbuch sind Fiktion, aber die Überlegungen zum Parfüm sind real und jahrtausendealt. Das lateinische *per funum* beschreibt den Weg des Menschen zum Göttlichen durch den Duft von Blüten, Harzen und Hölzern.

Danksagung

»*Bedrohlich sah die Welt aus, solang nicht das ›Danke‹ mild wie eine helle Feder oder süß wie ein Blütenblatt aus Zucker von Lippe zu Lippe sprang.*« (Pablo Neruda)

Manchmal frage ich mich, ob ein Wort aus fünf Buchstaben wohl genug sein kann, um all das zu beschreiben, was ich fühle, die immense Dankbarkeit, die mich berührt und mein Leben so reich macht. Aber vielleicht liegt gerade in seiner Kürze die Magie dieses Wortes.

Ich danke meinem Ehemann, er ist der Leuchtturm, der mich in den Hafen zurückführt. Wenn du an meiner Seite bist, fürchte ich keinen Sturm.

Ich danke meinen Kindern Davide, Aurora und Margherita, die meinem Leben Sinn verleihen. Ich weiß, dieses Mal habe ich eure Geduld auf eine harte Probe gestellt, aber ihr seid jung und überlebt das.

Ich danke Erika, die jedes Einhorn findet, wie gut es sich auch immer versteckt, und Luca, der immer ein nettes Lächeln für mich hat.

Ich danke meiner Mutter, die mir beigebracht hat zu lieben, meiner Familie und meiner Tante Paoletta, die so geduldig auf diesen Roman gewartet hat.

Ich danke dem wunderbaren Gian Luca Perris, der mir von seinen Reisen nach Ta'if, der seltenen und faszinierenden Damaszenerrose und ihrer Verwendung in der Parfümerie erzählt hat. Weitere Informationen finden Sie auf seiner Website.

Mein Dank gilt meinen Freunden und Kollegen Enrico Galiano, Salvatore Basile, Silvia Zucca, Mirko Zilahi, Valentina Cebeni und Francesco Abate. Unsere Gespräche über Literatur und das Schreiben bedeuten mir sehr viel.

Ich danke meiner Freundin Alessia Gazzola, die in schwierigen Momenten an mich geglaubt und mich zum Lachen gebracht hat. Mein Dank gilt Cristina Batteta, die immer genau das Buch bei der Hand hat, das ich gerade brauche, und Rosy Mercurio, die weiß, was nötig ist.

Ich danke meinen langjährigen Herzensfreundinnen Lory, Andreina, Eleonora, meiner Freundin und Kollegin Anna E. Pavani, die mir die Kraft des Schreibens gezeigt hat und es bis heute tut, sowie Linda Kent: Ohne dich wäre ich verloren.

Mein Dank geht an Stefano Mauri und Cristina Foschini, die auch nach so vielen Romanen noch immer mir und meinen Geschichten vertrauen, an Elisabetta Migliavada, die ich zu meinem großen Glück schon viele Jahre kenne und die alles möglich gemacht hat, an Adriana Salvatori, die mir sagt: »Alles wird gut«, wenn ich den Mut verliere.

Ich danke dem Team von Garzanti: Rosanna Paradiso, Giulia Marzetti, Federica Merati, Cecilia Ceriani und Alessandro Mola, der alles in die richtige Reihenfolge gebracht hat und immer einen Ausweg wusste, sowie Elena Campominosi und Graziella Cerutti.

Ich danke meiner Agentin und Freundin Laura Ceccacci. In unseren langen Gesprächen hat sie mir immer vermittelt, dass sie an mich glaubt, sie hat mir aufgezeigt, was wir gemeinsam erreichen können, und immer einen Weg gefunden, es möglich zu machen. Ihr verdanke ich aber noch so viel mehr.

Mein Dank geht auch an das Team von Ceccacci Literary Agency, vor allem an Giulia und Martina. Ich danke meinen ausländischen Verlegern, die meine Geschichten in ihren Ländern veröffentlichen.

Und ich danke den Buchhändlern, die meine Romane verkaufen, und den Menschen, für die wir Schriftsteller schreiben, und ganz besonders meinen Lesern, durch die ich meinen Traum verwirklichen konnte. Und last but not least Marika Vecchiattini und Caterina Roncati.

Wenn Sie mir schreiben wollen, freue ich mich über Mails an: cristina.caboni@tiscali.it

Alte Manuskripte, eine dramatische Liebe und zwei Frauen, verbunden durch dasselbe Schicksal.

400 Seiten. ISBN 978-3-7341-0584-5

Seit sie denken kann, ist Sofia von Büchern fasziniert. Sie liebt das Rascheln der Seiten, den Geruch des Papiers und vor allem die darin beschriebenen Welten. Schon immer haben sie der schüchternen Frau geholfen, der Realität zu entkommen. Als sie eines Tages in einem Antiquariat ein altes Buch kauft, findet sie darin enthaltene Manuskripte und Briefe einer gewissen Clarice, die Mitte des 19. Jahrhunderts gelebt haben soll. Sofia und Clarice scheinen viel gemeinsam zu haben, und Sofia spürt eine Verbindung zu ihr. Um mehr über sie zu erfahren, reist Sofia quer durch Europa. Dabei stößt sie nicht nur auf eine unglaubliche Liebesgeschichte, sondern findet endlich auch ihr eigenes Glück ...

Lesen Sie mehr unter: **www.blanvalet.de**

Die Magie samtiger Stoffe, die Kraft der Liebe und eine Frau, die ihrer Bestimmung folgt ...

384 Seiten. ISBN 978-3-7341-0738-2

Camilla hat hochfliegende Träume von einer glitzernden Karriere in der Modewelt, doch als Marianne, ihre Ziehmutter, schwer erkrankt, beschließt sie, an ihrer Seite zu bleiben. Was wie eine Sackgasse erscheint, entpuppt sich als Neuanfang voll ungeahnter Möglichkeiten, denn Camilla findet wunderschöne, von Mariannes Mutter gefertigte Kleidungsstücke, die ihr Ungeahntes offenbaren.
In den Dreißigerjahren des vergangenen Jahrhunderts weiß die junge Caterina um ihr Talent fürs Schneidern und dass sie die Gabe hat, das Leben ihrer Kundinnen zu verändern. Ihr größter Wunsch wäre ein eigenes Unternehmen, doch das Schicksal hat andere Pläne mit ihr ...

Lesen Sie mehr unter: **www.blanvalet.de**

Eine geheimnisvolle Villa voller Spiegel. Eine Frau, die auf rätselhafte Weise verschwindet. Und ein dramatischer Fund, der Jahre später alles ans Licht bringt ...

288 Seiten. ISBN 978-3-7341-0798-6

In den 50er Jahren träumt die junge Eva von einer Karriere als Schauspielerin in verheißungsvollen Amerika. Doch als Glanz und Ruhm ausbleiben und sie sich in den gutaussehenden Michele verliebt, bricht sie alle Zelte ab und folgt ihm in seine Heimat Italien, in eine Villa ans glitzernde Meer, wo sie eine Familie gründet. Das Leben könnte süßer nicht sein – bis eine verhängnisvolle Begegnung alles verändert ...

Positano in der Gegenwart: Die zwanzigjährige Milena wächst bei ihrem Großvater Michele auf. Ihre Großmutter Eva, die vor Jahrzehnten auf geheimnisvolle Weise verschwand, hat sie nie kennengelernt, doch als im Garten ein vergrabener Leichnam gefunden wird und alle vor einem Rätsel stehen, begibt sie sich auf Spurensuche ...

Lesen Sie mehr unter: **www.blanvalet.de**